Amaris
Mit dem Wind um die Wette

Maren Dammann, geboren 1983 in Wermelskirchen, studierte Umweltmanagement und emigrierte nach Australien, wo sie unter anderem den Lebensraum der Koalas und Flughunde erforschte. Nun arbeitet sie in einer leitenden Position bei einem der größten Sprachdienstleister Australiens. Seit ihrer frühen Jugend im Journalismus tätig, entwickelte Maren Dammann eine Passion für das Schreiben. Sie hat ca. zehn Jahre als Freelance-Journalistin gearbeitet und unzählige Artikel veröffentlicht. Als Selfpublisherin hat sie bereits Erfahrung mit Kinder- und Jugendbüchern gesammelt. In ihrer Freizeit beschäftigt sich Maren Dammann mit ihren Pferden, bei denen sie sich auch Inspiration für ihre Geschichten holt.

Von Maren Dammann ebenfalls bei Planet! erschienen:

Marwani
Mitten ins Herz

Mehr über unsere Bücher, Autoren und Illustratoren auf:
www.planet-verlag.de

MAREN DAMMANN

Amaris

MIT DEM WIND UM DIE WETTE

Vorwort

Kennt ihr das?
Diese furchtbaren Momente, in denen man sich eingesperrt fühlt und alles in einem zur Flucht drängt – doch da sind Wände, sichtbare und unsichtbare, und ihr müsst euch in euer Schicksal ergeben.
Vor ein paar Jahren machte ich den Fehler, auf eine Pferdeauktion zu gehen, eine von denen, die vor allem Bieter von den Schlachthöfen anziehen. Und da sah ich sie, die ungewollten Stuten und Fohlen, die grauen Senioren, die ehemaligen Rennpferde, dicht aneinandergedrängt in ihren Pferchen. Ungeliebt, unnütz, ausgedient. Das Weiße in ihren Augen verfolgt mich bis heute.
Damals hatte ich keine Möglichkeiten, eines von ihnen zu retten. Mittlerweile bin ich im Tierschutz aktiv. Und zum Glück habe ich viele Geschichten beobachten und miterleben dürfen, die am Ende zu einer neuen Chance führten.

Dieses Buch ist all den Pferden gewidmet, für die es kein Happy End gibt.

Kapitel 1

Der Duft der Kirschblüten umfing sie in ihrem Baumversteck auf dem verlassenen Obsthof, der direkt an das Haus in der Silberkampstraße 4 angrenzte. Alice lehnte sich seufzend an den Stamm und genoss die sanfte Brise, die durch die Äste wehte und ihr Gesicht streichelte. Tief sog sie den lieblichen Geruch der Blüten ein, der Erinnerungen an den Sommer weckte. Hier oben war es friedlich, alle Sorgen schienen weit weg und unbedeutend. Neben ihr rupfte eine Meise an ihrem Nest herum und ließ sich von ihrer Anwesenheit nicht stören.

Und doch konnte die Schönheit dieses Frühlingstages nicht von der schrecklichen Erkenntnis ablenken, die heute Morgen ihr ganzes Leben auf den Kopf gestellt hatte.

Das Wort »Familiensache« raste ihr durch den Kopf, hämmerte gegen die Innenseite ihres Schädels und bereitete ihr Kopfschmerzen. Sie war nicht die, die sie glaubte zu sein. Genau genommen war ihr ganzes bisheriges Leben eine Illusion gewesen.

Eine der rosafarbenen Kirschblüten segelte an ihr vorbei, leicht und unbeschwert, als wolle sie Trost spenden. Aber schon war sie außer Sicht und Alice wieder allein. Dabei hatte der Tag so gut angefangen …

Kurz vor sechs erwischte sie den Wecker ein paar Sekunden vor dem Klingeln, etwas, das sie sonst nie schaffte. Auf Zehenspitzen schlich sie in die Küche, kochte Kaffee und backte Brötchen auf. Prüfend betrachtete sie den gedeckten Tisch und entschied, dass alles gut aussah. Heute würde ihre Mutter vierzig werden, und Alice wollte ihren Ehrentag gebührend feiern. Vierzig – das war eine besondere Zahl: Man stand mitten im Leben, hatte seine Karriere gewählt und eine Familie gegründet. In ihrem Fall bestand die Familie allerdings nur aus ihnen beiden, denn Alice hatte keine Geschwister, und zu ihrem Vater äußerte sich ihre Mutter Tina nicht.

Etwas rumpelte im Zimmer über ihr. Alice beeilte sich, die verführerisch duftenden Brötchen aus dem Ofen zu holen.

Tinas wuscheliger Lockenkopf tauchte im Türrahmen auf.

»Mor'n«, murmelte sie und gähnte. Vor dem Genuss ihres ersten Kaffees war mit der ansonsten meist gut gelaunten Kleintierärztin nichts anzufangen.

In letzter Zeit hatte Tina viel gearbeitet. Sie war eine der Tierärztinnen, die immer für ihre Patienten da sind. Auch nachts um drei und am Wochenende. Aber der heutige Tag gehörte nur ihnen beiden, das hatten sie so vereinbart.

»Morgen, Mama«, rief Alice fröhlich, wischte sich ihre Hände an der Schürze ab und fiel ihrer Mutter um den Hals.

»Is' was?«, fragte sie schlaftrunken.

Alice grinste. »Ja, du Morgenmuffel, tu nicht so unschuldig. Ich weiß, älter werden ist nicht dein liebstes Hobby. Aber trotzdem: Herzlichen Glückwunsch zum Geburtstag!« Sie schob ihrer Mutter ein Päckchen entgegen, liebevoll in glänzendes Papier eingeschlagen. »Für dich.«

Tina packte einen bunten Seidenschal und eine silberne Kette mit Medaillon aus. Behutsam ließ sie das Schloss aufschnappen und ein Babyfoto von Alice blitzte ihr entgegen. Ein frecher blonder Spatz mit hellblauen Augen, etwa ein Jahr alt.

»Das erste Foto, das es von mir gibt«, sagte Alice etwas wehmütig. »Schade, dass alle früheren Bilder von mir beim Wasserrohrbruch verloren gegangen sind. Aber ich dachte, dass du mich damit immer am Herzen tragen kannst, wenn du möchtest.«

Ihre Mutter zögerte einen Moment, als wolle sie etwas sagen, entschied sich aber anders. Sie nahm Alice in den Arm, drückte sie fest und Tränen standen in ihren Augen.

»Gefällt es dir?«, fragte Alice.

»Beides ist wunderschön, Schal und Kette. Vielen Dank, meine Süße. Womit habe ich dich nur verdient?«

Später spazierten sie mit Bobby am Mühlstädter See entlang.

Der junge Schäferhund tollte ausgelassen auf den sumpfigen Wiesen neben dem Weg herum.

Wild wehten ihnen die Haare ins Gesicht, als die Wolken schneller vorbeizogen und sich verdichteten. Lachend und mit schlammverschmutzten Schuhen erreichten sie die Silberkampstraße, gerade noch rechtzeitig, als eine dunkle graue Wolke sich über den Himmel schob, die verdächtig nach Regen aussah.

Vor ihrem Haus parkte ein Auto, und als sich die Tür öffnete, kletterte ein Raubvogel heraus. Zumindest kam es Alice so vor. Mit ihrem scharfen suchenden Blick und der spitzen Nase gab ihre Großmutter ihr immer das Gefühl, eine kleine Maus in einem frisch gemähten Kornfeld zu sein. In dem Moment, als ihre Lederstiefeletten auf den Asphalt trafen, wurde es windstill und merkwürdig ruhig.

»Hallo, Tina, hallo, Alice«, begrüßte sie die beiden mit einem derart kalten Unterton, dass Alice eine Gänsehaut bekam. Abschätzig deutete die alte Dame auf Alices und Tinas schlammige Schuhe. »Schlimm seht ihr aus.«

»Oh, Mutter, was machst du denn hier?«, fragte Tina und ihr Lachen verschwand, um einer eisernen Miene Platz zu machen.

»Darf man jetzt nicht mal sein Kind besuchen? Ich wollte dich zu deinem Geburtstag überraschen. Oder bin ich etwa nicht erwünscht?«

Eine Windböe kam auf und der Mantel der alten Dame flatterte hoch wie ein wild schlagender Flügel.

Bobby fiepte leise und Alice legte ihm beruhigend die Hand auf den Kopf. Ein Regentropfen klatschte auf den Boden, gefolgt von einem zweiten.

Sie gingen ins Haus und Alice trocknete Bobby ab, der sich entgegen seiner sonstigen Kämpfe mit Handtüchern erstaunlich gut benahm. Der junge Hund hatte feine Antennen für angespannte Situationen. Anschließend verzog sich Alice in die Küche, um Kaffee aufzusetzen. Jede

Minute, die sie weniger mit ihrer Großmutter verbringen musste, war ihr recht.

Mit der Kanne in der Hand betrat sie das Wohnzimmer und hörte, wie ihre Oma gerade zu ihrer Mutter sagte: »DU warst immer gut in Englisch. Damit kann sie nicht in deine Fußstapfen treten.«

»Das muss sie auch gar nicht. Alice kann dafür andere Dinge. Sie ist gut in Deutsch, Bio und Sport.«

»Sport? Na, damit kann man aber nichts Anständiges werden. Ich habe dir immer gesagt, dass du nicht weißt, auf was du dich einlässt ...«

»Sei still, sie könnte dich hören.«

Verunsichert räusperte Alice sich und augenblicklich brach das Gespräch ab. Ein aufgesetztes Lächeln umspielte den Mund ihrer Großmutter und in einem lockeren Plauderton sagte sie: »Kaffee, wie schön. Für mich bitte mit Zucker.«

Alice zuckte zusammen, als die klauenartigen Finger der alten Dame vorstießen und ihr die Tasse viel zu heftig aus der Hand rissen. Ein Kaffeespritzer landete auf ihrer Handfläche und es brannte mehr, als es sollte. Alice starrte auf die manikürten Fingernägel ihrer Großmutter, die die Farbe von geronnenem Blut hatten.

»Willst du deiner Oma nicht was auf dem Klavier vorspielen?«, flötete Tina, und Alice wurde knallrot. Wollte sie nicht.

Ihre Großmutter kam ihr zuvor: »Nein, danke, laute Musik ertrag ich nicht mehr. Ich bevorzuge Ruhe.«

Ratlos schaute Alice zischen den Frauen hin und her, biss sich auf die Lippe und schwieg. Die Luft in dem Raum wurde immer dünner, die Anspannung war spürbar und erinnerte an einen Vulkan kurz vor dem Ausbruch. Es war kaum auszuhalten. Dann machte Alice einen entscheidenden Fehler, den sie noch lange bereuen sollte.

»Okay, wenn ihr Ruhe möchtet, ziehe ich mich lieber zurück. Ich bin in meinem Zimmer. Wenn ihr mich braucht, ruft mich einfach.« Dieser eine Satz brachte den Vulkan zum Explodieren.

»Du bleibst hier!«, rief ihre Mutter, gleichzeitig mit ihrer Großmutter. »Ja, das ist besser so. Das hier ist Familiensache.«

Jetzt wurde Tina leichenblass.

Alice ahnte Schlimmes. »Wie meinst du das?«, fragte sie.

Ihre Großmutter stand so schnell auf, dass der Kaffee auf den Untersetzer schwappte, und funkelte sie an. »Schau doch in den Spiegel, wie kann man nur so blind sein?«

»Mach das nicht«, rief Tina mit verzweifelter Hilfslosigkeit in der Stimme. »Bitte!«

»Hast du dich nie gefragt, warum du als einzige Person in der Familie blonde Haare und blaue Augen hast? Du bist doch angeblich so gut in Bio – das ist einfache Genetik. Du gehörst nicht zur Familie! Du bist nicht meine Enkeltochter und auch nicht das Kind deiner Mutter – du bist adoptiert.«

»Mutter!«, schrie Tina auf und griff nach Alices Arm. Diese riss sich entsetzt los. »Stimmt das, Mama?«

»Alice, da reden wir nachher in Ruhe drüber …«

Aber Alice war schon an ihr vorbei und aus dem Zimmer gerannt.

Nun saß sie hier oben im Baum, schaute dem Vögelchen zu, wie es eifrig das Nest für seine Küken vorbereite, und hinter ihrer Stirn war ein roter Schleier der Wut und Enttäuschung.

Der Regen hatte sich verzogen und einem herrlichen Frühlingstag Platz gemacht, aber der Stamm war feucht und glitschig. Auch der Ast, auf dem sie saß, schien zu schwanken. Sie kam sich vor wie auf einem Schiff im Sturm. Wellen der Verzweiflung schlugen über ihr zusammen, so fühlte sich wohl Ertrinken an. Und weit und breit kein Rettungsboot in Sicht.

Zwischen den Blättern hindurch sah sie, wie sich ein Regenbogen am Himmel bildete, und es kam ihr vor wie blanker Hohn. Tränen liefen ihr über die Wange, als sie verstand, dass nichts so war, wie es schien. Und – noch tausendmal schlimmer – dass es auch nie wieder so sein würde.

Die Meise hüpfte neben ihr entlang, einen winzigen Zweig im Mund.

»Lass es bleiben«, flüsterte sie dem Vogel zu, der erschrocken innehielt und sie mit schräg gelegtem Kopf anschaute, »in dieser Welt hält nichts für die Ewigkeit.«

An jenem schicksalsträchtigen Tag kam Alice erst spät nach Hause. Die Laternen in der Silberkampstraße waren bereits angegangen und in den Einfahrten parkten die Autos der heimgekommenen Berufstätigen.

In den beleuchteten Fenstern sah Alice Familien beim

Abendbrot oder gemeinsam vor dem Fernseher sitzen, während sie einsam über den Asphalt irrte und sich von ihrer Mutter um die Wahrheit betrogen fühlte. Es tat ihr leid, dass heute ausgerechnet Tinas Geburtstag war, aber das entschuldigte nicht, was sie Alice jahrelang verheimlicht hatte: dass sie ein Waisenkind gewesen war.

An der Hausnummer 4 angekommen, kramte sie den Ersatzschlüssel unter der losen Gehwegplatte hervor und schloss leise die Tür auf. Auf Zehenspitzen schlich sie den dunklen Flur entlang, um in ihr Zimmer zu gelangen.

»Alice?« Das Licht ging an, und Alice riss den Arm hoch.

Ihre Mutter stand im Nachthemd vor ihr, abgeschminkt und bleich. Ihre Augen waren geschwollen, sie hatte geweint.

»Lass uns reden. Bitte.«

»Nein. Nicht heute.«

»Es tut mir alles so unglaublich leid. Ich ...«

Doch Alice schlüpfte an ihr vorbei. Sie war nicht bereit zu sprechen. Noch nicht.

Und auch in den nächsten Tagen ging sie ihrer Mutter aus dem Weg. Nach der Schule lief sie immer direkt in ihr Zimmer, legte sich mit Kopfhörern aufs Bett und machte dort ihre Hausaufgaben. Die Musik half ihr, sich auf die Arbeit zu konzentrieren und die Begegnung mit ihrer Großmutter zu verdrängen. Ed Sheeran, Shawn Mendes, Tom Walker und allen voran »You need to calm down« von Taylor Swift, das sie stundenlang in Dauerschleife laufen ließ, ließen sie ruhiger werden.

Später am Nachmittag ging sie meist mit Bobby joggen,

um die vielen Gedanken zu sortieren, die ihr durch den Kopf rasten. Bobby schien zu spüren, dass sie unglücklich war, und trottete brav neben ihr her, ohne auch nur einmal an der Leine zu zerren.

Ob es das viele Grübeln war oder die Meeresfrüchte-Pizza von ihrem Lieblingsitaliener Giovianni oder einfach Zufall – nach zwei Wochen lag sie mit einer Magenverstimmung im Bett.

Die Bettruhe half ihr, in sich zu gehen und sie fasste einen Entschluss: Sie würde herausfinden, wer ihre biologischen Eltern waren. Damit sie wusste, wer sie wirklich war und wo ihre Wurzeln lagen. Ihr Plan war allerdings nicht ganz einfach in die Tat umzusetzen. Zuerst musste sie mit ihrer Mutter reden.

An einem Freitagabend half sie ihr in der Küche, dem Ort, an dem sich Tina am wohlsten fühlte, da sie gerne kochte.

In den letzten Tagen hatten sie nur das Nötigste besprochen und Tina genoss es sichtlich, dass Alice ihre Nähe suchte. Vorsichtig sprach diese das heikle Thema an: »Mama, ich würde gerne mehr über meine Herkunft erfahren. Gibt es da irgendwelche Möglichkeiten?«

Tina ließ ihr Küchenmesser sinken und schaute sie nachdenklich an. »Prinzipiell ist es möglich, an mehr Informationen zu kommen. Ich denke, mit meinem Einverständnis kannst du auch vor dem sechzehnten Lebensjahr Einsicht in die Vermittlungsakten bekommen«, erklärte sie. »Sicher, dass du nicht noch eine Weile warten möchtest?«

»Nein!« Das klang schärfer als beabsichtigt, aber Alice nervte die Bevormundung.

»Okay, ich mache uns einen Termin.« Ihre Mutter nahm sich die nächste Kartoffel und schälte so wild drauflos, dass von der Kartoffel nicht viel übrig blieb.

♞

Hinter dem Schreibtisch des Amtes saß eine ältere Frau mit Nickelbrille und grauer Strickjacke. Steif, aber freundlich erklärte sie Alice, dass es sich um eine Inkognito-Adoption gehandelt hatte. »Das heißt, deine Herkunftsfamilie hat keinerlei Informationen über euch bekommen. Somit konnte deine biologische Mutter dich nicht kontaktieren.«

»Können wir denn umgekehrt meine Mutter kontaktieren?«, fragte Alice und vermied es dabei, ihre Adoptivmutter anzusehen, die neben ihr saß.

»Leider nein. Sie hat den eindeutigen Wunsch geäußert, anonym zu bleiben, das müssen wir respektieren.« Sie schaute Alice mitleidig über den Rand ihrer Brille an. »Da kann man nichts machen.«

Es klopfte an der Tür. Ein junger Mann mit einem Aktenberg kam herein. »Entschuldigen Sie die Störung. Wo sollen die hin, Frau Schiebler?«, fragte er und kämpfte mit den Ordnern auf dem Arm, die bedenklich schwankten.

»Die gehören ins Archiv. Warten Sie, ich helfe Ihnen. Einen Moment, ich bin gleich wieder bei Ihnen«, rief sie Alice und ihrer Mutter zu.

Sobald die Beamtin aus dem Zimmer war, sprang Alice auf und umrundete den Schreibtisch. Zielsicher griff sie nach der Maus und öffnete das Dokument, das Frau Schiebler gerade geschlossen hatte.

»Was machst du da?«, fragte ihre Mutter entsetzt, aber Alice ignorierte sie. Schnell scrollte sie den Bildschirm entlang, bis sie fand, was sie suchte: Den Namen ihrer biologischen Mutter. Gerne hätte sie noch mehr in dem Bericht gelesen, aber sie hörte, wie sich Schritte näherten. Sie schloss das Dokument und sprang auf ihren Stuhl, gerade rechtzeitig, bevor Frau Schiebler das Zimmer betrat.

Nun stand ihre Mutter hektisch auf, Schweißperlen glitzerten auf ihrer Stirn. »Vielen Dank für Ihre Hilfe. Wir machen uns jetzt wieder auf den Heimweg.«

Frau Schiebler schob sich ihre heruntergerutschte Brille wieder auf die Nase und betrachtete sie skeptisch. »Ich schicke Ihnen alle Berichte zu, die wir herausgeben dürfen, Frau Winkler.«

Sie beeilten sich, den langen Flur zu durchqueren, und hetzten über den Parkplatz, bis sie ihr Auto erreichten. Die Fenster des grauen Betongebäudes schienen sie vorwurfsvoll anzustarren, und Alice sank tiefer in ihren Sitz, als könnte sie sich dadurch unsichtbar machen. Erst als sie die Kreuzung zur Hauptstraße hinter sich gelassen hatten, stieß ihre Mutter einen Seufzer der Erleichterung aus.

»Alice, die hätten uns fast erwischt. Das war echt leichtsinnig.«

»Mag sein. Aber was wäre das Schlimmste, das hätte passieren können?«

»Du bist ein Dickkopf.« Sie fuhr um eine weitere Ecke, hielt an einer Eisdiele und stellte den Motor ab. »Und? Was hast du herausgefunden?«

»Sie heißt Andrea Müller.«

»Oh.«

»Ja, ich weiß. Ein häufiger Name. Das macht es nicht leichter, sie zu finden. Aber ich habe auch den Namen der Klinik gelesen, in der ich geboren wurde. Es ist das städtische Marienkrankenhaus in Kronstadt.«

Die Informationen brachten Alice nicht wirklich weiter, aber zwei Tage später kam die versprochene E-Mail von Frau Schiebler. Und die enthielt den anonymisierten Adoptionsbericht. Alices Vater war als unbekannt eingetragen worden, aber an einer Stelle hatte ihre leibliche Mutter erwähnt, dass es ein Reitlehrer aus dem Taunus gewesen sein konnte, den ihre Mutter auf einem Hoffest kennengelernt hatte.

Alice machte sich auf die Suche. Es gab tatsächlich unzählige Frauen mit dem Namen »Andrea Müller« und es war hoffnungslos, die Richtige zu finden. Also konzentrierte sie sich erst mal auf ihren Vater.

Ganze Nächte verbrachte sie vor dem Rechner, die Neugier stachelte sie an und weckte ihren Kampfgeist. Akribisch durchpflügte sie sämtliche Internetseiten, die etwas mit Pferden im Taunus zu tun hatten, sie schaute sich Profile von allen möglichen Reitlehrern in den sozialen Netzwerken an und wertete ihre Informationen aus. Ein paar Mal war sie kurz davor aufzugeben. Doch dann, mitten in der Nacht, wurde sie endlich fündig. Auf Facebook entdeckte sie das Profil eines Mannes namens »Oliver Bernstein«, der unweit von Kronstadt einen Reiterhof führte. Das Foto zeigte einen attraktiven Mann Anfang vierzig mit blauen Augen und blonden Haaren. Er postete wenig, teilte aber gerne Artikel zum Thema Dressur und Pferdetraining. Und das, was Alice plötzlich wissen ließ, dass dies ihr Vater sein musste, waren das schmale Gesicht und die Grübchen auf den Wangen, nur fehlten ihm die Sommersprossen, die ihre eigene Nase zierten.

Wie erstarrt schaute Alice auf den Bildschirm und betrachtete ihren Vater, einen Kloß im Hals und tausend Fragen im Kopf.

♞

Drei Monate später.

Die Regionalbahn hielt an jedem Bahnhof, so klein er auch sein mochte. Alice schaute aus dem Fenster und die Bilder zogen an ihr vorbei wie Fantasiegestalten, die aus dem Nichts auftauchten, um kurz darauf wieder im Schatten zu verschwinden. Grüne Landschaften, unterbrochen von Dörfern und Wäldern, aneinandergereiht wie Perlen auf einer endlosen Kette. In einer Stunde würde sie ihrem Vater gegenüberstehen. Einem Mann, von dem sie ihr ganzes Leben nichts gewusst und mit dem sie bis jetzt nur einige Male telefoniert hatte.

Alice fröstelte und sie zog die Jacke enger um sich. Der Tag neigte sich dem Ende zu, und obwohl der Sommer fast seinen Zenit erreicht hatte, fror sie bitterlich. Sie war schon immer eine Frostbeule gewesen, aber diese Kälte kam von innen. Nervös knibbelte sie am Lack des Fensterbrettes herum, die Warterei machte sie noch verrückt.

Ihr Vater war aus allen Wolken gefallen, als sie ihn vor drei Monaten das erste Mal anrief. Er wusste nichts von ihr, erinnerte sich aber an einen One-Night-Stand nach einem Sommerfest. Dann kam der Vaterschaftstest. Positiv.

Oliver lud sie ein, die Ferien bei ihm zu verbringen, und nach langen Gesprächen stimmte Tina der Einladung zu.

Alice hatte darauf bestanden, ihrem Vater allein gegenüberzutreten, aber jetzt, wo es so weit war, zweifelte sie an ihrem Entschluss. Vielleicht erhoffte er sich etwas Besonderes, und dann kam nur sie – ein eigenwilliger Teenager, der seine Hobbys wie Unterhemden wechselte. Die Erinnerung an ihre Voltigier-Gruppe kam hoch, die einzige echte Leidenschaft, die sie je gehabt hatte. Sie hatte es bis zur Leistungsklasse L geschafft, bis zu dem Unfall vor zwei Jahren. Dass ihr Vater ausgerechnet einen Reiterhof besitzen musste, kam ihr vor wie Hohn. Sie hatte sich eigentlich geschworen, sich nie wieder mit Pferden auseinanderzusetzen.

Der Zug wurde langsamer und fuhr in einen kleinen Bahnhof ein. Auf einer Weide hinter den Gleisen sah Alice ein paar Stuten mit ihren Fohlen stehen und ihr wurde gleichzeitig warm und kalt ums Herz.

»Waldbuchenheide« stand auf dem breiten Bahnhofsschild und Alice sprang auf. Das war ihre Station. Hektisch wuchtete sie ihren Koffer runter und zog ihn zum Ausgang. Die Türen öffneten sich und gespannt trat sie hinaus.

Kapitel 2

Auf dem Bahnsteig stand nur ein einziger Mann, aber selbst wenn hier Hunderte von Personen gestanden hätten, hätte Alice ihren Vater sofort erkannt. Er sah genauso aus wie auf den Fotos, und alles an ihm erinnerte sie an sich selbst: das schmale Gesicht, die aufrechte Haltung, die sportliche Statur.

Mit schnellem Schritt kam er auf Alice zu, ein Lächeln so breit, dass es fast die Ohrenspitzen erreichte.

»Hallo, Alice!«, rief er ihr fröhlich zu. »Toll, dass du da bist.«

»Hallo, Oliver. Schön, dich kennenzulernen.« Unsicher stellte Alice ihren Koffer ab und hielt ihm höflich die Hand hin.

Oliver aber breitete die Arme aus und zog sie stürmisch an sich. Er drückte ihr fast die Luft ab, dabei grunzte er ein fröhliches: »Willkommen in Waldbuchenheide im wunderschönen Taunus!«

Er schob sie etwas von sich weg, sah sie an und umarmte sie wieder, seine Augen wirkten nun wässrig und er lachte: »'tschuldigung, ich hab nahe am Wasser gebaut. Ich freue mich einfach unglaublich, dich zu sehen!«

Jetzt löste sich auch Alices innere Anspannung, Tränen schossen ihr in die Augen und sie vergrub ihren Kopf an seiner Schulter.

»Ist gut, mein Kind«, beruhigte Oliver sie und tätschelte ihr vorsichtig den Rücken, aber Alice hörte, wie auch seine Stimme zitterte.

Nach einer Weile lösten sie sich voneinander und betrachteten sich. Er hatte ein einnehmendes Lächeln, verstärkt durch die Grübchen auf seiner Wange. Nur sein Geruch war ihr sehr fremd, eine Mischung aus Heu und einem Aftershave mit Meeresaroma.

»Wir werden bestimmt eine klasse Zeit miteinander haben! Hattest du eine gute Fahrt?«

»Ja, lief alles glatt.«

»Dann ist ja gut. Komm, wir bringen dich auf den Hof. Da können wir in Ruhe bei einem Abendessen reden. Es gibt so vieles zu besprechen.« Er nahm ihren Koffer und wies Richtung Ausgang. Draußen wartete ein Jeep auf sie.

»Coole Karre«, murmelte Alice anerkennend und strich mit dem Zeigefinger über den schwarzen Lack, auf dem allerdings viele Schlammspritzer zu sehen waren.

»Der ist praktisch, ich brauche ein Fahrzeug mit Allrad-Antrieb bei den Straßen hier.«

Kurz darauf verstand Alice, was ihr Vater damit gemeint hatte. Sobald sie den kleinen Ort hinter sich gelassen hatten, bog er auf einen staubigen Feldweg ab. Der Wagen rumpelte über den unebenen Boden, führte sie an eingezäunten Weiden vorbei, voneinander abgetrennt durch weiß gestrichene Holzzäune. Sie näherten sich einer Ansammlung von Gebäuden und passierten ein Holzgatter, an dem ein Willkommensschild hing. Kurz darauf hielt Oliver vor einem alten Steinhaus, dessen Fassade mit Moos bewachsen war.

»Willkommen auf Gut Buchenberg!«, sagte er stolz. Die Anlage des Reiterhofs war gepflegt und hübsch angelegt. Der Geruch von Heu, Stroh und Pferden stieg in ihre Nase und weckte Erinnerungen. Die meisten davon waren sehr schön, aber es gab eben die Sache mit dem Voltigieren, und die legte sich wie ein Schatten über alle anderen.

»Die meisten meiner Pferde sind für die Dressur ausgebildet«, erzählte Oliver, während er ihren Koffer aus dem Wagen hievte. »Früher bin ich auch viel gesprungen, aber die wilden Zeiten sind vorbei.«

»Von Dressur verstehe ich ungefähr so viel wie von Raketentechnik.« Alice hatte vorsichtshalber bisher noch nicht erwähnt, dass sie gut reiten konnte. Aber auch wenn sie zwischen den Voltigierstunden normalen Reitunterricht genommen hatte – die Dressur war ihr wirklich völlig fremd. Sie drehte sich einmal im Kreis und sog die Atmosphäre des Reiterhofs in sich auf.

Am liebsten hätte sie Gut Buchenberg sofort erkundet, aber Oliver steuerte direkt auf das Haus zu.

»Komm rein, du hast sicher Hunger.« Er hielt ihr die schwere Eichentür auf. Innen war das Haus einfach, aber gemütlich eingerichtet. Antike Echtholzmöbel, dicke weiche Teppiche. Auf mehreren Kommoden entdeckte Alice Pokale und Medaillen.

Im Gästezimmer stand ein modernes Doppelbett mit einem hübschen weißen Nachttisch mit Lampe, ein Schrank mit Spiegeltüren und ein kleiner Schreibtisch. Eine schmale Tür führte in ein eigenes Bad. Die Wände des Zimmers leuchteten in einem warmen Pfirsichton und waren mit geschmackvollen Schwarz-weiß-Fotografien von Pferden verziert. Ein leichter Farbgeruch lag in der Luft.

»Komm einfach nach vorne, wenn du dich eingerichtet hast«, sagte Oliver und verließ den Raum.

Alice kramte ihr Ladekabel aus dem Koffer und steckte es in ihr Handy. Pflichtbewusst schickte sie ihrer Mutter eine Nachricht, machte sich frisch und ging zurück ins Esszimmer, in dem ein riesiger Tisch mit einer karierten Tischdecke stand. Nebenan in der Küche polterte es.

»Was für ein Mist!«, hörte sie ihren Vater schimpfen, und für einen Moment blieb ihr Herz stehen, bis er weitersprach: »Das verflixte Ding treibt mich noch in den Wahnsinn.«

Eine andere Stimme sagte: »Das ist jetzt das dritte Mal in zwei Wochen, dass der Ofen kaputt ist, vielleicht ist es an der Zeit, einen neuen anzuschaffen?«

»Nein, das repariere ich morgen selbst. Liegt bestimmt an den Heizelementen.«

»Gut, wie du meinst. Ich habe improvisiert und euer Abendessen draußen vorbereitet.« Im Kücheneingang erschien ein junger Mann, etwa in Alices Alter. Mit ihm schwappte ein leichter Geruch von Zimt und Nelken herein.

»Hi, ich bin Ben«, sagte er mit amerikanischem Akzent.

Alice musterte den Jungen neugierig. Er hatte kurzes braunes Haar, funkelnde grüne Augen und einen verwegenen Gesichtsausdruck. Plötzlich fühlte sie sich in ihrem schicken Outfit unwohl, das so gar nicht in diese rustikale Umgebung passte.

Ben trug einen beigefarbenen Cowboyhut, dessen Krempe vorne schlaff nach unten fiel und seine halbe Stirn bedeckte. Ihr Blick wanderte an ihm hinunter und blieb an seinen quietschgelben Gummistiefeln haften.

»Ich ... ich bin Alice«, stotterte sie, von dem knalligen Schuhwerk aus dem Konzept gebracht.

»Schöner Name.«

»Danke. Den habe ich zum Geburtstag bekommen.«

Ben grinste sie breit an. »Schlagfertig bist du also auch. Essen ist fertig. Kommst du mit raus?«

Verdutzt folgte sie Ben und seinem Zimtduft auf den dunklen Hof. Dort war ein Holzkohlegrill aufgebaut, davor standen eine Bank, ein Klappstuhl und ein winziger Tisch.

»Eigentlich sollte es Lasagne und Salat geben, aber ohne Ofen ist das schwierig. Jetzt gibt es gegrillte Maiskolben und würziges Borstenvieh im Naturdarm.«

»Wie bitte?«

»Würstchen halt.« Ben lachte. »Sorry, war sparwitzig. Und solltest du dich über meinen starken Akzent wundern: Ich komme aus Kalifornien. Aber meine Großeltern sind in den Achtzigern nach Frankfurt ausgewandert. Deshalb sprechen wir alle ganz gut deutsch. Dein Vater hat dir bestimmt erzählt, dass ich eine Ausbildung zum Pferdewirt mache.«

Der Klang seiner Stimme hatte etwas Erdiges, fast wie ein Waldboden voller Tannennadeln, weich und dennoch robust. Verlegen schaute Alice zu ihrem Vater hinüber, der mit einer Grillzange in der Glut herumstocherte, und sagte ausweichend: »Hat er zwar nicht, aber dann werden wir uns ja jetzt öfter sehen.« Sie verschwieg, wie sehr sie Kalifornien liebte: Ein Dutzend ihrer Pferdebücher spielten dort und auch die Ranch des sagenhaften Pferdeflüsterers Monty Roberts war an der Westküste zu finden.

Außer der glühenden Kohle war es dunkel auf dem Hof. Hier und da scharrte ein Pferd im Stall, mal raschelte es in einer der Scheunen oder ein Fensterladen klackerte.

Alice fühlte sich wie in einer anderen Welt voller Rätsel und Unbekanntem. Trotzdem übten die frische kalte Luft, die glitzernden Sterne und die alten Gebäude eine tiefe Faszination auf sie aus. Und Bens Anwesenheit verunsicherte sie auf eine Art, die sie sich nicht erklären konnte.

»Kommt Erich heute nicht mehr?«, fragte dieser gerade, als Oliver sich zu ihnen setzte, und schaufelte sich ein weiteres Würstchen auf den Teller.

Oliver hob eine Augenbraue und gab Ben ein unmerkliches Zeichen. »Nein, er hat keine Zeit.«

Alice merkte, dass ihm die Frage unangenehm war und wurde neugierig. »Wer ist Erich?«

»Mein Vater.«

»Also mein Opa? Lebt er auch hier?«

»Ja. Nein.« Oliver stocherte in seiner Wurst und ein Stückchen rutschte ihm vom Teller. »Das heißt, er lebt momentan in einer Pension im Dorf.«

Olivers plötzliche Einsilbigkeit war bedrückend, und Alice entschied, nicht weiter nachzuhaken. Außerdem fühlte sie sich von Ben beobachtet, der immer wieder verstohlen zu ihr herüberschielte. Ein bisschen kam er ihr vor wie ein Überbleibsel aus einer anderen Zeit. Seine Gummistiefel und der Cowboyhut trotzten jeder Mode. Aber sie passten in die Umgebung und er sah damit lässig aus.

Alice musterte Oliver. Sie hatte ihn auf Anhieb sympathisch gefunden, mochte seine angenehm ruhige Art und die schöne tiefe Stimme.

»Den Hof und die Pferde zeige ich dir erst morgen Mittag«, durchbrach Oliver die Stille. »Denn wir müssen früh raus, zu einer Auktion. Dort werden ein paar gute Pferde versteigert, die ich im Schulbetrieb einsetzen könnte. Und ich dachte, es würde dich vielleicht auch interessieren. Das geht doch für dich in Ordnung, oder? Falls nicht, kann ich immer noch absagen.« Und als ob es ein verlockendes Argument wäre, schob er hinterher: »Ben kommt auch mit.«

Alice runzelte die Stirn, sie hätte ihren Vater lieber erst mal für sich gehabt, und der Gedanke, dass Ben wieder dabei war, irritierte sie. Trotzdem riss sie sich zusammen, sie wollte nicht gleich am ersten Tag der Spielverderber sein.

»Natürlich«, sagte sie, »ist gar kein Problem. Ich komme gerne mit.«

»Tina meinte, du hättest früher mal geritten.«

Alice wurde rot, sie hatte das Thema unter den Tisch fallen lassen wollen. Zumindest vorerst.

»Ja, schon. Ein wenig. Aber das ist lange her«, antwortete sie ausweichend. »Seitdem hatte ich mit Pferden nicht mehr viel zu tun.«

Ben wischte sich mit dem Ärmel über den Mund und grinste.

»Das werden wir hier schnell ändern.« Er boxte sie kumpelhaft in die Seite, aber Alice zuckte bei der überraschenden Berührung zusammen. Ihre Haut kribbelte dort, wo er sie berührt hatte. Oliver hatte eine Anti-Mücken-

Kerze auf den Tisch gestellt, die im Wind flackerte und die Schatten in Bens Gesicht noch dunkler erscheinen ließ. Das gab ihm etwas Geheimnisvolles, das gleichzeitig unnahbar wirkte.

Er lehnte sich im Klappstuhl zurück und schaute in den Himmel, und Alice tat es ihm nach. Tausende von Sternen leuchteten über ihnen wie funkelnde Diamanten, sie glitzerten hier um einiges heller als in Mühlstadt. Unter ihnen konnte sie die Sternbilder Kassiopeia und den Großen Wagen erkennen.

Ben seufzte. »Schön, nicht? Aber am Nachthimmel erkenne ich immer, dass ich nicht zu Hause bin.«

Alice genoss den Anblick des ungetrübten Firmaments. Im Sommer saß sie abends oft mit ihrer Mutter auf dem Balkon und sie philosophierten über alles, was ihnen einfiel.

»Macht das denn einen Unterschied? Kalifornien liegt doch auch auf der Nordhalbkugel.«

»Ja, aber nicht auf derselben Höhe. Es ist halt alles etwas anders.« Er deutete auf eine Anordnung von Sternen, die knapp über dem Horizont lag. »Das ist der Schütze. In Kalifornien steht er im Sommer hoch am Himmel und ist gut zu sehen.«

Alice beobachtete Bens Blick, als er auf die Sterne zeigte und weitere Unterschiede erklärte. So jemanden wie ihn hatte sie noch nie getroffen. Er war gleichzeitig bodenständig und lässig, aber eben nicht oberflächlich und leicht durchschaubar, wie die Jungs in ihrer Klasse. Und er liebte die Natur und Tiere ebenso wie sie.

Später brachte Oliver Alice auf ihr Zimmer. »Handtücher liegen im Bad für dich bereit und im Nachttisch ist eine weitere Wasserflasche. Brauchst du sonst noch etwas?«

Alice schüttelte den Kopf. »Danke, ich glaube, ich hab alles.«

»Ich freue mich wirklich sehr, dass du hier bist.«

»Ja. Ich mich auch.«

Oliver blickte sie unschlüssig an, hinter seinem freundlichen Lächeln lag ein Schatten, als bedrückte ihn etwas. »Ich hätte nie und nimmer damit gerechnet, dass ich eine Tochter habe.«

Alice horchte auf, etwas an der Art, wie er das sagte, klang gestellt, so als hätte er eigentlich etwas ganz anderes sagen wollen.

Nachts lag Alice noch lange wach und dachte über die erste Begegnung mit Oliver nach. Er war ihr vertraut und fremd zugleich. Dennoch fiel es ihr schwer, sich fallen zu lassen. Seit die Sache mit dem Voltigieren passiert war, misstraute sie allem und jedem. Und nachdem sie von ihrer Adoption erfahren hatte, war auch das letzte bisschen Vertrauen in andere verflogen.

Die ersten Sonnenstrahlen kitzelten das Gras der taunassen Weiden und ließen den Reiterhof in einem unwirklichen Licht erscheinen.

Neben dem hübschen alten Fachwerkhaus standen die Scheune und ein Hühnerstall. Daneben lagen im rechten Winkel die Reitställe, aus denen es laut wieherte und dumpfes Wummern ertönte, das entfernt an Donnergrollen erinnerte.

»Was ist das?«, fragte Alice überrascht.

»Das ist Gordon, ein Hannoveranerwallach. Er kennt seine Frühstückszeit genau und wird unruhig, wenn sich das Futter verzögert«, erklärte Ben, hinter einem halben Heuballen versteckt, den er vor sich trug. »Normalerweise bin ich eine halbe Stunde früher dran. Gordon war ein schwieriger Fall, dein Vater hat ihn auch auf einer Auktion ersteigert, damals galt er als Härtefall. Unter dem Sattel ist er aber ein Traum. Hier, halt das mal bitte.« Mit diesen Worten presste er Alice den gigantischen Heuberg in die Arme.

Krampfhaft versuchte sie, gleichzeitig das Heu festzuhalten und sich nicht von den Halmen piken zu lassen. Stocksteif wartete sie, bis Ben ihr den schweren Haufen wieder abnahm. Gemeinsam fütterten sie Gordon und liefen wieder auf den Hof, als Oliver den Jeep vorfuhr, der einen Pferdehänger hinter sich herzog. Sein Fenster stand halb offen. »Seid ihr abfahrbereit?«

»Ja«, rief Alice, und Ben rief zeitgleich: »Nein.«

»Was denn nun?«

Ben wies in Richtung der Hühner. »Gebt mir eine Minute, ich streu noch schnell die Körner aus, damit Findus nicht wieder tagelang schlecht gelaunt ist.«

Alice öffnete die Tür zur Rückbank des Jeeps, aber ihr Vater stoppte sie. »Setz dich doch neben mich, Alice.«

Sie beobachteten Ben, der zwischen Scheune und Hühnerstall hin und her lief.

»Wer ist Findus?«

»Das ist mein Barnevelder-Hahn, der uns alle pünktlich zwei Stunden vor Sonnenaufgang weckt. Hast du ihn heute Morgen nicht gehört?«

Alice schüttelte den Kopf. Wenn sie einmal schlief, schlief sie. Da konnte es gewittern oder Steine regnen, so leicht weckte sie nichts auf. Das Einschlafen hingegen war eine andere Sache.

»Findus ist ein richtig guter Aufpasser. Aber nimm dich vor ihm in Acht, wenn er schlechte Laune hat. Dann fängt er an, meine Reitschüler über den Hof zu jagen.«

Alice beobachtete den imposanten Hahn, der so stolz vor seinen Hennen auf und ab spazierte, als gehörte ihm der Reiterhof.

»Ist komisch, nicht wahr?«, fragte Oliver.

»Na ja, sieht aus wie ein ganz normaler Hahn.«

»Nein, nicht Findus. Ich meine dich und mich. Geht dir das nicht auch so?«

»Doch, ich muss mich erst noch dran gewöhnen«, antwortete Alice und zog am Anschnallgurt, der sich verhakt hatte.

»Weißt du, ich habe die letzten fünfzehn Jahre damit verbracht, mir das hier aufzubauen.« Mit einer ausladenden Geste zeigte er auf die Gebäude vor ihm. »Gut Buchenberg ist mein Lebenswerk. Ich habe nie einen Gedanken an Familie verschwendet. Versteh mich nicht falsch, es ist nicht so, dass ich Kinder nicht mag, aber ich hatte einfach nie Zeit dafür, es gab auch so immer genug zu tun. Und außerdem fehlte mir die richtige Frau an meiner Seite.«

Alice beobachtete, wie Ben gehetzt mit einem Eimer aus der Scheune kam und auf die Hühner zusteuerte. Heute trug er Jeans zu dunkelbraunen Lederschuhen und ein eng anliegendes schwarz-weiß gesprenkeltes T-Shirt, das seinen muskulösen Oberkörper betonte.

»Meine Mum, Andrea, hast du nur einmal gesehen, richtig?«

Oliver seufzte. »Ja. Leider. Ich wünschte, ich könnte dir etwas mehr über sie erzählen, aber ich erinnere mich einfach nicht mehr richtig an sie. Ich habe sie mit meinem Kumpel Tammo auf einem Sommerfest getroffen und es war ein lustiger Abend. Deine Mutter sah gut aus, das weiß ich noch, sie war witzig und charmant. Und sie kam wie ich aus eher ärmlichen Verhältnissen. Ich …«

Da rannte Ben auf sie zu und sprang behände auf den Rücksitz.

Oliver unterbrach seinen Satz. »Später«, versprach er und löste die Handbremse.

Heute ließen sie den Feldweg links liegen und bogen auf eine geteerte Straße ab.

Oliver schaute in den Rückspiegel zu Ben und sagte: »Du solltest dir bei Gelegenheit mal richtig freinehmen. Du hast bis jetzt noch kein Wochenende freigehabt.«

»Nichts da. Bei meinen Eltern gab es auch nie frei. Auf einem Hof hält man zusammen, die Tiere haben schließlich auch kein Wochenende«, entgegnete Ben lachend, anscheinend immun gegen Olivers Stirnrunzeln. »Und außerdem arbeite ich gerne. Was soll ich auch sonst tun?«

»Na, vielleicht mal ins Dorf gehen zum Tanzen?«, schlug Oliver vor.

»Tanzen?«, fragte Ben entgeistert, und nun musste Alice grinsen. Das konnte sie sich bei Ben, der zwar supersportlich war, aber eben auch recht ursprünglich wirkte, beim besten Willen nicht vorstellen.

»Nun gut, darüber reden wir ein anderes Mal. Jetzt konzentrieren wir uns erst mal auf heute. Weißt du, wie eine Auktion abläuft, Alice?«

»So ungefähr. Ich nehme an, die Pferde werden nacheinander vorgestellt und wenn man interessiert ist, bietet man mit?«

»Genau, man kriegt eine Bieterkarte, um ein Gebot abzugeben, und der Meistbietende ersteigert das Pferd.«

»Klingt eigentlich ganz einfach.«

»Ja. Während der Auktion werden die Pferde vorgeführt. Meist am Führzügel, aber manche werden auch vorgeritten, vor allem dann, wenn Spitzenpreise erhofft werden. Vorher kann man sich die Pferde in den Ställen anschauen und auf den Informationstafeln die wichtigsten Kerndaten erfahren.«

»Aber ist das nicht riskant? Ich meine, man kauft die Katze im Sack. Keine Tierarztuntersuchung, kein Testreiten.«

Oliver nickte. »Ja, im Prinzip schon. Man braucht ein gutes Auge, aber ein bisschen Risiko ist immer dabei. Wie geeignet ein Pferd ist, oder ob alte Verletzungen vorliegen, das findet man oft erst im Nachhinein heraus.«

Alice gähnte. Der Morgen hatte eindeutig zu früh begonnen. Langsam nickte sie ein, und als sie aufwachte, parkte ihr Vater gerade den Wagen.

»Wir sind da!«, kündigte er fröhlich an. »Bist du bereit für den Tag?«

Auf dem Auktionsgelände wimmelte es von Menschen,

die scheinbar ziellos zwischen grauen Stallgebäuden hin und her wuselten, hektisch wie Ameisen auf Futtersuche. Die lang gezogenen Waschbetonbauten erinnerten an Militärbaracken. Der Boden war schlammig und überall flogen Papierfetzen, Plastikbänder und anderer Müll herum.

Ein schlanker Herr mit Glatze und breitem Schnurrbart trat auf sie zu und schüttelte Oliver die Hand. »Guten Morgen, Herr Bernstein. Heute in Damenbegleitung?« Er deutete auf Alice.

Stolz lag in Olivers Stimme, als er antwortete: »Guten Morgen, Herr Schröder. Ja, das ist meine Tochter Alice.«

»Ich wusste gar nicht, dass Sie eine Tochter haben?«

Zu Alices Erleichterung antwortete Oliver ausweichend: »Es ist ihre erste Auktion heute.«

»Na, wenn das so ist.« Der Schnurrbärtige zog einen Mundwinkel hoch. Es sah wie der Versuch eines Lächelns aus, von jemandem, der wenig Erfahrung in diesen Dingen hatte. »Das Auktionsbüro ist heute in Gebäude fünf, direkt hinter den Toiletten. Beeilen Sie sich, die Schlange reicht bereits bis vor die Tür.«

Als Herr Schröder weiterging, erklärte Oliver ihr, dass es sich bei ihm um den Auktionator handelte. Dann eilte er los, um sich zu registrieren, während Alice mit Ben beim Wagen blieb. Sie dachte über die Frage des Auktionators nach und sie überlegte, inwiefern sie anderen selbst die Situation erklären sollte und wollte. Immerhin ging die Adoptionsgeschichte niemanden etwas an, außer sie selbst. Wie viel konnte man verraten und wie viel für sich behalten, ohne andere vor den Kopf zu stoßen oder, noch schlimmer, Mitleid zu erregen? Ein Knoten bildete sich in ihrem Gehirn und ließ keine sinnvollen Ergebnisse zu.

Neben ihnen bremste der Lieferwagen einer Metzgerei so abrupt, dass die Reifen quietschten. Heraus kletterte ein grobschlächtiger Mann mit rotem Gesicht, der eine schlecht sitzende Stoffhose und dicke Arbeitsschuhe trug.

»Aus dem Weg«, fuhr er Alice an und diese sprang überrascht einen Schritt zurück. Unter den Armen des schroffen Mannes hatten sich dicke Schweißflecken gebildet, und Alice rümpfte die Nase, denn ein unangenehmer Geruch ging von ihm aus. Er trat in eine schmierige Substanz auf dem Boden und fluchte: »So ein Scheißdreck«, dann verschwand er in dieselbe Richtung wie Oliver.

Seinen Wagen hatte er mitten auf dem Zufahrtsweg geparkt, die Fahrertür stand immer noch offen. Ben trat vor, um die Tür zuzuschlagen.

»Der Typ ist echt ein Schwein«, kommentierte er, als er sich neben sie an eine Wand lehnte. »Was da auf dem Beifahrersitz und im Fußraum herumliegt ...«

Alice hob eine Augenbraue, aber Ben lachte nur. »Ist doch wahr!«

Im nächsten Moment versteifte sie sich, denn Ben war näher an sie herangerückt, berührte sie nun fast schon. Das war eindeutig zu nah.

»Lass dich von solchen Kerlen nicht einschüchtern, die haben einfach kein Benehmen.«

»Ehrlich gesagt fand ich den weniger schlimm als diesen Auktionator mit seinem falschen Lächeln.«

Sie rümpfte die Nase, ein Geruch von Fäulnis lag in der Luft. In einer Ecke zwischen zwei Containern standen überquellende Mülleimer, die Quelle des erbärmlichen Gestanks.

»Das ist einer der Gründe, warum dein Vater seine Pferde hier ersteigert, er ist ein guter *Horseman*. Viele der Tiere, die nicht verkauft werden, gehen zum Schlachter. Natürlich nicht die teuren Pferde, aber halt die alten, schwachen, ausgedienten und die Fohlen, die den strengen Zuchtbedingungen nicht entsprechen. Und natürlich die Problempferde, die keiner bändigen kann.«

Aus dem größten Gebäude erscholl eine undeutliche, viel zu laute Lautsprecherstimme, die es Alice unmöglich machte, zu antworten. Stattdessen nickte sie.

Ein Blick auf ihr Handy verriet ihr, dass sie etwa eine halbe Stunde hatte, bis die Auktion losging. »Ich würde mir gerne das Gelände und die Tiere ansehen. Wir treffen uns dann nachher im Hauptsaal«, schrie sie Ben ins Ohr.

Dieser gab ihr zur Sicherheit noch seine Nummer. »Oliver vergisst immer, sein Handy aufzuladen. Sein Akku ist meistens bei maximal zehn Prozent.«

Alice grinste, das hatte sie definitiv nicht von ihrem Vater geerbt, sie suchte bereits nach einer Steckdose, wenn die Batterieanzeige unter achtzig Prozent fiel.

Entschlossen schritt sie auf den ersten Stall zu und ließ Ben zurück. Drinnen empfing sie flackerndes Neonlicht, das einen langen Flur ausleuchtete. Rechts und links Boxen, die meisten davon belegt. An jedem Stall hing eine Informationstafel.

In der ersten Box stand ein klappriges Kaltblut mit nur einem Auge, das sie traurig anblickte, direkt dahinter ein schwach bemuskeltes Paint Pony.

Bedrückt schritt Alice an den Pferden vorbei. Viele von ihnen waren alt, einige verängstigt. Die meisten standen mit dem Hinterteil in eine Ecke gedrückt, schauten sie mit aufgerissenen Augen an, als ahnten sie, was sie hier erwarten konnte. Es gab auch einige Tiere in besserem Zustand, auf Hochglanz gebürstet und mit selbstbewusstem Ausdruck. Dennoch lag eine dumpfe Schwermut in der Luft, so bedrückend, dass sie sehnsüchtig an Mühlstadt denken musste, wo es keine Schmutzecken oder unheimlichen Orte gab. Angewidert wich sie einem dunklen modrigen Fleck auf dem Boden aus. Bloß raus hier!

Die Geräusche der Außenwelt drangen nur gedämpft herein und gaben dem Stall mit seinem Zwielicht eine fast unheimliche Atmosphäre. In den Profilen der Stahlträger hingen dicke mit Staub belegte Spinnweben, in den Ecken lag Mäusekot.

Plötzlich schlug ihr Herz schneller und zog sie den Gang entlang. Es war, als würde sie etwas rufen. Wie hypnotisiert folgte Alice ihrem Instinkt, bis sie ein leises Schaben hörte und abrupt stehen blieb. Irgendetwas tief in ihrem Inneren horchte auf, und sie drehte sich nach links. Das Schaben kam aus einer Box, die im Dunkeln lag, weil die Neonröhre über ihr nur ein leises Knistern von sich gab und gelegentlich flackerte.

Neugierig schob Alice den Riegel auf, öffnete die Tür und lugte vorsichtig in den Stall hinein. Auf dem Boden vor ihr war etwas Schwarzes auszumachen. Fest kniff sie ihre Augen zusammen und erkannte das traurig aussehende Pferd, das dort lag. Der schmale Körper des Rappen war knochig und ausgezehrt. Schwach hob er den Kopf und ließ ihn wieder sinken. Kein Fohlen mehr, aber auch noch lange kein ausgewachsenes Pferd. Ein Jährling mit struppiger Mähne und viel zu langen Beinen, die er unter sich eingefaltet hatte. Es war unschwer zu erkennen, dass dieses Pferd krank war. Die Nase des Kleinen triefte, die dunklen Augen lagen in tiefen Höhlen und wirkten trüb, alles an ihm drückte Elend und Krankheit aus. Hier drinnen roch es nach Urin und altem Stroh, kein guter Ort für ein ohnehin geschwächtes Tier.

Hilf mir!

Es war, als könnte sie die Stimme des Jährlings in ihrem Kopf hören, als spräche er zu ihr, so klar, dass es zweifelsohne Worte waren, die sich nur an sie richteten, unhörbar für jeden anderen. Alice glaubte nicht an Esoterik oder Übersinnliches, sie hatte einen bodenständigen Charakter und glaubte nur an das, was die Wissenschaft beweisen konnte. Aber etwas in ihr zerbrach in diesem Moment und löste sich auf. Sie wusste nicht, was es war, und auch nicht wohin es verschwand. Es war wie ein schwerer Mantel aus Eis, der sich um ihr Herz gelegt hatte und der beim Anblick des Kleinen dahinschmolz.

»Keine Angst, ich tu dir nichts«, flüsterte sie.

Ein warmer Strom aus Zuneigung durchflutete sie. Vorsichtig kniete sie sich hin und legte eine Hand auf seine Schulter. Ihr Herz schlug wild, als suchte es den Herzschlag des Pferdes, um sich ihm anzupassen und im gleichen Takt zu schlagen. Alles um sie herum schien zu verschwimmen und war weit weg – die Geräusche, Gerüche und Bilder, die Alice eben noch wahrgenommen hatte, lösten sich auf. Es gab nur noch sie und das Pferd und ein unsichtbares Band, das sie aneinander zu fesseln schien. Sie fühlte sich ihm so stark verbunden, dass es fast schmerzte.

Der Jährling wirkte fehl am Platz und verloren in der dunklen Box. Es kam Alice vor, als sei er gefangen in einer fremden Welt, die er nicht verstand. Langsam stand er auf. Dabei blickte er sie ängstlich an, seine Vorderbeine zitterten. Reflexartig legte Alice ihre andere Hand auf seinen steifen Hals, das schien den Kleinen etwas zu beruhigen und sein Atem ging regelmäßiger.

»Ist gut«, flüsterte sie, »bald kommst du aus diesem schrecklichen Gebäude heraus.«

Vorsichtig strich Alice ihm über den stark definierten Widerrist und den Rücken. Bei der Berührung trat der Rappe einen Schritt zurück, aber sie ging in der Bewegung mit und blieb an ihm dran. Er war so dünn, dass sie jeden Wirbel durch die Haut spüren konnte. Das Fell fühlte sich stumpf an und war dreckverkrustet. Seine Beine waren so zerkratzt, als sei er durch einen Wald aus Stahlwolle gelaufen, und auf seiner Schulter entdeckte sie einen geschwollenen Striemen. Ein Knoten bildete sich in Alices Hals und Wut stieg in ihr auf. Wie konnte man ein Pferd so verwahrlosen lassen und es dann abschieben? Leise schnaubte das Tier unter ihren Bewegungen und sofort vergaß Alice ihre Wut. Als sie sich bückte, konnte sie unschwer erkennen, dass der Kleine ein Hengst war und das wunderte sie. Um ein Pferd nicht zu kastrieren, musste man gute Gründe haben. Im Reitstall Pritzenbeck, dessen Halle die Voltigiergruppe Mühlstadt-Süd jeden Dienstag und Samstag genutzt hatte, gab es nur einen Hengst, und das war ein stattliches Tier, das abseits der Stuten in seinem eigenen Reich hauste. Mit verstärkten Boxenwänden und zweifacher Türverriegelung.

Aus weiter Ferne hörte sie, wie eine Glocke über den Lautsprecher erklang. »Ich muss jetzt gehen, mein kleiner Wildfang. Pass gut auf dich auf. Bald kannst du dich von deinen Strapazen erholen. Du wirst bestimmt ein gutes Zuhause finden.«

Noch in dem Moment, als sie es aussprach, wusste sie, dass es nicht stimmte. Wer würde schon auf ein Tier in so einem schlechten Gesundheitszustand bieten? Und da, wo er herkam, war es ihm mehr als schlecht ergangen. Die Leichtigkeit, die sie eben eingeholt hatte, wurde von einer bleiernen Schwere abgelöst, die sie erdrückte und ihr fast die Luft abschnürte. Der Jährling schaute sie unentwegt an, bittend, verzweifelt.

Geh nicht, schien er zu sagen. Mit einer schwermütigen Geste strich sie dem Kleinen über die Mähne und den Kopf, bevor sie aus dem Stall eilte.

Die Auktion war bereits in vollem Gange, als Alice den Hauptsaal betrat. Gedankenverloren schob sie sich an den Reihen der Bieter entlang, vorsichtig darauf bedacht, mit niemandem in Berührung zu kommen. Endlich erspähte sie Oliver, der in zweiter Reihe vor dem Podest des Auktionators saß.

Herr Schröder trug nun einen Zwicker auf der Nase und hielt einen Hammer in der Hand. »Sirromet von Perlenberg, ein Granatstein-Hengst, Wallach, 11 Monate alt,

Schimmel, wer bietet 1000? – Ich höre 1200, das ist nicht genug, aha, wir liegen bei 1300 ...« Die schnell sprechende Stimme des Auktionators nervte Alice ungemein und sie bemühte sich wegzuhören. Sein Schnurrbart wippte bei jedem Wort auf und ab.

Wie schön wäre es, wenn man einfach seine Ohren zuklappen könnte, wenn man sich Ruhe wünscht, dachte sie.

Der Hammer fiel, das Pferd war verkauft, alle applaudierten und das nächste Tier wurde umgehend hereingeführt, als würden sie alle auf einem Fließband stehen, das niemals ruht.

»Da steckst du ja. Ich habe mir schon Sorgen gemacht. Alles in Ordnung?« Oliver hob seine Windjacke vom Plastikstuhl links neben ihm, um ihr Platz zu machen.

»Habe ich etwas verpasst?«

»Nein. Ben holt gerade Verpflegung und ich habe etwa eine Viertelstunde, bis ein rheinisches Warmblut drankommt, auf das ich ein Auge geworfen habe. Ein sechsjähriger Brauner mit guten Anlagen, etwas nervös, aber mit dem richtigen Training bestimmt ein Spitzenpferd.« Die Art, wie er mit Alice sprach, klang sehr vertraut, so als hätte er sie schon immer gekannt. Aber Alice nickte nur abwesend, denn in ihr tobte ein Sturm, den sie nur mühsam unterdrücken konnte.

Tief ein- und ausatmen, sagte sie sich ein stummes Mantra vor, um sich zu beruhigen und abzulenken.

Gerade wurde ein Gebot angenommen und tosender Applaus ertönte. Ein Rekordpreis war für einen jungen Holsteiner geboten worden, der glückliche Gewinner strahlte.

»Sag mal, könntest du kurz für mich die Stellung halten? Ich wollte noch mal zu den Ställen und dem Warmblut ins Maul gucken.« Ohne Alices Antwort abzuwarten, schob sich Oliver an ihr vorbei und drückte ihr dabei seine Bieterkarte in die Hand. »Pass bitte darauf auf. Bin gleich zurück.«

Alice rutschte unruhig auf dem ungemütlichen Plastikstuhl hin und her. Hoffentlich würde dieser furchtbare Vormittag bald zu Ende gehen. Der Jährling hatte so verloren und hoffnungslos in seiner dunklen Box gewirkt. Ganz anders als alle Pferde, mit denen sie je zu tun gehabt hatte. Und natürlich anders als Colorado, der neunjährige Fuchswallach, der für die Voltigierer Mühlbach-Süd seine unermüdlichen Kreise gezogen hatte.

Das nächste Pferd wurde hereingeführt, und Alice schreckte hoch. Es war der schwarze Jährling – als hätte sie ihn mit ihren Gedanken herbeibeschworen.

Eben noch hatte er zerbrechlich gewirkt wie ein Schmetterling, dürr, saft- und kraftlos. Doch jetzt zeigte er sich von seiner kämpferischen Seite. Wild entschlossen wehrte er sich gegen den Mann, der ihn hereinführte. Kein Ziehen half, fest schlug er alle vier Hufe in den Boden, weigerte sich, vorwärts zu gehen. Tiefe Furchen bildeten sich im Sandboden. Wütend hob der Führer eine Gerte, und Alice schloss die Augen, als er sie durch die Luft zischen und sie knallen ließ.

Er hat ihn nicht getroffen, versuchte sie, sich Trost einzureden. Trotzdem wurde ihr schlecht. Am liebsten wäre sie über die Stuhlreihen geklettert und hätte dem grobkantigen Typen den Stock aus der Hand gerissen.

Herr Schröder fing an, das Tier anzupreisen, und Alice schaute sich um. Um sie herum wurde getuschelt, niemand schien bieten zu wollen. Weiter hinten ertönte Gelächter.

»Das Startgebot liegt bei Hundertfünfzig, wer bietet Hundertfünfzig? Das ist ein Schnäppchen für ein edles Tier mit gutem Körperbau. Ein bisschen Lack und Liebe und er glänzt wie neu.« Die Worte des Auktionators klangen wie Hohn und reflektierten das Verhalten der Zuschauer.

Endlich hob ein Mann ein paar Meter neben ihr die Hand.

»Hundertfünfzig!«, rief er und zog damit alle Blicke auf sich. Der Mann war kugelrund, hatte ein rotes Gesicht, und Alice erkannte ihn sofort – das war der Metzger, der sie bei seiner Ankunft so rüde angeschnauzt hatte. Ein Schrei entfuhr ihr. Sofort drehte sich Herr Schröder in ihre Richtung und schaute sie an. Instinktiv riss Alice die Auktionskarte ihres Vaters hoch.

»Wie viel?«, fragte er erstaunt.

Alice zuckte mit den Schultern, sie hatte keine Ahnung, wie die Gebote erhöht wurden.

»Auf Zweihundert?«, schlug der Auktionator vor und Alice nickte. Dabei fixierte sie den Metzger, der wieder seine Karte hob.

Gemurmel ertönte um sie herum und einzelne Stimmen drangen an ihr Ohr: »Für so einen Klepper«, »Der gehört eingeschläfert«, »Der kostet das Zehnfache in Tierarztkosten« und »Ein grauenhaftes Tier«.

Ebenso schnell wie der Metzger das nächste Gebot abgab, streckte Alice wieder die Karte ihres Vaters in die

Höhe. Das Spiel wiederholte sich. Sie landeten bei dreihundertfünfzig Euro und Alice bekam es mit der Angst zu tun. Der Jährling stand immer noch am Eingang des Ringes, seine Beine wirkten wacklig, aus seiner Nase tropfte Schnodder. Mit getrübten Augen blickte er in ihre Richtung, fand sie zwischen all den Menschen, als suche er Schutz bei ihr.

Der Metzger tuschelte mit seinem Sitznachbarn, anscheinend diskutierten sie das nächste Gebot. Siegesgewiss rieb er sich die Hände.

Ich lass dich nicht hängen, versprach Alice dem Pferd tonlos und ein letztes Mal hob sie die Karte. »Ich erhöhe auf Siebenhundert«, rief sie laut und mit solcher Inbrunst, dass sie sich selbst vor dem bestimmten Ton ihrer Stimme erschrak.

Im Saal wurde es völlig still. Niemand rührte sich, alle starrten wie gebannt auf das junge Mädchen. Man hätte eine Feder fallen hören können.

»Du handelst im Auftrag deines Vaters, richtig?«, versicherte sich Herr Schröder. Alice nickte. »Nun gut, ich vertraue Herrn Bernsteins Entschluss.« Der letzte Satz klang spöttisch und ein paar Leute lachten.

Der Auktionator schaute zum Metzger, doch dieser schüttelte den Kopf. »Das ist der Gaul als Hackfleisch nicht wert.«

Alice verspürte einen Stich im Herzen, aber im nächsten Moment klopfte der Hammer auf das Pult. »Siebenhundert zum Ersten, zum Zweiten, zum – niemand mehr? Zum Dritten. Und zugeschlagen. Nummer 42 geht an ...« Der Auktionator machte eine dramatische Pause, bevor er betont laut rief: »Oliver Bernstein vom Reiterhof Gut Buchenberg!«

Niemand applaudierte, es herrschte Totenstille.

Wie im Traum beobachtete Alice, wie der Jährling abgeführt wurde. Ihr Herz raste, als ihr klar wurde, was sie gerade getan hatte. Jemand räusperte sich hinter ihr, es war Oliver. Kreidebleich starrte er sie an, eine Cola in der einen und eine Chipstüte in der anderen Hand. »Hast du etwa gerade ein Pferd gekauft?«

Kapitel 3

»Du hast *was*?« Ben wirkte so fassungslos, als habe er gerade erst von der Mondlandung erfahren.

»Erkläre ich dir nachher.«

»Aber warum?«

Sie standen auf dem Platz vor dem Hauptgebäude, ihr Vater hielt immer noch die unangetastete Cola in der Hand.

»Kann ich ihn holen gehen?«, fragte sie ihn und rang mit ihrem schlechten Gewissen. Aber darum musste sie sich später kümmern. Immerhin hatte Oliver es tatsächlich noch geschafft, das rheinische Warmblut zu ersteigern, auf das er so scharf gewesen war.

Zwischendurch wurde er von anderen Besuchern auf den Jährling angesprochen: »Was wollen Sie denn mit so einem?«, hieß es, begleitet von ungläubigen Blicken.

Alice war Oliver unendlich dankbar dafür, dass er ein Pokerface behielt und abwinkte: »Das lassen Sie mal meine Sorge sein.«

Eilig lief Alice zu dem Stallgebäude hinüber und riss die Tür auf. Ben war ihr dicht auf den Fersen.

»Das kann ja heiter werden«, murmelte er und lief in sie hinein, als sie über eine Schwelle stolperte. »Sorry.«

Alice rollte mit den Augen, im Moment ging ihr Ben ganz schön auf den Keks. Ihr Gesicht und ihre Hände schwitzten vor Aufregung, sie wollte nur noch zu dem jungen Hengst und ihn hier herausholen, ihn retten und alles wiedergutmachen, was ihm jemals angetan wurde.

Erneut lief Ben in sie hinein, als sie abrupt bremste. Er traf sie hart an der Wade, ein stechender Schmerz zog ihren Unterschenkel hoch.

»Pass doch auf!«, fuhr sie ihn an, härter als sie beabsichtigt hatte.

Ben starrte sie ungläubig an. »*Du* hast doch plötzlich angehalten.« Seine freundlichen Grübchen waren verschwunden, überhaupt schaute er sie gerade etwas zu herablassend an.

Vor ihnen lag die Box des Jährlings und im Eingang stand ein untersetzter Mann, der kräftig an seinem Strick zog.

»Schieb den Gaul, na los, gib dir mal ein bisschen Mühe!«, rief er in die Box und eine Stimme mit starkem hessischem Akzent antwortete: »Ey, mach du doch, isch hab kei Bock misch trede zu lasse.«

Der Führstrick war gespannt, doch das Pferd bewegte sich keinen Millimeter.

Alice riss die Augenbrauen hoch und deutete auf den Kopf des Pferdes, der aus der Box herausragte. Seine Lippen waren zusammengekniffenen, die Ohren zurückgelegt.

»Was … was zur Hölle soll das?« Weiter kam sie nicht.

Energisch schob sich Oliver an ihr vorbei. »Stopp! Sofort aufhören mit dem Theater.«

Die Männer unterbrachen ihre Arbeit und sahen Oliver, der sich breitbeinig und mit verschränkten Armen vor ihnen aufgebaut hatte, erschrocken an. Alice bemerkte, dass er die Männer nicht nur um einen Kopf überragte, sondern auch um einiges muskulöser wirkte.

Der Vordere ließ den Strick sinken und verschnaufte. »Lass mal stecken. Wir wollen den nur nach draußen bringen. Der wurde gerade verkauft.«

»Des müsse' escht Idiote sein«, mischte sich der zweite Mann ein und trat hinter dem Pferd hervor. Er roch, wie Alice angewidert bemerkte, stark nach kaltem Schweiß und altem Rauch. In der Brusttasche seiner Latzhose steckte ein paar Lederhandschuhe, an einem von ihnen klebte eingetrocknetes Blut. »Vollkomm' verrückt. D' Klepper is' mit Abstand des mieseste Pferd im Stall.« Sein heiseres Lachen ging in einen rasselnden Husten über.

»So schlimm wird es ja wohl nicht sein.« Oliver lugte dem untersetzten Mann über die Schulter, der daraufhin zur Seite trat und den Blick auf den Jährling in seiner Box freigab.

Alice schluckte, als sie sah, wie Olivers Augen sich weiteten und er wie in Zeitlupe eine Augenbraue hob. In der Tat war das Pferd kein schöner Anblick. Teile seiner Mähne fehlten und an seiner Hinterbacke zeigten sich mehrere schorfige Kratzer. Von seiner aufmüpfigen Art in der Auktionshalle war nicht viel übrig und Angst stand in seinem Blick.

»Ihr könnt gehen, ab hier übernehmen wir.« Olivers Stimme ließ keinen Zweifel an seiner Absicht. Mit einer forschen Geste hielt er den Männern seine Papiere hin. »Die verrückten Idioten, die dieses Pferd gekauft haben, sind wir.«

Die Männer starrten auf das Kaufdokument.

»Escht jetzt?«

Der Untersetzte drückte Alice den Führstrick in die Hand und zog seinen Kollegen am Arm. »Gut, komm, Torsten, unsere Arbeit hier ist getan. Der Klepper ist nicht mehr unser Problem.«

»Da brat' mer aaner en Storsch. Abber so isses. Jed' Dippsche find't e Deckelsche.«

Die beiden verließen den Stall, der Hintere knallte die Tür lauter zu, als es nötig gewesen wäre.

»Ein Prachtstück ist der echt nicht«, begutachtete Ben das Pferd. »Nur Haut und Knochen, der …«

»Ben? Beim besten Willen, das geht dich nichts an.«

»Aber …«

»Das hier ist eine Sache zwischen mir und Alice. Hol doch bitte schon mal das neue Warmblut und bereite den Anhänger vor. Nimm das rote Lederhalfter aus der Sattelkammer im Hänger, das blaue ist zu klein.« Olivers Stimme klang fest, und während er redete, holte er sein Handy heraus und tippte eine Nachricht.

»Aber …«, versuchte Ben es wieder, seine Brauen waren zusammengezogen.

»Danke.« Er reichte Ben ein paar Unterlagen und nannte ihm die Stallnummer.

Alice war gleichsam beeindruckt und eingeschüchtert. Ihr Vater ließ sich gar nicht erst auf Diskussionen ein, wie sie es von ihrer Mutter gewohnt war. Oliver wusste genau, was er wollte, und ließ keinen Zweifel daran.

Sobald Ben verschwunden war, wandte er sich an sie. »Dann erzähl mal.«

Verlegen kratzte Alice sich am Kopf. »Äh. Es tut mir leid, ich weiß auch nicht, was in mich gefahren ist.«

»Nicht diese Geschichte, die andere. Und bitte die Wahrheit.«

Alice seufzte, ihr Vater war eine harte Nuss und ließ sich nichts vormachen.

»Vor der Auktion bin ich in den Stall rein und habe ihn hier gefunden. Ben hat recht, er sieht erbärmlich aus. Schau dir mal die Schwellung auf seiner Schulter an, als ob er geschlagen wurde. Ich hatte wirklich nicht vor, ihn zu kaufen. Aber da war etwas, eine Art Anziehungskraft. Als ob er mich gerufen hätte. Das klingt jetzt total Banane, aber ich hab einfach gespürt, dass er etwas Besonderes ist, und ich wollte nicht, dass er beim Schlachter endet. Wirklich, anders kann ich es nicht erklären.« Sie kräuselte die Nase und zog die Schultern zusammen. Wie eine in die Ecke gedrängte Maus wartete sie gefasst auf die Standpauke, die nun folgen würde. Doch die kam nicht.

Stattdessen hob Oliver ihr Kinn an, schaute ihr prüfend in die Augen. »Soso. Eine Anziehungskraft.« Er atmete tief aus und strich sich über die glatt rasierten Wangen. Dann marschierte er einmal um den Jährling herum, der ihn argwöhnisch beobachtete. Wieder bei ihr angekommen, kratzte er sich am Kinn und sprach mit sanfter Stimme weiter: »Dieses Pferd ist wahrscheinlich das Letzte, das ich heute gekauft hätte. Es ist sehr krank und ich bin mir nicht mal sicher, ob es im Hänger stehen kann oder ob es umkippt. Sein Exterieur ist in Ordnung, aber der Gesamtzustand ist eine Katastrophe.«

Alice nickte, gerade deshalb hatte sie ihn ja gekauft.

Ihr Vater fuhr fort: »Aber – es gab eine Zeit, da haben mich alle ausgelacht, wenn ich auf Pferde geboten hab, die andere längst abgeschrieben hatten. Damals war ich einer der Jüngsten hier. Und der Einzige, der an mich geglaubt hat, war mein Vater. Er hat mir oft das Geld vorgestreckt, damit ich mitbieten konnte. Ich habe jedes einzelne dieser Pferde trainiert, ihnen eine zweite Chance gegeben, und einige von ihnen für viel Geld verkauft. In die besten Hände, versteht sich.«

Alice durchfuhr eine tiefe Erleichterung. Fast hätte sie damit gerechnet, dass ihr Vater sie gleich wieder nach Hause schicken würde. Zaghaft fragte sie: »Meinst du, der hier könnte später eines deiner Schulpferde werden?«

Oliver schüttelte den Kopf. »Er ist noch jung, aber wer weiß, was für Schäden er von seiner Krankheit davongetragen hat. Er hätte gar nicht zum Verkauf angeboten werden dürfen.«

Während sie dort standen, hatte sich der Jährling keinen Meter vom Fleck bewegt. Mit hängendem Kopf stand er vor ihnen, der Führstrick baumelte auf den Boden.

»Und wir haben noch ein Problem. Wie sollen wir ihn in den Hänger bekommen? Du hast ja gesehen, dass er freiwillig keinen Meter weit geht.«

Alice hob fragend die Augenbrauen und trat auf das Pferd zu. Der Kleine hatte so viel Angst, er würde ihr folgen, um nicht allein zu sein, das spürte sie. Ruhig hob sie den Führstrick auf, legte eine Hand auf seinen Widerrist und sagte leise: »Komm.«

»So geht das nicht ...«, setzte Oliver an und stoppte, als er sah, dass der Jährling langsam aus der Box herauskam. Ungläubig starrte er seiner Tochter nach, die im Gleichklang mit den klackernden Hufschritten den Gang entlangmarschierte. Kein Widerstand, keine Abwehr.

Kopfschüttelnd nahm er das Pappschild an der Box ab, das die wenigen verfügbaren Informationen zu dem Pferd enthielt. Als Ben nach dem Führstrick greifen wollte, wehrte Alice ab und führte ihr Pferd auf den Hänger zu.

»Das mache ich selbst.«

»Aber du weißt doch gar nicht ...«

Schon war Alice an ihm vorbei und der Jährling stand im Hänger. Alice schlüpfte wieder hinaus, legte den Sicherheitsriegel hinter dem Pferd um und ließ den Verschluss einschnappen. Provozierend schaute sie in Bens Richtung, der sie mit offenem Mund anschaute. Er schien ehrlich beeindruckt, aber auch beleidigt.

»Ich glaube, wir haben einen echten Schatz gefunden.« Das war Oliver, der aufgeholt hatte und nun hinter Ben stand.

»Für mich sieht das Pferd eher nach einem Schiffswrack aus als nach einem Schatz.«

»Ich meine nicht das Pferd.«

Wortlos stand Ben in der Stallgasse vor Alice und drückte ihr eine Heugabel in die Hand. Er hatte die ganze Rückfahrt über geschwiegen. Jetzt war das Grün seiner Augen so dunkel, dass es an das Moos erinnerte, das tief unten in Brunnenschächten wuchs. Sein Zimtduft war einer Mischung aus Schweiß und Frittiertem gewichen, es war der durchdringende Geruch des Auktionshauses, den er mit nach Gut Buchenberg gebracht hatte. Ob sie selbst auch so furchtbar roch?

Ben hievte einen Strohballen auf die Schubkarre und wollte gerade an ihr vorbeifahren, als eines der Pferde den Kopf aus seiner Box streckte und Ben einen Ausfallschritt machen musste. Er blieb direkt vor ihr stehen. Für einen Moment verharrte er, legte den Kopf schräg und schaute sie finster an. Seine sonst so schön geschwungenen Lippen waren jetzt fest zusammengepresst und ließen seine Wangenknochen noch deutlicher hervorkommen. Doch Alice ließ sich davon nicht beeindrucken. Sie musste sogar innerlich lächeln, denn wenn er wütend war, sah er fast noch besser aus. Auch wenn das natürlich kein erstrebenswerter Zustand war.

Nachdenklich verteilte sie das Stroh in der Box. Es war schon lange her, dass sie das letzte Mal einen Stall eingerichtet hatte.

Als eine dicke gelbe Schicht den Boden des Stalls bedeckte, wischte sie die Tränke aus, holte Heu und Kraftfutter. Zufrieden klopfte sie die Hände an der Hose ab und ging nach draußen auf den Hof, um den Jährling in Empfang zu nehmen.

Dort erwartete ihr Vater sie mit einem Pappschild in den Händen. »Nummer 42.«

»Wie bitte?«

»Das ist sein Name. Oder besser gesagt, die eingetragene Auktionsnummer. Kein Name, kein Züchter, keine Rassenangabe. Alter: 13 Monate. Geschlecht: Hengst. Und außer dem Kaufvertrag gab es keine weiteren Papiere.«

»Nummer 42«, wiederholte Alice. »Da kann man ihm ja gleich einen Barcode auf die Stirn tätowieren.«

»Mit der Rasse kann ich zumindest aushelfen: Deine Nummer 42 ist ein Shagya-Araber. Rappen wie dieser sind allerdings selten. Aber einen richtigen Namen braucht er trotzdem noch.«

»Amaris.« Das Wort kam so schnell über Alices Lippen, als wäre es schon immer in ihrem Unterbewusstsein gewesen und hätte nur darauf gewartet, in die Freiheit entlassen zu werden. Amaris klang stark. Nach jemandem, der niemals aufgibt. Der Liebe und unbedingte Loyalität in sich trägt, aber gleichzeitig immer wild und frei bleibt.

»Das ist ein klangvoller Name. Wollen wir hoffen, dass er ihm gerecht wird. Der Tierarzt kommt direkt morgen früh, um ihn zu untersuchen. Doktor Becker ist ein Spezialist auf seinem Gebiet, er genießt mein vollstes Vertrauen.«

Amaris schaute sich verwundert in seinem neuen Zuhause um, drehte sich einmal im Kreis und ein Wiehern drang aus seiner Kehle, als er das frische Heu entdeckte. Tief vergrub er seinen Kopf im satten Grün und nur die Ohrenspitzen schauten heraus. Schmatzende Geräusche drangen aus dem Haufen.

Alice lachte. »Sieht so aus, als würde es ihm schmecken.«

Aus Mangel an Sitzmöglichkeiten setzte sie sich in einer Ecke der Box direkt ins Stroh und betrachtete Amaris. Die langen Beine, das knochige Hinterteil, die schmalen Hüften, die dreckverkrustete Mähne. Wie ein stolzer Araber sah er wirklich nicht aus, nur die geschwungene Form seiner Nase und die breiten Nüstern deuteten auf seine Rasse hin.

»Morgen wasche ich dich«, versprach sie. »Wäre doch gelacht, wenn wir den Schmutz nicht aus deinem Fell rausbekommen könnten.«

Amaris würdigte sie keines Blickes, wie ein Staubsauger pflügte er sich durchs Heu. An seiner Brust kräuselte sich sein Fell merkwürdig und direkt daneben lag ein Stück Haut blank. Alices Handy klingelte, es war eine Nachricht von Lena aus ihrer ehemaligen Voltigiergruppe. Die beiden waren gute Freunde geblieben und Lena war die einzige Gleichaltrige, die von ihrem Sommeraufenthalt auf Gut Buchenberg wusste.

Und, wie läuft es mit deinem Vater? Alles gut?

Sie tippte die Antwort: *Ja. Alles total chaotisch, aber gut. Stell dir vor, ich habe heute ein Pferd gekauft. Total verrückt. Kann es selbst kaum glauben.*

Kurz darauf meldete sich Lena wieder: *Was?! Das ist ja krass. Du machst Sachen! Erzähl mal mehr. Von mir gibt es nichts Neues. Außer dass Kassandra einen Power-Trip fährt und uns noch mehr terrorisiert als früher. Sie will, dass wir alle pinke Kostüme tragen für die nächste Show. Ich bin doch keine sechs mehr!*

Alice grinste und entspannte sich, als sie eine längere Antwort tippte. Anschließend formte sie ein Kissen aus einem Büschel Stroh, presste es sich in den Nacken und schloss die Augen. Was für ein Tag! Bilder rasten ihr durch den Kopf und wirbelten umher. Sie nickte ein und wurde erst wach, als jemand sie behutsam an der Schulter rüttelte.

Das verschwommene Gesicht vor ihr kristallisierte sich als blonder Mann mit blauen Augen heraus, und Alice brauchte eine Sekunde, um zu verstehen, wo sie war.

»Papa?«, fragte sie.

Oliver wich bei der ungewohnten Anrede zurück. »Es ist schon spät. Komm ins Haus, es gibt Abendessen.« Seine Wangen zeigten einen Anflug von Röte.

»Ich kann Amaris nicht allein lassen.«

»Es geht ihm gut. Komm rein. Du kannst doch nachher noch mal nach ihm schauen.«

Es gab Spaghetti Bolognese, und Alice musste zugeben, dass Ben richtig gut kochen konnte. Schade war nur, dass er so griesgrämig dreinblickte. Daher vermied sie es, auch nur in seine Richtung zu schauen.

Gerade schob sie sich die letzten Nudeln auf den Löffel, als ihr Handy klingelte. Blitzschnell griff sie in ihre Tasche, um den Anruf abzulehnen.

»Geh ruhig ran, ist schon in Ordnung«, kam ihr Vater ihr zuvor.

Dankbar stand Alice auf und nahm ab. »Hi, Mum.« Schnell lief sie aus dem Esszimmer und schloss die Tür im Gästezimmer hinter sich. Zu oft hatten sie sich in letzter Zeit gefetzt, oft reichten Kleinigkeiten, um einen Streit auszulösen. Das musste niemand mitbekommen.

»Entschuldige. Ja, hier ist alles okay. Oliver ist wirklich total nett.«

»Das beruhigt mich.«

»Es ist eigentlich ganz cool hier. Gut Buchenberg ist wunderschön, es würde dir bestimmt gefallen. Ich habe ein großes Zimmer mit Bad und Blick auf die Weiden. Oliver hat es frisch renoviert, glaube ich.« Alice druckste ein wenig herum, aber früher oder später musste sie ihrer Mutter von Amaris erzählen.

Und ihre Mutter reagierte wie erwartet nicht besonders

erfreut: »Wie bitte? Du hast ein Pferd gekauft, ohne mich zu fragen? Von welchem Geld denn?«

Das Blut schoss Alice in die Wangen, diese Frage hatte sie befürchtet. »Na ja, Oliver hat es vorgestreckt. Ich muss morgen unbedingt mit ihm darüber reden …«

»Alice!«, unterbrach ihre Mutter sie. »Was ist da nur in dich gefahren?«

»Ich weiß selbst, dass es nicht besonders vernünftig war. Aber hättest du gesehen, wie schlecht es ihm ging, würdest du es verstehen. Ich konnte ihn nicht einfach dem Metzger überlassen.«

Ihre Mutter hatte ihr schon oft erzählt, wie schwierig es war, wenn ihre Kunden ihre Haustiere verwahrlosen ließen. Und wie sehr sie darunter litt, wenn sie nicht helfen konnte. Als Tierärztin hatte sie jede Art der Vernachlässigung schon einmal erlebt.

»Es gibt Tausende von Tieren auf der Welt, die in keinem guten Zustand sind, Alice. Man kann die nicht alle retten. Du hättest dich erst mit mir absprechen müssen. Zumal es hier um ein Pferd geht und nicht um einen kleinen Hamster.«

Alice hörte, wie ihre Mutter am anderen Ende der Leitung unruhig auf und ab lief und die Holzdielen knarrten.

»Wie denn das? Bis ich dich telefonisch erreicht hätte, wäre die Aktion gelaufen gewesen.« Alice ließ sich auf einen Stuhl sinken und legte ihren Kopf auf die Lehne. Mit geschlossen Augen konnte sie besser zuhören und nachdenken. Seit die Sache mit der Adoption aufgeflogen war, konnten sie irgendwie nicht mehr vernünftig miteinander reden. Es lag nicht daran, dass sie es beide nicht versuchten, sondern eher daran, dass sie spürten, dass etwas anders war. Diese selbstverständliche Verbindung zwischen Mutter und Tochter, das Wissen, das man zusammengehörte, war weg.

»Alice, beim besten Willen. Ich weiß nicht, ob du dir wirklich darüber im Klaren bist, was es heißt, Verantwortung für dieses Tier zu übernehmen. Bis jetzt hast du dich nie länger für ein Thema interessiert, seit du das Voltigieren hingeworfen hast.«

Der Seitenhieb mit dem Voltigieren tat weh, mehr als alles andere. Sie hatte es nicht einfach hingeschmissen, sie hatte sich das verdammte Bein gebrochen und war von Kassandra aus der Gruppe gemobbt worden.

»Du wolltest das Pferd retten, das verstehe ich. Aber in dem Fall wäre es besser gewesen, du hättest deine Finger von dem Tier gelassen. In euer beider Interesse. Ich weiß, dass du momentan ... dass du ...« Sie brach ab und holte tief Luft.

Alice kannte diesen Punkt in ihren Gesprächen – es war der Augenblick, in dem ihre Mutter Versöhnung suchte. Aber sie konnte nicht über ihren Schatten springen und nachgeben.

Als das Gespräch beendet war, vergrub Alice den Kopf im Kissen, unzufrieden mit der Welt im Allgemeinen und sich selbst im Speziellen. Ihre Mutter hatte darauf bestanden, dass sie Amaris wieder verkaufte. Tränen stiegen in ihr auf und sie gab ihnen nach. Schluchzend lag Alice in dem Bett, das immer noch fremd roch, und wünschte sich weit weg an einen anderen Ort. Als sie wieder aufwachte, umfing sie Dunkelheit.

Ein Falter flatterte gegen ihr Fenster und sie horchte bei dem Geräusch auf. Der Mond stand hoch am Himmel, umgeben von funkelnden Sternen. Eine einzelne Wolke schwebte am Nachthimmel, leicht und zart.

Alice zupfte ein Papiertaschentuch aus ihrer Hosentasche und schnäuzte sich. Die Wolke bewegte sich und veränderte die Form, erinnerte nun an einen Pferdekopf. Entschlossen stand Alice auf, schnappte sich einen Kapuzenpullover, klemmte ihr tränenfeuchtes Kopfkissen unter den Arm und kletterte aus dem Fenster.

♞

Etwas kitzelte sie im Nacken und Alice drehte sich um. Ihr Rücken war steif vor Kälte und ihre Zunge klebte an ihrem Gaumen. Angewidert fuhr sie sich über die Lippen, um den pelzigen Geschmack in ihrem Mund loszuwerden. Ihre Nase stieß an etwas Weiches, Haariges. Staub wirbelte auf und sie musste niesen. Verwirrt schaute sie sich um. Stroh, Heu, Pferdebeine und schwarzes Fell unter ihr. Ihr Kopfkissen bewegte sich, rhythmisch hob und senkte sich der Pferdebauch, wenn Amaris atmete. Der junge Hengst schlief. Wenn er lag, wirkte er noch kleiner, als er ohnehin schon war. Er hatte sich nicht dagegen gewehrt, als sie sich nachts an ihn geschmiegt hatte. Er schien bei ihr einfach keinen ausgeprägten Fluchtreflex zu haben wie andere Pferde. Allerdings träumte er wohl schlecht, denn er bewegte sich unruhig im Schlaf und machte angsterfüllte quietschende Geräusche. Alice tastete am Fell entlang, streichelte zärtlich seinen schmutzigen Hals und die kahle

Stelle an seiner Brust. Sofort wich die Kälte von ihr, stattdessen durchströmte sie nun ein Fluss innerer Wärme, genährt von ihrer Zuneigung zu dem Hengst. Egal was alle von ihr hielten und egal wie sehr sie für Amaris kämpfen musste – es war kein Fehler gewesen, ihn zu retten. Für sie war er jede Mühe wert. Und sie würde ihn nicht wieder hergeben.

Amaris schnaubte und eine tiefe Ruhe überkam sie. Die Zeit schien sich zu dehnen, alles wurde langsamer.

»Amaris, mein Amaris«, flüsterte Alice kaum hörbar, um ihn nicht aufzuwecken. Draußen krähte Findus sein heiseres Kikeri-kchchch. Es war noch früh und sie kuschelte sich an Amaris.

Als Alice wieder aufwachte, drang Licht durch die Boxenwand. Auf dem Hof hörte sie erst Schritte und dann Ben rufen: »In der Scheune ist sie auch nicht.«

Seine Stimme klang so klar durch die dünne Bretterwand, dass Alice fast das Gefühl hatte, er stünde neben ihr. Die weiche Note darin war verschwunden, jetzt klang sie nach dem Stahl eines frisch geschliffenen Schwertes.

Ihr Vater antwortete: »Ihr Gepäck ist noch im Zimmer. Wenn sie bis zum Mittag nicht wieder da ist, rufe ich Tina an. Lauf doch bitte noch den Feldweg bis zum Gravensteiner Apfelhof entlang, nur um sicherzugehen.«

Nun saß Alice kerzengerade. Amaris hob ein Augenlid und starrte sie verwirrt an. Beruhigend legte sie eine Hand auf seinen Hals und sagte: »Pscht, alles gut.« Dann klopfte sie sich Stroh von ihrer Hose, um aufzustehen und sich bemerkbar zu machen, aber Bens nächster Kommentar ließ sie innehalten.

Mürrisch sagte er: »Erst muss ich die Pferde füttern. Kann ja schlecht die Tiere hungern lassen, nur weil Alice stiften geht.«

Seine Worte versetzten ihr einen Stich. Gut, dass sie nun wusste, was er von ihr hielt.

Doch der folgende Satz tat noch mehr weh: »Ich habe heute Morgen genug Zeit mit der Suche nach ihr verschwendet. Wahrscheinlich ist sie bereits über alle Berge.«

»Bestimmt ist sie nur eine Runde spazieren gegangen.« Olivers Stimme klang scharf. »Die Gegend hier ist neu für sie, vielleicht hat sie sich verirrt. Sie macht einen bodenständigen Eindruck.«

»Na, besonders vernünftig war es jedenfalls nicht, ein halbtotes Pferd zu kaufen. Als Erich das erfahren hat, ist er fast ausgetickt ...«

»Du hättest es ihm nicht erzählen sollen, du kennst doch seine Einstellung gegenüber der Familiengeschichte.«

»Er hat mich gestern Abend angerufen und nach der Auktion gefragt«, verteidigte sich Ben. »Hätte ich lügen sollen? Und anscheinend hatte er nicht ganz unrecht, immerhin ist Alice jetzt abgehauen.«

»Gestern war ein anstrengender Tag, Alice wollte sicherlich den Kopf freikriegen. Kann ich ihr nicht verdenken.«

Alices Herz raste. Sie konnte jetzt schlecht rausgehen und den beiden einen Guten Morgen wünschen. Nicht, nachdem sie dieses Gespräch gehört hatte. Was tun?

Amaris stupste sie mit der Nase an, behutsam tasteten die weichen Nüstern über ihren Arm, als wolle er sie genau untersuchen. Er winkelte die Vorderbeine an und stand auf. Dann schüttelte er sich und ließ Strohhalme regnen. Alice spuckte einen aus, der in ihrem Mund gelandet war. Es juckte in ihrem Hals, unwillkürlich musste sie husten.

Im selben Moment verstummten die Stimmen draußen und sie hörte eilige Schritte vor der Stalltür. Ein paar Sekunden später standen Oliver und Ben vor ihr, Letzterer mit einem hochroten Kopf. Er wusste, dass sie jedes Wort gehört hatte.

Oliver stürmte auf sie zu, ignorierte Amaris, der sich sofort versteifte, und drückte Alice an sich. Seine starken Arme legten sich um sie und schienen sie fast zu ersticken.

Alice ließ es geschehen, sie war wie gelähmt, wusste nicht, wie sie reagieren sollte.

»Bist du okay, ist alles in Ordnung?«, fragte Oliver, schob sie wieder von sich weg und sah sie prüfend an.

Alice wich seinem Blick aus und senkte die Augen. »Ja. Es tut mir leid. Ich wollte keinen Ärger machen.«

Oliver zupfte ihr einen Strohhalm aus dem Haar. »Das hast du nicht. Wir haben uns nur gewundert, wo du steckst. Hast du etwa hier geschlafen?« Er schickte einen strengen Blick zu Ben, der ungerührt dastand, als ginge ihn das alles nichts an.

»Ja.«

Wieder nahm er sie fest in den Arm, dieses Mal ließ er sie nicht so schnell wieder los. Zaghaft umarmte Alice ihn zurück. Er roch immer noch fremd, aber seine fürsorgliche Art gab ihr Halt. Sie spürte, dass er gerne etwas sagen wollte, aber nicht wusste wie. In diesem Moment war Alice unendlich dankbar dafür, Oliver gefunden zu haben.

Ich habe einen Vater, schoss es ihr durch den Kopf, einen richtigen, echten Vater, der mich umarmt, wenn ich es brauche.

Ben hatte sich in der Zwischenzeit verzogen, und Alice sah, wie er weiter hinten im Stall mit Eimern hantierte. Er schien hoch konzentriert und beachtete sie nicht mehr. Aber die Eimer klapperten laut, denn seine Bewegungen waren hektisch.

»Das Telefonat mit deiner Mutter hat dich bestimmt aufgewühlt, kann ich mir vorstellen«, wagte sich Oliver vor. »Und deshalb wolltest du bei Amaris schlafen.«

»Ja.«

»Aber deine Mutter macht sich bestimmt einfach Sorgen. Es ist sicherlich schwierig für sie, sich mit dem Gedanken anzufreunden, dass auf einmal ein Pferd zur Familie gehört.«

»Versteh ich, akzeptier ich, find ich aber trotzdem kacke.« Sie sagte das mit leiser, bitterer Stimme, aber Oliver war ihr nicht böse.

»Lass uns gemeinsam frühstücken«, schlug er vor, als sie ihm ins Haus folgte. »Bisher hatten wir noch keine Gelegenheit, uns allein zu unterhalten. Ich habe viele Fragen, und du sicherlich auch.«

Verlegen schaute Alice an sich hinunter: Ihr Kapuzenpullover war voll schwarzem Fell.

Oliver bemerkte ihre Unsicherheit und lachte: »Macht nichts. Ohne Pferdehaare im Pulli ist man gar nicht richtig angezogen.«

Der Tisch war noch gedeckt, und Alices Magen fing bei dem Anblick der Croissants und der reichhaltigen Käse-

und Wurstplatte an zu knurren. Es gab Brennnessel-Käse, Salami mit Walnusskernen, dazu frische Milch aus Braunglasflaschen.

Oliver reichte ihr ein Glas Wasser und sie setzten sich.

Alice erzählte von ihrer Schule, ihren Freunden und Hobbys. Es fiel ihr leicht, mit Oliver zu reden, er war ein guter Zuhörer, an allem ehrlich interessiert, niemals voreingenommen. Nur als das Gespräch wieder auf ihre Mutter kam, blockierte sie.

»Bitte lass uns nicht über Mum reden, ich habe das Telefonat von gestern Abend noch nicht richtig verarbeitet.«

»Kein Problem. Und ansonsten? Wer gehört noch zur Familie?«

»Hm. Außer Mum noch Tante Karin, aber die sehe ich so gut wie nie. Und natürlich Bobby, unser Schäferhund. Der ist echt süß, auch wenn er immer alles anknabbert. Und das war es schon.«

Ein Lächeln huschte über ihre Lippen, als sie an den jungen Hund dachte, doch gleich darauf legte sich ein Schatten über ihr Gesicht, als sie hinzufügte: »Obwohl, es gibt noch Oma.«

Sie versuchte, sich nicht anmerken zu lassen, wie sehr sie die Erinnerung an die letzte Begegnung mit ihrer Großmutter belastete, aber Oliver kniff die Augen zusammen und hob ahnend den Zeigefinger. »Deine Oma ist wohl eher von der anstrengenden Sorte?«

Alice guckte ihn bedrückt an. »Ja. Ehrlich gesagt, wenn ich an Oma denke, ist es gar nicht so schlimm, adoptiert zu sein.«

Sie wurde rot, das war ihr einfach rausgerutscht. Aber

Oliver lachte so laut los, dass sie ihren Zweifel vergaß. Sein Lachen war so ansteckend, dass auch Alice losprustete. Es tat gut und löste die Anspannung in ihr.

Nun wagte sie einen direkten Vorstoß: »Wann lerne ich eigentlich meinen Opa Erich kennen?«

Oliver winkte ab. »Später. Wenn es so weit ist. Mein Vater ist launisch und eingefahren in seinen Meinungen. Für ihn ist das alles schwierig, hm, wie soll ich das erklären?«

»Er kann nicht damit umgehen, dass du neuerdings eine Tochter hast?«, versuchte es Alice.

Ihr Vater atmete erleichtert aus. »Ja, genau. Das wollte ich sagen. Vielleicht ist er in dieser Hinsicht deiner Oma nicht unähnlich? Er traut dem Vaterschaftstest nicht ... Aber um zu erkennen, dass du meine Tochter bist, dafür reicht ein Blick in den Spiegel. Ich hätte dich auch unter tausend fremden Mädchen erkannt.«

Alice wurde warm im Bauch. Ihr gefiel es, dass Oliver auf ihre äußerliche Ähnlichkeit anspielte, die auch eine innere natürliche Verbundenheit zwischen ihnen schuf.

»Genau das habe ich am Bahnhof auch gedacht«, gab sie zu.

In einer Schüssel vor ihr lag eine aufgeschnittene Mango und sie griff sich ein Stück. Während sie kaute, lauschte sie gespannt den Erzählungen über den jungen Oliver, der aus einem armen Elternhaus kam, in dem Pferdehaltung undenkbar gewesen wäre.

»Meine Eltern hatten ein Kartoffelfeld und Kartoffeln gab es bei uns jeden Tag. Ich kenne an die sechzig Zubereitungsarten, von Röstis, Suppe, Knollenauflauf, Kartoffelbrei, über Pommes und Ofenkartoffel zu Kartoffelsalat.

Gib mir einen Sack Kartoffeln und ich bereite dir ein Fünf-Gänge-Menü zu.« Er lachte. »Später kam mein Vater dann zu Geld, da er ein gutes Auge für Rennpferde hatte.«

Auch Oliver zog es schon früh zu den Pferden hin. Er half auf Reiterhöfen in der Umgebung aus, schaute Pferdetrainern zu und verdiente sich sein Geld mit Ausmisten von Privatställen. Später wurde er Reitlehrer, sparte viel und kaufte schließlich Gut Buchenberg. Der Hof war sanierungsbedürftig, dafür aber ein echtes Schnäppchen. Oliver reparierte, erneuerte, zog Wände hoch, baute Scheunen und eine Reithalle. Es hatte viele Jahre gedauert, bis Oliver Gut Buchenberg zu seinem heutigen Glanz verholfen hatte. In der Zwischenzeit hatte er sich einen Namen gemacht, trat auf Turnieren an, kaufte und verkaufte Pferde, trainierte Problempferde.

»Natürlich liebe ich die Dressur, aber ich habe mich nie auf eine Sache festgelegt. Das ist meine große Stärke und zeitgleich meine größte Schwäche. Ich mache alles mit Pferden, bin eben ein Generalist und kein Spezialist, der für seine Disziplin lebt. Es reizt mich einfach alles, und sobald es ein Problem gibt, bin ich dabei. Ich liebe Herausforderungen.«

»Hm.« Alice wünschte sich, bei ihr wäre das auch so. Das Voltigieren war ihre Leidenschaft gewesen, aber seit sie damit aufgehört hatte, interessierte sie nichts mehr so richtig. »Ich glaube, ich bin eher Spezialist«, schlussfolgerte sie, »nur dass mir die Spezialisierung fehlt.« Gerne hätte sie noch mehr Geschichten gehört, aber gerade als Oliver wieder ansetzte, fuhr ein weißer Lieferwagen vor. Alice reckte den Kopf, um den Wagen besser durch das Fenster erkennen zu können. Auf seiner Seitenwand klebte ein Sticker mit einer Pferdesilhouette.

»Das ist Doktor Becker, der Tierarzt.«

Schnell räumte Alice die Teller in die Spülmaschine und sah ihren Vater erwartungsvoll an.

»Nun geh schon«, ermunterte der sie, »ich komme gleich nach.« Dankbar flitzte Alice aus der Küche und schnürte hektisch ihre Schuhe. Sie brauchte zwei Anläufe – wenn sie nervös war, funktionierte ihre Feinmotorik nicht. Direkt vor der Haustür standen Bens Schuhe, und Alice wich ihnen im letzten Moment aus. Immer ließ er seine Sachen herumliegen!

»Du bist also Alice Winkler«, stellte Doktor Becker fest und reichte ihr die Hand. Er schüttelte sie fest und riss Alice damit fast vom Boden. »Sehr erfreut, Sie kennenzulernen.«

Der Tierarzt war um die Fünfzig und hatte mittellange graue Haare, graue Augen und buschige Brauen, die ihm das Aussehen eines kauzigen Wissenschaftlers verliehen. In der Brusttasche seines weißen Kittels steckten ein Thermometer und ein Kugelschreiber, auf dem kurioserweise ein Snoopy auf einer Spirale wackelte.

Doktor Becker folgte Alice in den Stall, aber dort erwartete sie eine böse Überraschung. Amaris stand schwer keuchend vor ihnen. Sein ganzer Körper war schweißbedeckt und so warm, dass sein dunkles Fell dampfte.

Alice tastete ihm besorgt über den heißen Körper, dann nahm sie seinen Kopf zwischen ihre Hände und gab ihm einen Kuss aufs Maul. Amaris ließ es geschehen, hob müde die Lider und schaute sie an. Obwohl er seine großen dunklen Augen kaum offen halten konnte, schien er ihr direkt ins Herz blicken zu können.

»Das ist Amaris«, sagte Alice bedrückt. »Sein Zustand hat sich verschlechtert, vor einer Stunde hat er noch nicht so stark geschwitzt. Hat mein Vater Ihnen schon alles erzählt?«

»Die wichtigsten Infos habe ich. Alles andere werden wir jetzt herausfinden. Und ihr könnt den Verkäufer wirklich nicht erreichen? Es wäre gut, mehr über seine Krankheitsgeschichte zu erfahren. Insbesondere seine bisherigen Impfungen, eventuelle Allergien oder Unverträglichkeiten.«

Unglücklich schüttelte Alice den Kopf. »Leider nein. Oliver wollte morgen beim Auktionshaus nachfragen. Sonntags geht da wohl keiner ans Telefon.«

Es klickte und klackerte, als der Tierarzt in seiner Ledertasche wühlte, um sich seine Instrumente zurechtzulegen.

»Keine Angst, Amaris, du bist nicht allein«, flüsterte Alice ihrem Hengst zu und wartete, bis Doktor Becker sich wieder aufrichtete.

»Bitte stell dich auf meine Seite und halte ihn gut fest«, wies er Alice an, bevor er Amaris' Maul öffnete und den Rachen betrachtete.

»Er hat ein vollständiges Milchzahngebiss«, kommentierte er. »Zum Glück sind keine Wolfszähne vorhanden.«

Neugierig verfolgte Alice, wie Doktor Becker das Pferd von Kopf bis Huf durchcheckte, Temperatur, Puls und Atmungsrhythmus maß. Mal kräuselte sich seine Stirn, mal hob er eine Augenbraue und brummelte vor sich hin. Mit jeder Minute wurde Alice unruhiger. Amaris hingegen blieb die Ruhe selbst, solange sie dicht neben ihm stand. Sobald sie auch nur einen Schritt zur Seite trat, zuckten die Muskeln auf seinem Rücken nervös.

Schließlich wiegte Doktor Becker nachdenklich den Kopf und fragte: »Hat er bisher viel gehustet?«

Alice schüttelte den Kopf. »Nein, überhaupt nicht.«

Oliver kam mit großen Schritten über den Hof geeilt. Er hatte sich in der Zwischenzeit umgezogen und trug nun eine beige Reithose, Dressurstiefel und ein dunkelblaues Hemd.

»Alles weist darauf hin, dass euer kleiner Araber eine Atemwegserkrankung hat. Oft wird das von Husten begleitet, aber das fehlt anscheinend in diesem Fall. Sein Puls ist allerdings sehr schwach. Das ist eine ernste Sache. Ich hatte solche Fälle schon mehrfach. Man denkt, die Pferde sind auf dem Weg zu Besserung, und dann geht alles ganz schnell und sie bauen ab. Ich muss ehrlich sein: Viel Hoffnung habe ich nicht. Hätte ich ihn vor ein, zwei Wochen behandeln können, hätte die Sache anders ausgesehen.«

Alices Knie wurden weich und sie lehnte sich an die Stallwand, um sich abzustützen. Inständig hoffte sie, sich verhört zu haben.

»Wie meinen Sie das?«, fragte Alice ruhig, aber auf seinen Wangen bildeten sich rote Flecken. »Ich meine, wir können ihn doch jetzt nicht einfach aufgeben.«

Doktor Becker verstaute sein Stethoskop in einer Box und packte seine Lampe dazu. Eine Weile kramte er in einer Box, bis er Alice etwas entgegenhielt. »Aufgeben tun wir dein Pferd erst, wenn es sich selbst aufgibt. Am besten wäre es, wenn wir ihn in meine Klinik bringen würden.

Aber in dem Zustand lässt er sich schwer transportieren. Und ich habe volles Vertrauen in eure Fähigkeiten«, dabei schaute er Oliver an, der bestätigend nickte.

Sie brachten Amaris zurück in seine Box. Dort legte Doktor Becker ihm eine Infusion. Dafür rasierte er eine Stelle am Hals, um den Katheter zu legen, der wurde wiederum mit einem Verband am Hals gesichert. Den Beutel mit der Lösung hängten sie ins Gebälk. Der Infusionsschlauch, der den Beutel mit Amaris' Hals verband, war sehr lang, damit der junge Hengst genug Spielraum hatte, sich frei in seiner Box zu bewegen.

»Hier sind seine Medikamente, die braucht er alle drei Stunden. Auch nachts. Morgen früh komme ich und schaue ihn mir wieder an.« Er zögerte einen Moment und holte tief Luft, bevor er weitersprach: »Die nächsten vierundzwanzig Stunden sind entscheidend. Das ist mein Erfahrungswert. Wenn ein Pferd in diesem Zustand die Kraft findet durchzuhalten, dann ist es zwar noch lange nicht geschafft, aber die kritische Phase ist überstanden. Es gibt natürlich Ausnahmen und jedes Pferd ist anders.«

Vorsichtig nahm Alice die braunen Fläschchen entgegen, sie kamen ihr vor wie ein Schatz. Die einzige Hoffnung, die sie nun hatte.

Oliver legte ihr eine Hand auf die Schulter. »Wir schaffen das schon. Irgendwie«, versprach er, aber Alice spendete es wenig Trost. Das hier lag nicht in ihrer Hand, das Schicksal würde entscheiden. Amaris tanzte auf einem Drahtseil über einem tiefen Abgrund – ein Windstoß und es wäre vorbei.

Kapitel 4

Die nächsten Stunden verbrachte Alice in Amaris' Box. Mit einem feuchten Handtuch rieb sie seinen glühenden Körper und das Gesicht ab, hoffte, ihn damit herunterkühlen zu können. Am Hals war sie besonders vorsichtig und machte einen Bogen um seinen Infusionsverband. Amaris ließ sich alles gefallen, aber sie spürte, wie er jede Stunde schwächer wurde. Irgendwann legte er sich hin, der spiralförmige Schlauch spannte sich. Immer wieder versuchte sie, ihm etwas Heu zu reichen, aber er wollte nicht fressen. Auf Doktor Beckers Anweisung hin hatte Alice das Heu vorher eingeweicht.

Nach einer Weile hockte sie sich in eine Ecke und las die letzten Nachrichten von Lena, aber es war nicht der richtige Zeitpunkt, um ihr zu antworten und mehr von Amaris zu erzählen. Nach einer Weile schob Ben die Tür auf. Er hievte einen schweren Wassereimer in eine Ecke.

»Das ist einfacher für Amaris, als die Tränke zu benutzen«, murmelte er erklärend vor sich hin, ohne Alice anzuschauen.

Amaris trat zum Wassereimer, womit er Ben den Rückweg abschnitt. Nun musste er sich direkt an Alice vorbeiquetschen und kam ihr dabei so nahe, dass sie ihn riechen konnte – da war sie wieder, diese unverwechselbare Note nach Zimt und Ingwer.

Als hätte er ihre Gedanken gelesen, schnupperte er jetzt

auch und murmelte: »Was riecht denn hier so nach Orangen?«

Alice wurde knallrot, das war wohl die Duftnote ihrer Tagescreme. Doch bevor sie antworten konnte, war Ben wieder verschwunden, nur sein Weihnachtsduft hing noch minutenlang in der Luft.

Oliver schaute stündlich vorbei, brachte Alice ein Kissen oder einen Snack. Gegen Mittag kam er mit einem Campingstuhl.

Entschlossen klappte er den Stuhl auf und ließ sich hineingleiten. »Ich übernehme, Alice. Mach eine Pause.«

Er schlug die Beine übereinander und machte es sich gemütlich.

Das Angebot rührte Alice, aber sie schüttelte den Kopf. »Das ist wirklich lieb«, setzte sie an und beobachtete, wie ihr Vater eine Packung mit Kräuterbonbons aus der Brusttasche holte, »aber ich bleibe hier.«

»Ich dachte mir schon, dass du das sagst. Den Dickkopf scheinst du von mir geerbt zu haben.«

Amaris machte ein leises Geräusch, mehr ein Blubbern als ein Wiehern, und sofort war Alice bei ihm. Besorgt strich sie ihm über die fiebernde Stirn und die glühende Nase.

»Wenn ich jetzt gehe und er stirbt, werde ich mir das nie verzeihen.«

Fachmännisch betrachte Oliver den Jährling und zog die Stirn in Falten. »Er wird jetzt nicht sterben. Glaub mir. Und wenn ich das Gefühl habe, dass sich an seinem Zustand etwas ändert, rufe ich dich sofort an. Mach dich frisch, geh eine Runde spazieren oder erhol dich sonst wie. Die Nacht wird noch lang genug. Ich nehme an, du willst wieder hier schlafen?«

Alice nickte.

»Dann sammle jetzt die Kraft dazu. Ich halte hier die Stellung. Ich bin sowieso froh, eine Pause machen zu können. Fridolin ist schon wieder grundlos ausgetickt. Dieses Pferd ist mir ein Rätsel.«

»Was war los?« Alice mochte das neue Warmblut, auch wenn sie bislang kaum Zeit gehabt hatte, sich mit ihm zu beschäftigen. Aber diese merkwürdigen Stimmungswandlungen waren ihr unheimlich.

»Wenn ich das wüsste. Meist sind ihm Geräusche und Bewegungen egal. Dann wiederum rastet er bei Kleinigkeiten aus. Irgendwas stimmt nicht mit ihm.«

»Du kriegst das bestimmt in den Griff, Oliver. Ich gehe jetzt ein bisschen spazieren. Dann lös ich dich wieder ab. Danke.« Alice zögerte verlegen und rieb sich die Hände. Sie wollte noch etwas loswerden. »Ich ... ich möchte natürlich die Kosten für Amaris übernehmen, auch die Tierarztrechnung. Ich habe die Gesamtsumme nicht, aber ich könnte dir das auf Raten abzahlen. Wäre das in Ordnung?«

»Klar. Das macht siebenhundert für das Pferd, sagen wir weitere fünfhundert für den Tierarzt. Bei einer Abzahlungsrate von dreißig Euro pro Monat macht das drei Jahre und vier Monate. Also kannst du es schaffen, bevor du volljährig wirst.«

Alices Augen weiteten sich. Das war länger, als sie gedacht hätte. »Kein Problem, ich werde am Wochenende Zeitungen austragen, dann geht es schneller.« Fieberhaft suchte sie nach weiteren Ideen. »Ich kann auch mein neues Fahrrad verkaufen«, schlug sie vor.

Erst jetzt merkte sie, wie Oliver krampfhaft versuchte, ein Grinsen zu unterdrücken und ein Lachen seine Augen umspielte.

»Alice, das war nur Spaß. Lass das Geld mal meine Sorge sein. Ich nage nicht am Hungertuch und wenn du dich beteiligen willst, können wir später gerne darüber reden. Aber eigentlich habe ich vierzehn Jahre Weihnachts- und Geburtstagsgeschenke nachzuholen. Allerdings habe ich jetzt gerade nur den Wunsch, dass du dir etwas Sonne auf deine hübsche Nase scheinen lässt.« Er drehte das Papier seines Kräuterbonbons auf und schob es sich in den Mund.

Alice gab sich einen Ruck und riss sich unwillig los, nicht ohne Amaris einen letzten Kuss zu geben. So vertraut ihr Vater ihr auch vom ersten Augenblick an vorgekommen war, so spürte sie in diesem Moment deutlich, dass sie ihn eben doch nicht wirklich kannte. Sie hatte ihn vierzehn Jahre lang verpasst. Das tat weh. Wie hätte ihr Leben ausgesehen, wenn sie ihn früher getroffen hätte? Vielleicht wäre sie selbstbewusster, würde sich mehr zutrauen und nicht so schnell aufgeben, wenn es schwierig wurde. Alice lief ins Haus, um sich einen Snack zu holen, sie hatte Lust auf was Süßes, das war jetzt bestimmt gut für die Nerven. Gerade hatte sie sich etwas zubereitet, da stand Ben vor ihr. Wieder trug er eine Jeans, ein Shirt einer amerikanischen Footballmannschaft und ein Basecap. Seine Miene verdüsterte sich, als er sie erblickte, und aus irgendeinem Grund tat das mehr weh, als es sollte. Anscheinend hatte er es immer noch nicht verkraftet, dass sie mit Amaris für Wirbel auf dem ansonsten eher ruhigen Hof gesorgt hatte.

»Guten Appetit«, sagte er tonlos und ging an ihr vorbei zum Wasserkocher.

Alice ließ sich nicht stören, ihre Gedanken waren bei Amaris.

Nach zwei Minuten setzte Ben sich zu ihr, in seiner Hand eine Tasse mit dampfendem Hagebuttentee. »Dosenmandarinen mit Sprühsahne? Ernsthaft?«, fragte er entgeistert und deutete auf ihre Schüssel.

»Ja? Warum nicht?«, antwortete Alice, erleichtert darüber, dass die Mandarinen das Eis gebrochen und Ben zum Sprechen gebracht hatten.

»Das ist ja widerlich.«

Alice grinste. »Ich finde es lecker.« Und mit einem schelmischen Gesichtsausdruck schob sie hinterher: »Willst du mal probieren?« Provokativ hielt sie ihm den Löffel entgegen.

Ben hob angewidert einen Mundwinkel und schüttelte sich. »Nein, danke.«

Fünf Minuten später verließ sie das Haus. Der Himmel schien blau über ihr, es war warm und die Vögel zwitscherten in den Bäumen. Das Wetter schien nicht zu dem Schrecken zu passen, der gerade ihr Herz belastete. Am liebsten wäre sie in den Stall zurückgeeilt, aber ihr Vater hatte recht: Eine Pause würde ihr guttun. Eine getigerte Katze strich um ihre Beine und miaute. Alice bückte sich und streichelte das Tier, das sofort zu schnurren anfing.

Von dem Hof ging ein Kiespfad ab, der zu den Wiesen

führte. Auf den Wiesen standen mehrere Pferde, die friedlich grasten oder dösten. Ein hübscher Anblick, fand Alice und wünschte sich sehnlichst, dass Amaris eines Tages Teil dieser Herde sein könnte. Es war schön, wieder unter Pferden zu sein, sie hatte das mehr vermisst, als ihr bewusst gewesen war. Eine ältere Stute mit grauen Strähnen in der Mähne und einem leichten Senkrücken kam an den Zaun, und Alice rupfte ein Büschel Gras für sie ab.

»Du bist ja mal eine Süße.« Der Ballast, der sich eben noch wie eine Schlinge um ihre Seele gelegt hatte, verflüchtigte sich und machte einer tiefen Befriedigung Platz. Was nur hatten Pferde an sich, das ihr Herz sofort zum Fliegen brachte?

Der Kiesweg ging über in einen Trampelpfad und führte hinter den Weiden über eine Kuppe hinunter zu offenen Wiesen. Hinter einer Senke entdeckte Alice einen Garten mit Apfelbäumen. Wie stramme Soldaten standen sie in Reih und Glied, keiner tanzte aus der Reihe. Die süßlich duftenden Äpfel waren reif, leuchteten rot und gelb, einige lagen auf dem Boden. Als Alice näher kam, stieg ihr ein süßlicher Geruch in die Nase. Amaris hatte sein Futter verweigert, aber vielleicht konnte er ein paar saftigen Äpfeln nicht widerstehen? Der Garten war an zwei Seiten von dichten Buchshecken umgeben, vor ihr grenzte ein Jägerzaun die Plantage vom Pfad ab. Weit und breit war niemand zu sehen. Heimlich stieg Alice über den Zaun und bückte sich unter dem ersten Baum, um das reife Obst einzusammeln. Gerade hob sie einen besonders schönen Apfel auf, da traf sie etwas am Kopf.

»Au, verflixt!«, schrie sie und betrachtete das davonkullernde Wurfgeschoss. Es war ein Apfel. Aber er war nicht von oben gekommen, sondern von hinten. Sie drehte sich um und erstarrte.

Vor ihr stand ein junges Mädchen in einem einfachen Baumwollkleid, sie war etwa in Alices Alter. Die langen braunen Haare waren zu zwei strengen Zöpfen geflochten. Sie hätte hübsch ausgesehen, doch ihre Arme waren forsch in die Hüften gestemmt und die dunklen Augen in dem schmalen Gesicht funkelten sie wütend an.

»Was machst du auf unserem Grundstück? Verschwinde sofort! Und die Äpfel bleiben hier. Das ist Diebstahl!«

Erschrocken ließ Alice die Äpfel fallen. »Ich ... ich ... ich dachte ...«

Das Mädchen war zwar etwas kleiner als sie, aber strahlte eine Autorität aus wie ein römischer Kriegsherr, der sich vor seinen Truppen aufgebaut hatte. Alice schluckte.

»Ja, was dachtest du? Dass es keiner bemerkt? Dass ein paar Äpfel weniger schon niemanden stören?«

Nun fühlte Alice sich ertappt – dieses Mädchen konnte Gedanken lesen. Schamesröte stieg ihr in die Wangen.

Das Mädchen fuhr fort: »Das ist unsere Existenzgrundlage, jeder Apfel hier ist wertvoll. Merk dir das. Es gibt nicht viele Sorten, die schon im August reif sind. Hier wird nicht geklaut. Kauf dir dein Essen im Supermarkt.«

Ein Schatten tauchte zwischen den Zweigen einer Hecke auf. Nur ein paar Meter entfernt kämpfte sich jemand durch das Dickicht.

»Es tut mir leid«, stotterte Alice, »und ich habe überhaupt noch nie etwas geklaut, ich habe einfach nicht nachgedacht. Die Äpfel sind auch gar nicht für mich, sondern für mein

Pferd. Es ist krank.« Sie blickte auf die Äpfel um sich herum, die Amaris nun nicht bekommen würde.

»Jaja, immer gibt es eine Ausrede.«

Alice fasste sich wieder. Vielleicht konnte sie sich eine Scheibe von Olivers selbstbewussten, immer überlegenen Art abschneiden? Sie straffte die Schultern und wagte einen Vorstoß. »Was hältst du davon, wenn ich dir die Äpfel abkaufe?«

Das Mädchen öffnete wütend den Mund, schloss ihn wieder und starrte sie erstaunt an. Entschieden griff Alice sich in den Nacken und hantierte am Schloss ihrer Kette, einem Geschenk ihrer Großmutter. Alice trug sie, weil sie ganz hübsch war, aber die Kette bedeutete ihr nichts. Sie war gerade recht, um gegen etwas wirklich Wertvolles, wie Äpfel für Amaris, eingetauscht zu werden.

»Hier. Lass mich so viele Äpfel tragen, wie ich kann, und nimm meine Kette. Die Steinchen in dem Anhänger sind echt.«

Das Mädchen griff fasziniert nach der Kette und betrachtete sie. Ergriffen strich sie über den tropfenförmigen Anhänger.

»Die wirst du doch wohl nicht annehmen, Sophie?« Die Stimme zerschnitt die Luft wie zersplitterndes Glas. Vor ihnen war eine alte Frau aufgetaucht, die in ihrem bodenlangen Kleid und mit den weißgrauen Haaren wie eine Erscheinung wirkte.

Sofort veränderte sich Sophies Haltung: Eben noch war sie stolz und autoritär gewesen, nun hielt sie Alice die Kette mit reumütiger Mimik wieder hin. »Natürlich nicht, Oma. Die Kette ist viel zu wertvoll.«

Alice wehrte ab. »Ich bestehe darauf. Ich möchte kein Apfeldieb sein.«

»Dein Pferd ist krank?«

Alice nickte. Bei näherem Hinsehen stellte sich die alte Frau als resolute Dame in den frühen Siebzigern heraus. Hören konnte sie offensichtlich noch sehr gut. Trotz ihrer Falten sah man, dass sie mal sehr schön gewesen sein musste. Die hohen Wangenknochen wurden von einem freundlichen Lächeln hervorgehoben, das ihre Lippen umspielte. Doch am beeindruckendsten waren die klaren, von zahlreichen Lachfalten umgebenen blauen Augen. Über ihrer Schulter hing ein gehäkeltes Tuch und in der Hand hielt sie einen Wanderstock, auf den sie sich stützte. Das war eine Großmutter wie aus einem antiken Bilderbuch.

»Bist du Olivers Kind?«

Alice schaute sie überrascht an. »Woher wissen Sie das?«

»Du bist ihm wie aus dem Gesicht geschnitten. Nimm dir so viele Äpfel, wie du möchtest.«

»Aber, Oma, wir ...«

»Sophie, keine Widerrede«, unterbrach die alte Dame sie sanft, aber nachdrücklich, und zu Alice gewandt fuhr sie fort: »Bitte, bediene dich, mein Kind.« Auffordernd stieß sie mit dem Stock an einen Apfel, der davonrollte.

Eilig sammelte Alice einige Äpfel ein, bedankte sich und machte sich auf den Heimweg.

Kurz bevor sie den Obsthof verließ, drehte sie sich um und blickte zurück. Sophie stand immer noch am selben Fleck, die merkwürdig traurigen Augen auf sie gerichtet.

Mit ihrem blassen Gesicht wirkte sie einsam und verloren, fast wie Amaris bei ihrer ersten Begegnung, und so ernst, dass es Alices Herz einen Stich versetzte.

♞

Als Alice auf dem Gutshof ankam, sah sie Ben auf dem Reitplatz. Er saß gerade, aber weich im tiefsten Punkt des Sattels, die Beine lang, den Blick geradeaus gerichtet. Er schien mit Fridolin verschmolzen, Pferd und Reiter waren eine Einheit und bewegten sich in großen harmonischen Galoppsprüngen im Viereck.

Alice musste ihren bewundernden Blick losreißen und eilte an ihm vorbei in Richtung Stall.

Oliver saß immer noch in seinem Campingstuhl und las in einer Zeitschrift. Amaris lag auf dem Boden, die Vorderbeine angewinkelt, den Kopf gebeugt, und knabberte am Heu. Nichts schien sich verändert zu haben, bis auf ein Detail.

»Holzspäne?«, fragte Alice verdutzt. Der Boden war mit einer dichten Schicht aus Spänen bedeckt, das Stroh war verschwunden.

»Das hat Ben in der Zwischenzeit erledigt. Er hatte den berechtigten Einwand, dass Holzspäne bei einer Atemwegserkrankung die bessere Wahl sind, da sie weniger Keime und Staub als Stroh haben.«

»Das ging aber schnell.« Sie schaute auf ihre Uhr. »Ich war gerade mal etwas mehr als eine Stunde weg. Und Ben sitzt bereits wieder auf dem Pferd. Tickt seine Uhr langsamer als meine?«

»Ben ist ein guter Arbeiter. Und er hat sich um Amaris gesorgt.«

Alice verkniff sich einen Kommentar. Sie hatte bisher nicht den Eindruck gehabt, dass Ben sich irgendwie um Amaris' Wohlergehen bemühte.

Oliver deutete auf die Äpfel, die sie mitgebracht hatte. »Warst du beim Apfelhof?« Seine Frage klang einen Tick zu misstrauisch, und Alice verstand.

»Ich habe sie nicht geklaut, wenn du das meinst«, antwortete sie ausweichend. Ihr schlechtes Gewissen meldete sich, denn genau das hatte sie ja ursprünglich vorgehabt.

»Das wollte ich gar nicht andeuten«, jetzt war es Oliver, der schuldig klang.

»Dort war eine ältere Dame, die hat sie mir gegeben. Sie hat erraten, dass ich deine Tochter bin. Und außerdem war ihre Enkelin dabei.«

»Sophie und Elsa.«

Alice hockte sich neben Amaris und reichte ihm einen Apfel. Grüne Brühe tropfte aus seinem Mundwinkel auf ihren Arm, als er an dem Obst schnupperte. Dann zog er die Oberlippe hoch, und so vorsichtig, als könnte der Apfel explodieren, nahm er einen winzigen Bissen. Es schien ihm zu schmecken, denn er wippte mit dem Kopf und machte dabei grunzende Geräusche. Kurz darauf biss er ein weiteres Stückchen ab. Alice schaute ihm zufrieden zu und knüpfte wieder an dem Gespräch mit ihrem Vater an: »Schöne Namen sind das. Sophie, das steht für die Weise, nicht wahr? Und Elsa, wie die Eiskönigin?«

»Elsa wie in Kartoff-elsa-lat.« Oliver lachte. »Von einer Eiskönigin weiß ich nichts.«

Alice hielt ihm einen Apfel hin und er nahm ihn an. Aber er biss nicht hinein, sondern warf ihn mit einer Hand hoch und fing ihn wieder auf.

»Ich habe mit deiner Mutter telefoniert.«

»Aha?«

»Tina möchte bei Gelegenheit vorbeikommen. Ehrlich gesagt halte ich das für eine super Idee. Nicht nur weil ich sie gerne kennenlernen möchte, sondern auch, damit sie sieht, dass es dir gut geht. Und dass Amaris ein feiner Kerl ist.«

Der Gedanke gefiel Alice nicht. Dafür war es viel zu früh, fand sie. Es war, als würde sich ihr Gehirn verknoten und die Tatsache nicht zulassen wollen, dass Oliver und Tina ihre Eltern waren, obwohl sie sich fremd waren.

Oliver erkannte, wie es in Alice arbeitete. »Ich möchte dir gegenüber ganz offen sein, Alice. Dass ich eine Tochter habe, das ist für mich ein echtes Wunder. Selbst nach der kurzen Zeit erkenne ich mich in dir wieder, und das bedeutet mir viel. Aber Tina, die hat dich großgezogen, kennt dich, seit du ein winziges Baby warst. Sie liebt dich genauso, wie es eine biologische Mutter tun würde, ohne Wenn und Aber. Und das respektiere ich.«

»Für mich ist sie auch meine richtige Mutter, ich kenne schließlich keine andere«, antwortete Alice ernst und die Worte hallten in ihrem Kopf nach. »Trotzdem wünsche ich mir ab und zu, meine biologische Mum kennenzulernen.«

Oliver klappte seine Zeitschrift so impulsiv zu, dass es klatschte. Zwischen seinen Augenbrauen war eine nachdenkliche Falte zu sehen, als er aufstand. »Weißt du, ich wollte dir das nicht sofort erzählen, aber so nett deine Mutter auch war, sie hatte Probleme. Sie hatte viel Ärger am Hals. Mit ihrem Job, dem Geld, dem Vermieter und so weiter. Genau weiß ich das natürlich nicht ...« Während er sprach, fühlte sich Alice immer kleiner. »Vielleicht wäre eine Begegnung schön, aber vielleicht wärst du auch enttäuscht.«

Die unerwartete Reaktion brachte Alice aus dem Konzept. Beschwichtigend hob sie die Arme, während sie einen Schritt rückwärtstrat. »Das ist mir klar«, sagte sie leise. »Ich habe da keine Illusionen. Es geht mir auch weniger um sie als um mich. Ein Stück von ihr steckt in mir und ich würde gerne wissen, welches das ist. Wie bei uns beiden: Seit ich dich kenne, weiß ich, woher ich ...« Sie wollte sagen »meine Sturheit habe«, aber beendete den Satz mit: »Meine Liebe zu Pferden habe.«

»Hm«, murmelte Oliver.

Versöhnlich fügte Alice hinzu: »Aber auch wenn ich meine leibliche Mutter nicht finde – ich habe ja jetzt dich.«

Oliver setzte sich wieder in seinen Campingstuhl, aber seine Mimik verriet, dass ihn die Thematik bewegte.

Amaris knabberte immer noch am ersten Apfel, und Alice legte den nächsten direkt vor seiner Schnauze für ihn bereit. Dann kuschelte sie sich an ihn, schmiegte sich an seinen Hals und zerzauste seine Mähne. Ob es an seinem schlechten Zustand lag oder an der Verbindung, die sie zu dem Tier spürte – neben Amaris fühlte sie sich stark. Trotzdem bedrückte sie Olivers hitzköpfiger Ausbruch, der wie ein Erdbeben noch verspätete Erschütterungswellen durch ihren Körper jagte. Er hatte sich von eine Sekunde auf die andere völlig verändert.

»Und wenn ich es mir genauer überlege, kann ich es kaum erwarten, Mum Amaris vorzustellen. Wenn sie ihn sieht, wird sie mich verstehen, da bin ich sicher.«

Es klopfte an der Boxentür und Ben streckte seinen Kopf herein. »Ich sattele Fridolin jetzt ab und mach mich dann ans Kochen. Soll ich das Essen nachher in den Stall bringen?« Er schaute Oliver an und vermied es, in Alices Richtung zu blicken.

»Gerne.«

Alice unterhielt sich mit ihrem Vater noch eine ganze Weile, und es wurde ein gutes, ehrliches Gespräch. Je mehr Oliver von seinem Leben erzählte, desto mehr wünschte Alice sich, sie hätte es miterleben können.

Zwischendurch brachte Ben zwei Teller mit Nudelauflauf. Als er Alice ihren Teller überreichte, berührten sich ihre Hände, sein Daumen strich über die zarte Haut ihres Gelenks. Ein leichtes Prickeln ging durch ihre Mittelhand und zog sich hoch bis in die Finger. Ein Kitzeln, fast wie bei einem elektrischen Schlag, nur so mild, dass es nicht wehtat, sondern beruhigend wirkte. Ob Ben es auch gespürt hatte? Seine Mimik blieb verschlossen, bis auf die linke Augenbraue, die er fragend gehoben hatte.

Nachdem er gegangen war, stürzte Alice sich auf den Auflauf. Der duftete nicht nur gut, er schmeckte auch fantastisch.

Amaris lag entspannt zwischen ihnen, mal döste er weg oder schien zu lauschen. Nur einmal hustete er und dabei tropfte Schleim aus seiner Nase.

»Elsa ist eine echte Kämpferin, gibt nie auf«, erzählte Oliver, als das Gespräch wieder auf den Apfelhof kam. »Sie hat viel durchgemacht in ihrem Leben. Ihr Mann ist kurz vor der Hochzeit abgehauen, da war sie hochschwanger. Den Bauernhof am anderen Ende des Dorfes hat sie aufgeben müssen. Nur der Gravensteiner Apfelhof ist übrig und um den kümmert sich Sophie.«

»Sophie wirkt sehr ernst«, sagte Alice nachdenklich.

»Kein Wunder, auf ihr lastet eine große Verantwortung. Keine Ahnung, wie sie die Arbeit zusätzlich zur Schule schafft. Ein wirklich patentes Mädchen. Ihr würdet euch bestimmt gut verstehen.«

Alice bezweifelte das. Das blasse Mädchen in dem strengen Baumwollkleid hatte nicht wie Bestes-Freundinnen-Material ausgesehen. Sie hatte etwas Unheimliches an sich, und ihr trauriger Blick würde sie bestimmt noch im Schlaf verfolgen. Aber dann wiederum tat Sophie ihr leid, denn ihr Schicksal berührte sie.

Amaris ächzte im Traum, strampelte und drehte sich mit einem Stöhnen auf die andere Seite.

Nachdenklich betrachtete Oliver das Pferd und deutete auf seine Schulter. »Sein Brandzeichen scheint relativ frisch zu sein.«

Auf Amaris' Schulter prangten drei Kreise, die sich an ihren Linien berührten.

»An einigen Stellen ist noch Schorf auf den Narben.«

Als es dämmerte, ging Alice ins Haus und holte ihr Bettzeug. Gerade als sie das Haus verlassen wollte, klingelte das Telefon. Aus Gewohnheit hob sie den Hörer ab und meldete sich.

»Hallo?«

»Hallo, wer ist da?«, tönte ihr eine krächzende Stimme entgegen. »Oliver? Bist du das?«

Sie erinnerte sich daran, dass sie hier niemanden kannte, und schob hinterher: »Gut Buchenberg, Alice am Apparat.«

Die Person am anderen Ende legte auf. Unschlüssig hielt Alice den Hörer für ein paar Sekunden verdutzt in der Hand, dann legte auch sie auf und eilte zum Stall.

Oliver lieh ihr seine Isomatte und sie machte sich ein Lager in einer Ecke der Box. Kurz nachdem er sich verabschiedet hatte, verabreichte Alice Amaris die nächste Dosis Medikamente. Sie nickte schnell ein, aber bereits eine Stunde später war sie hellwach, als etwas an der Tür kratzte. Es war ein leises Geräusch, genau wie im Auktionshaus, als sie Amaris zum ersten Mal gehört hatte. Die feinen Härchen auf ihrem Arm richteten sich warnend auf, und wie mechanisch griff sie zu ihrem Handy. Wieder das Kratzen, dann zog sich etwas außen an der Boxenwand entlang. Vorsichtig öffnete sie die Tür und lugte hinaus. Vor ihr saß Mulan, die getigerte Katze, legte den Kopf schief und maunzte. Erleichtert atmete Alice aus.

Die Katze streckte sich und marschierte an ihr vorbei. Auf der Isomatte drehte sie sich einmal im Kreis, tretelte auf dem Schaumgummi und rollte sich genau in der Mitte der Matratze ein. Alice musste grinsen, schnappte sich dann ihr Kissen und kuschelte sich neben Amaris' Kopf. Der grunzte wohlig im Schlaf.

Alice betrachtete den jungen Hengst und die Sorge um ihn kam wieder hoch. Es dauerte lange, bis sie wieder einschlafen konnte, und als es endlich so weit war, fand sie nur unruhigen Halbschlaf, durchtränkt von Irrgespenstern und Albträumen. Jedes Mal, wenn Amaris sich bewegte, fuhr sie auf und schaute mit dem spärlichen Licht ihres Handys nach ihm. Sein Körper fühlte sich wieder wärmer an, kleine Schweißperlen glitzerten auf seiner Stirn. Einmal wälzte Amaris sich von einer Seite zur anderen, dabei stöhnte er so herzzerreißend, dass Alice kurz davor war, ihren Vater anzurufen. Doch der junge Araber beruhigte sich wieder und fiel in einen unruhigen Schlaf. Alices Wecker klingelte alle drei Stunden, damit sie ihm seine Medikamente geben konnte.

»Du musst durchhalten, Amaris, mein Süßer«, flüsterte sie ihm beschwichtigend zu und wischte mit einem feuchten Lappen über sein Gesicht. »Sei stark, du schaffst das!«

Im Morgengrauen wurde Amaris' Atmung unregelmäßig und sein Fell war so nass geschwitzt, als hätte er gerade ein Bad genommen. Als Alice seinen Kopf hob und ihn auf ihren Schoß legte, reagierte er nicht, und sie spürte, dass er auch keine Kraft dazu gehabt hätte. Unglücklich strich sie über seinen Nasenrücken, schob die Mähne aus der Stirn und machte sich bereit, um sich von ihm zu verabschieden.

Kapitel 5

»Amaris, mein Hübscher«, flüsterte sie und strich dem schwarzen Hengst über den Hals. »Ich werde dich nie vergessen.« Sie wappnete sich dafür, dass Amaris in ihren Armen seinen letzten Atemzug tat. Doch stattdessen beruhigte sich sein Atem langsam wieder und auch seine Temperatur sank. Alice spürte, wie er kämpfte und sich weigerte, aufzugeben.

Mulan stand auf, reckte sich und strich an Alices Rücken entlang, als wollte sie ihr Beistand leisten. Leise maunzte sie und schritt auf Amaris zu, um ihren Kopf an seinem zu reiben.

In dem Moment schob jemand den Riegel der Holztür am Stalleingang auf. Als die Tür geöffnet wurde, fielen die ersten Sonnenstrahlen des neuen Tages durch die Gitterstäbe in Amaris' Box. Mit dem einfallenden Licht durchströmte Alice eine neue Zuversicht, und wie auf ein Zeichen öffnete Amaris die Augen. Sie wirkten trüb, waren aber auf Alice fokussiert. Er stupste sie zärtlich an der Schulter und schnaufte. Ein Luftzug kitzelte sie im Nacken, als die Tür den Wind hereinließ, und mit ihm die Hoffnung zurückkehrte.

Mit wackligen Knien richtete Amaris die Vorderbeine auf, stützte sich ab und stand. Sein Ausdruck hatte sich verändert, die Energie schien in ihn zurückzufließen.

Oliver klapperte am Ende der Stallgasse mit Eimern, und

Amaris drehte den Kopf. Er wieherte leise, als er das Geräusch erkannte.

»Du hast Hunger, nicht wahr?«, sagte Alice und lachte ihren Vater an, der gerade vor die Box trat. Ihr Herz hüpfte vor Erleichterung, sie spürte, dass der wichtigste Schritt geschafft war. Übermütig sprang sie auf und fiel ihrem Vater um den Hals. Der stellte vorsichtig die mit Hafer gefüllten Eimer ab und erwiderte die Umarmung.

»Er hat die Nacht überstanden. Meine Güte, was bin ich froh, Alice.«

»Ich auch. Zwischendurch dachte ich, er schafft es nicht.«

Erleichtert strich Oliver dem Hengst über die Nase und schniefte, als müsse er die Freudentränen unterdrücken.

Er hat wirklich nah am Wasser gebaut, dachte Alice und umarmte ihn noch einmal.

»Freu dich nicht zu früh, es kann jederzeit wieder mit ihm bergab gehen«, sagte er und es klang fast so, als würde er mit sich selbst reden. »Solche Krankheiten brauchen Wochen, um auszuheilen.«

»Das ist mir schon klar. Aber jetzt lebt er, und nur das zählt.«

Oliver nickte. »Ja. Nur das zählt.«

Neugierig schaute Alice an ihm vorbei, die Stallgasse entlang.

»Wo ist Ben? Füttert der nicht eigentlich morgens?«

»Ich habe ihm eine andere Aufgabe gegeben. Ich wollte sicherstellen, dass ich dich zuerst sehe. Falls Amaris ... falls es ihm nicht gut geht.«

Amaris fraß sein Frühstück langsam, aber mit Appetit, und Alice konnte kaum glauben, dass dieses Pferd noch vor wenigen Stunden um sein Überleben gekämpft hatte. Instinktiv spürte sie, dass die letzte Nacht der Tiefpunkt gewesen war. Jetzt konnte sein neues Leben beginnen. Aber wohin es führen sollte, das wusste Alice nicht. Es gab zu viele offene Fragen: Wo kam er her und warum gab es keine Informationen über ihn?

Eine halbe Stunde später holte sie ein paar Möhren aus dem Haus. Sie lief auf Ben zu, aber der junge Kalifornier schien sie nicht zu bemerken, und so huschte sie wortlos an ihm vorbei. Doch sie kam keinen Meter weit, bevor Bens Stimme sie einholte: »Wie geht es Amaris?«

Alice drehte sich um und blickte Ben skeptisch an. »Den Umständen entsprechend gut, denke ich. Heute Nacht war er sehr schwach.«

Sein Gesicht zeigte echte Anteilnahme. Alice war für einen kurzen Moment abgelenkt, denn Bens Finger spielten mit dem Henkel des Eimers. Wenn man seine langen Finger betrachtete, die trotz der Schwielen so voller Gefühl steckten, verstand man, warum Pferde sich bei ihm entspannten. Wenn er ritt, lagen die Zügel ebenso ruhig und behutsam in der Hand, egal ob er eine Traversale ritt oder eine Pirouette im Galopp.

Im Stall roch es nach frischem Heu, nach Holz und Pferdehaar, diese ganz besondere Mischung aus natürlichen Gerüchen, die Alice so liebte. Doktor Beckers Rat folgend, mischte sie das Antibiotikum mit etwas Kraftfutter, damit Amaris es nicht schmeckte, und legte ein paar der Möhren obenauf, um ihn abzulenken. Er sah immer noch sehr krank aus, wirkte aber frischer und lebendiger als zuvor. Auch hatte seine Nase aufgehört zu triefen.

Als er versorgt war, schrieb Alice Lena eine ausführliche Nachricht. Dazu schickte sie ein Selfie von ihr und Amaris, der mit müden, aber freundlichen Augen in die Kamera schaute. Jetzt schnupperte er an ihrer Tasche und sie zog noch eine halbe Möhre hervor. Der junge Hengst wieherte leise, als sie ihm ein Stück davon abbrach.

»Eigentlich hattest du eben schon genug davon«, lachte sie und gab ihm den Rest. Auch die Massage mit dem Striegel schien ihm gut zu gefallen und er blubberte fröhlich vor sich hin, während sie ihn abstrich. Manchmal drehte er den Kopf und stupste sie frech an.

Alice fielen die Äpfel von gestern wieder ein und das ernste Mädchen, das ihr begegnet war. Sophie vom Gravensteiner Apfelhof. Sie hatte den Beutel mit den Äpfeln vor der Box stehen lassen und Ben hatte sie an die anderen Pferde verteilt.

»Was meinst du, Amaris, soll ich dir noch ein paar leckere Äpfel besorgen?«, fragte sie und ihr kam ein Gedanke. Wieder stupste Amaris sie an, doch dieses Mal merkte sie es zu spät und geriet ins Wanken. Hilflos landete sie in der Einstreu. »Du hast es echt faustdick hinter den Ohren«, rief sie lächelnd und zupfte Holzspäne aus ihren Haaren. Amaris schaute sie unschuldig an. »Warte ab, bis du wieder gesund bist, dann räche ich mich dafür und kitzle dich am Bauch, bis du platzt«, witzelte sie.

Die Zeit verging viel zu schnell, bis Doktor Becker auf den Hof fuhr. Amaris ließ die Untersuchung willig über sich ergehen. Er schüttelte sich, als der Tierarzt ihm den Infusionsschlauch abnahm und einen Verband um seinen Hals legte.

»Ehrlich gesagt hätte ich nicht damit gerechnet, dass er die Nacht überlebt«, gestand der Tierarzt. »Und selbst wenn, ich hatte mich darauf vorbereitet, ihm seinen Abschied zu erleichtern. Ich bin seit dreißig Jahren Tierarzt und das grenzt an ein Wunder. Die Medikamente haben gut angeschlagen, sein Zustand ist für den Moment äußerst zufriedenstellend.«

Etwas knackte hinter dem Arzt und der fuhr erschrocken herum – Amaris biss vergnügt auf seinem Stethoskop herum, das er über die Boxenwand gehängt hatte.

»Nicht!«, rief er, aber es war zu spät. Das Kopfstück des Stethoskops war zertrümmert.

»Oje, das tut mir wirklich leid!« Alice nahm dem Araber das Stethoskop weg und gab es verschämt Doktor Becker zurück, der es bestürzt anstarrte.

»Das war sehr ungezogen, du Frechdachs«, schimpfte Alice.

»Berufsrisiko«, brummte Doktor Becker und steckte es in die Tasche. »Ist versichert.« Er gab ihr weitere Medikamente und notierte alle dazugehörigen Anweisungen auf einem Zettel. »Entscheidend ist, dass du ihm die richtige Dosis zur richtigen Uhrzeit gibst. Wenn du es vergisst, gib ihm nicht die doppelte Dosis beim nächsten Mal, sondern ruf mich an.«

Alice hörte gut zu und versuchte, sich alles zu merken. Einige Medikamente gehörten in den Kühlschrank, andere sollten nur trocken oder im Dunkeln gelagert werden.

»Darf ich mal neugierig sein?«, wechselte Doktor Becker das Thema. »Bei dir sitzt jeder Handgriff. Hattest du vorher schon viel mit Pferden zu tun?«

Alice wurde rot und verlegen erzählte sie, dass sie auf Pritzenbeck voltigiert hatte. »Bitte erzählen Sie das nicht meinem Vater. Es ist mir unangenehm, weil die Sache nicht gut ausgegangen ist.«

»Keine Sorge. Als Tierarzt bin ich es gewohnt, Vertrauliches für mich zu behalten. Eure Familiengeschichten gehen mich auch nichts an, aber es erklärt, warum du im Umgang mit Amaris so selbstsicher bist.«

Als der Tierarzt vom Hof fuhr, atmete Alice erleichtert aus. Wieder eine Hürde geschafft. Sie gab Amaris einen Kuss auf die Nase und versprach, bald nach ihm zu sehen. »Ich habe noch was zu erledigen und wenn ich wiederkomme, bringe ich dir was Schönes mit, versprochen.«

Gut gelaunt stürmte sie ins Haus und holte sich eine Jacke aus ihrem Zimmer und einen Snack aus der Küche. Die Sonne war hinter den Wolken versteckt und das reichte, dass sie eine Gänsehaut bekam.

Auf dem Weg nach draußen rannte sie direkt in Ben hinein. Er tauchte so plötzlich im Hauseingang auf, dass sie ihn übersah. Heftig prallten sie zusammen und ihre Köpfe stießen mit einem Knall gegeneinander.

»Au!«

»Kannst du nicht aufpassen?« Ben rieb sich die schmerzende Stirn.

Alice war viel zu perplex, ihr drehte sich alles. Kleine Sternchen tanzten vor ihren Augen und sie brauchte eine Sekunde, um sich zu fangen. Erst wollte sie sich entschuldigen, doch dann überlegte sie es sich anders. »Pass doch selbst auf«, stammelte sie aufgebracht. Das würde bestimmt eine Beule geben.

Ben starrte auf das Essen in ihrer Hand. »Und was isst du da wieder Ekelhaftes?«

»Wie bitte? Das ist Campingbrot!«

»Für mich sieht das stark nach Marmorkuchen mit grober Leberwurst aus. Das passt doch überhaupt nicht zusammen.«

»Muss dir ja auch nicht schmecken«, schleuderte sie ihm entgegen und schlüpfte an ihm vorbei.

Erst als sie den Feldweg entlang der Weiden lief, ließ das Wummern in ihrem Kopf nach und sie fing an, sich über Ben zu ärgern. Er war einfach davon ausgegangen, dass der Zusammenprall ihre Schuld gewesen war. Und das Campingbrot hatte Tradition, das hatten sie alle auf der letzten Klassenfahrt täglich gegessen. Allerdings musste sie ein wenig schmunzeln, denn wer Campingbrot nicht kannte, auf den musste es wirklich merkwürdig wirken.

Die Apfelbäume tauchten vor ihr auf und sie lief auf eine Lücke in der Hecke zu, welche den Obsthof umsäumte. Dahinter lagen ein kleiner Gemüsegarten und ein winziges Haus. Es war so klein, dass es Alice an die Märchen aus ihrer Kindheit erinnerte. Ein entzückendes Hexenhäuschen mitsamt Veranda und grün angestrichenen Fensterläden. Es fehlte nur noch der Zuckerguss auf dem Dach, um das Bild komplett zu machen. Im Garten beugte sich Sophies Großmutter Elsa über ein paar Pflanzen.

»Guten Tag«, sagte Alice höflich, und die alte Dame richtete sich auf. Dabei stützte sie mit einer Hand ihren Rücken und verzog das Gesicht schmerzlich.

»Hallo, Alice. Das ist schön, dich wiederzusehen. Sophie ist in der Küche. Du kannst gerne reingehen.«

Schon war Alice auf der Veranda und streifte die Sneakers ab. Niemand reagierte auf ihr Klopfen und achselzuckend öffnete sie die Haustür.

»Hallo?«, rief sie in den Flur und stutzte. Sie hatte ein altmodisches Innenleben erwartet mit dunklen Möbeln, Häkeldeckchen und Schaffellen auf dem Boden. Stattdessen war es hier drinnen modern eingerichtet und, das musste sie zugeben, sehr geschmackvoll. Vor ihr stand ein Glasbogen mit einer kunstvoll geschwungenen Vase. Bunte Landschaftsbilder hingen an den Wänden und ein gestreifter Läufer aus Schurwolle lag auf dem Boden.

Besteck klapperte im Raum nebenan, und Alice schwang die Tür auf. Sie wollte gerade zur Begrüßung ansetzen, als Sophie herumfuhr, ein großes Brotmesser in der Hand. Panisch sprang Alice zurück und schrie.

Sophie wartete kurz, bis Alice sich gefangen hatte, und fragte dann: »Was machst du denn hier?«

Alice antwortete nicht, ihr Blick war immer noch auf das Messer gerichtet, bis Sophie es viel zu langsam vor sich auf ein Brettchen legte. »Beruhige dich, ich mache belegte Brote.«

Endlich normalisierte sich Alices Herzschlag wieder. Sie deutete auf die Klinge und trat vor. »Mit einem Brotmesser?«

»Ja. So macht man das. Man schneidet Brot mit einem Brotmesser.«

Bei jedem anderen hätte das witzig geklungen, aber Sophie strahlte eine Ernsthaftigkeit aus, die seinesgleichen suchte. Ihre starre Mimik wurde unterstrichen von ihren beiden nach hinten geflochtenen Zöpfen und der altmodischen Latzhose. Darunter trug sie eine zartrosa Spitzenbluse, das passte nach Alices Ansicht genauso gut zusammen wie ein Backstein und ein Ballettkleid. Sie merkte, dass sie Sophie ein paar Sekunden zu lange angestarrt hatte, und fokussierte ihren Blick auf eine Küchenuhr.

»Ich bin eigentlich gekommen, um euch zu fragen, ob ihr mir nicht ein paar Äpfel verkaufen könnt.« Umständlich kramte sie in ihrer Tasche und holte ein silbernes Armband heraus. »Das hier ist ungefähr fünfundzwanzig Euro wert. Würdest du das statt Geld annehmen?«

»Wieder Schmuck? Da muss ich erst Oma Elsa fragen.« Sophie hob das Armband so vorsichtig auf, als sei es aus Glas.

Jetzt erst fiel Alice auf, dass sie keinen Schmuck trug, nicht einmal Ohrringe. Trotzdem hielt sie das silberne Kleinod mit so einem Verlangen in den Augen fest, dass Alice spürte, wie gerne sie es besitzen wollte. Als Sophie nach draußen verschwand, nutzte sie die Zeit, um sich ein bisschen umzuschauen. Es war so sauber, man hätte vom Boden essen können. Auf einer Ablage stand ein Fotorahmen, der zwei entschlossen dreinblickende Menschen zeigte, die Sophie ähnlich sahen. Daneben thronte eine Pferdestatue aus Ton, sie zeigte einen steigenden Hengst mit wehender Mähne und aufgerissenem Maul.

Die Tür ging auf und Sophie stand wieder vor ihr.

»Oma sagt, es geht klar. Du kannst jeden Tag kommen und dir einen Beutel holen, bis die Saison zu Ende ist.«

»Super! Das freut mich echt. Danke. Mein Pferd liebt eure Äpfel.«

»Du hast erwähnt, dass es krank ist. Was hat es denn?«

»Amaris hat eine schwere Atemwegserkrankung, aber ist auf dem Weg der Besserung. Es wird wohl noch eine Weile dauern, bis er vollkommen gesund ist.« Sie deutete auf die Statue des steigenden Hengstes. »Interessierst du dich für Pferde?«

»Schon. Ich mag es, wie Pferde einfach immer sie selbst sind.« Versonnen strich sie mit dem Finger über den Rücken des Tonpferdes und seufzte. »Leider könnte ich mir nie ein eigenes Pferd leisten. Aber da hätte ich auch eh keine Zeit für.«

Diese hoffnungsvolle Sehnsucht verstand Alice nur allzu gut. Früher war ein eigenes Pferd ihr größter Wunsch gewesen und genau das war auch der Grund gewesen, warum sie mit dem Voltigieren angefangen hatte. Aber jetzt hatte sie Amaris – das war einfach ein wunderschönes Gefühl.

»Komm doch mal zu uns auf den Hof, dann zeige ich dir die Pferde. Oliver hat bestimmt nichts dagegen.«

Sophie legte die Stirn in Falten. »Meinst du wirklich, das würde gehen?«

Alice spürte die Unsicherheit hinter ihrer ernsten Fassade und lächelte Sophie aufmunternd zu. »Natürlich, ist gar kein Problem. Ich stelle dir auch gerne Amaris vor, der ist ein kleiner Schlingel, aber total in Ordnung.«

Alice verabschiedete sich und ging aus dem Haus, wo Sophies Großmutter bereits auf sie wartete.

Die alte Frau reichte ihr einen Jutebeutel. »Sieh zu, dass du ihn ordentlich füllst«, befahl sie ihr mit einem Zwinkern. Höflich bedankte Alice sich und fing an, Äpfel in den Beutel zu legen. Als er prallvoll war, schulterte sie ihn und machte sich auf den Rückweg. Dabei entdeckte sie Sophie, die nun am anderen Ende des Apfelhofes Unkraut zupfte. Das erinnerte sie an etwas. Sie griff in ihre Tasche.

»Sophie?«, rief sie und ging zu ihr hinüber. »Ich habe noch was vergessen. Halt das mal.«

Sophie schaute sie verständnislos an, öffnete aber gehorsam die Hand.

Alice drückte ihr den Gegenstand hinein und ohne zu warten, rannte sie bis zur Buchshecke. Bevor sie hindurchschlüpfte, drehte sie sich um. Sophie stand immer noch vor der Haustür, den Blick fest auf die Goldkette mit dem Tropfenanhänger gerichtet.

»Die ist für dich. Ich brauche sie nicht mehr«, rief Alice. Fest presste Sophie die Hand zur Faust und ließ das Schmuckstück darin versinken. Ihr Mundwinkel hob sich, der andere zog nach und sie lächelte.

Genervt zwängte sich Alice in die enge Reithose, die Oliver ihr gegeben hatte. Im Laufe der Zeit hatte sich eine ganze Garderobe voller Reitklamotten angesammelt, die seine Schüler im Umkleideraum vergessen hatten. Leider war die Hose gleichzeitig eine Nummer zu klein und zu groß. An den Waden drückte sie, ließ sich kaum die Oberschenkel hochziehen und an der Hüfte war sie zu weit. Ein Blick in den Spiegel genügte und sie zog die Hose wieder aus, um sie gegen ihre gemütliche Jeans zu tauschen. Oliver würde sich damit zufriedengeben müssen. Immerhin war es sein Vorschlag gewesen, ihr eine Reitstunde zu geben.

Die erste Woche auf Gut Buchenberg war schnell vorübergegangen und Amaris ging es deutlich besser. Er liebte die Äpfel, die Alice jeden Tag bei Sophie und ihrer Großmutter abholte. Die meisten Stunden hatte sie an seiner Seite verbracht – aber jetzt wollte sie den Aufenthalt bei ihrem Vater mehr genießen und Zeit mit ihm verbringen, damit sie sich besser kennenlernen konnten. Oliver hob eine Augenbraue, aber verkniff sich einen Kommentar, als sie fünf Minuten später auf den Hof trat.

»Ready to Rock 'n' Roll?«, fragte er und hielt ihr ein Halfter hin. »Ben hat mir gerade geschrieben, er braucht mich in der Scheune, weil der Traktor nicht anspringt. Hol schon mal dein Pferd aus dem Stall.«

Ohne zu zögern griff Alice nach dem Halfter. »Klar. Welches?«

»Meran. Ein braver alter Wallach und ein gutes Schulpferd. Den kann jeder reiten. Fuchs mit weißer Blesse und zwei weißen Socken. Ich beeile mich.«

Wie auf ein Zeichen streckte Ben seinen Kopf hinter dem Scheunentor hervor und winkte Oliver zu, der sich sofort in seine Richtung bewegte.

»Dann wollen wir mal«, sagte Alice sich und ging in den Stall. Sie hatte bisher den Moment verpasst, Oliver darauf hinzuweisen, dass sie eigentlich schon ziemlich sattelfest war.

In der ersten Box stand Fridolin und hatte ihr den Hintern zugedreht. Nachdenklich schaute sie ihn an, etwas kam ihr merkwürdig vor, aber sie konnte es nicht benennen. Zwei Boxen weiter wartete ein Fuchswallach mit weißer Blesse und Alice zog die Schiebetür auf. In Gedanken versunken legte sie ihm das Halfter an und führte ihn hinaus. Aus irgendeinem Grund war es ihr wichtig, dass Ben sie auf Augenhöhe respektierte, und sie wusste, das würde er vor allem, wenn sie Pferdeverstand an den Tag legte.

Der Wallach tänzelte neben ihr, aber Alice ließ sich nicht aus der Ruhe bringen. Sie band ihn draußen an und holte schließlich sein Putzzeug und das Zaumzeug aus der Sattelkammer. Störrisch trat das Pferd zur Seite weg, um das Putzen zu vermeiden, ging aber Alice einfach hinterher.

»Ist ja gut, mein Großer«, beruhigte sie ihn und kreiste mit dem Striegel über seinen Rücken. Sie stand auf den Zehenspitzen, denn Meran war ein beeindruckendes Pferd, wahrscheinlich das größte im Stall.

Nachdem sie ihn gestriegelt hatte, blickte sie sich um, doch von Oliver noch immer keine Spur. Unschlüssig betrachtete sie die Trense und entschied, Meran für die Reitstunde fertig zu machen. Der Sattel hing an einem Halter an der Box zusammen mit einer Schabracke. Meran fing wieder an, auf der Stelle zu tänzeln, und Alice führte ihn kurzerhand in die Halle.

Licht fiel durch die breiten Fenster in die schöne Reithalle. Oliver hatte sie selbst gebaut und dabei viel Wert auf eine Atmosphäre gelegt, in der sich Pferd und Reiter wohlfühlen und entspannen konnten. Trotz des modernen Designs verschafften die dicken hellen Balken ein Flair von rustikaler Gemütlichkeit. Im Giebel warf ein Bleiglasfenster ein buntes Licht herein, und die Seitenfenster waren so groß, dass man fast das Gefühl hatte, draußen zu reiten. Bei sonnigem Wetter konnten sie sogar aufgeschoben werden, um eine frische Sommerbrise hereinzulassen. Heute war der Himmel bewölkt und sie waren geschlossen. Aufmunternd schaute Alice das große Pferd vor sich an.

»Komm«, ermutigte sie den Fuchswallach und stellte ihn direkt vor das Treppchen. »Dann wollen wir uns mal warm reiten.«

Sie ritt ein paar Runden im Schritt und genoss die weichen Bewegungen des Pferdes. Als sie leicht ein Bein anlegte, weil ihr Fuß nicht richtig im Steigbügel lag, trabte er los.

»Für ein Schulpferd bist du ganz schön sensibel«, neckte sie ihn, blieb aber im Trab. Dann ritt sie an der Bande entlang, wechselte quer durch die Halle und bog auf einen Zirkel. Mit den weichen Bewegungen des Wallachs konnte selbst der gute Colorado nicht mithalten, der im Reitstall Pritzenbeck als bestes Schul- und Voltigierpferd galt.

Nach einer Weile wechselte sie in den Galopp, wie hatte sie das vermisst! Der Rhythmus des Pferdes fing sie auf wie ein ewiges Uhrwerk, gefangen im Dreiertakt. Nur dass Merans Bewegungen so sanft waren, als würde man auf schmelzender Butter reiten.

Mit großräumigen Sprüngen zog er seine Runden, und Alice kam es vor, als würde sie fliegen. Obwohl Meran sich schnell bewegte, war in ihr alles ruhig. Beim Reiten fühlte sie sich frei, hier oben gab es keine Grenzen. Eines Tages würde sie mit Amaris durch den Wald und mit dem Wind um die Wette reiten …

»Was ist denn hier los?«, riss Ben sie aus ihren Tagträumen, der plötzlich in der Halle aufgetaucht war.

Lachend drehte sie ihm den Kopf zu, aber er guckte besorgt und erwiderte das Lachen nicht.

Ein paar Sekunden später erschien auch ihr Vater im Eingang, gefolgt von einem älteren Mann. Oliver riss die Augen auf und entgegen seiner sonst so coolen Art, wurde er hektisch und stürzte nach vorne. »Alice!«, rief er laut. »Nimm die Zügel auf und lenke seinen Kopf nach rechts gegen die Bande, dann hält er an.«

Alice verstand den Sinn der Aktion nicht und parierte ihr Pferd durch.

»Was machst du nur? Ist alles in Ordnung?« Oliver griff nach den Zügeln und übernahm so die Kontrolle.

»Was war das denn für eine Aktion?«, schob Ben hinterher.

Der alte Mann blieb zurück. Er stützte sich auf einen Stock und schüttelte entrüstet den Kopf.

»Was ist denn los?« Verdutzt guckte Alice von Oliver zu Ben und wieder zurück. »Habe ich was falsch gemacht?«

Oliver ignorierte sie und tätschelte dem Pferd den Hals. »Du Guter, das glaub ich einfach nicht.«

Auch Ben schüttelte den Kopf. »Wieso hast du ihr denn Arenal gegeben? Ich meine …«

»Sie sollte Meran reiten. Unter meiner Aufsicht«, antwortete Oliver.

»Kann mir mal einer erklären, was das Problem ist?!« Alice war lauter geworden. Es nervte sie, wenn Leute über sie sprachen, als wäre sie Luft.

Endlich drehte ihr Vater sich zu ihr. »Alice. Ich dachte, du wartest im Stall auf mich. Du kannst doch nicht einfach ein fremdes Pferd reiten. Vor allem mit deiner geringen Reiterfahrung. Und was das Schlimmste ist: Das ist das falsche Pferd.«

Der alte Mann kam grußlos näher, mit langsamen Schritten, den Oberkörper leicht gebeugt. Er trug einen braunen Cordanzug mit Karohemd, dazu passende braune Schuhe und eine schräg sitzende Baskenkappe, die sein kurzes graues Haar an einer Seite freilegte. Seine Erscheinung war gepflegt, der Blick streng und kalt.

Alice fühlte sich augenblicklich unwohl, als er sie abschätzend betrachtete und etwas Undeutliches vor sich hin murmelte.

Verwirrt über das Verhalten des Alten, wandte sie sich an ihren Vater. »Aber du meintest doch, Meran sei ein ganz Lieber. Ich zitiere: ›Ein braver alter Wallach, gutes Schulpferd. Den kann jeder reiten.‹«

Ben hielt sich die Hand vors Gesicht, er sah ernsthaft schockiert aus. Es ärgerte sie, dass beide Männer ihr so wenig zutrauten.

»Ja, das ist auch richtig. Meran ist ein liebes Pferd. Du aber reitest auf Arenal. Und jedes Pferd ist gefährlich, wenn man nicht reiten kann.«

»Mit dem Zählen hast du es nicht so, oder?«, mischte Ben sich nun ein. »Meran hat zwei weiße Socken, Arenal hat drei. Den nennen wir hier alle das ›Wildpferd‹. Er lässt sich nur von deinem Vater reiten. Und von mir. Alle anderen wirft er ab«, kommentierte er entschieden. »Arenal wurde nach dem Vulkan in Costa Rica benannt. Weil er genauso gerne und ohne Vorwarnung explodiert. Du hast großes Glück gehabt.«

Alice schluckte, das musste sie erst mal verarbeiten. »Aber ...«, setzte sie an und brach gleich wieder ab. Der wilde Arenal stand ruhig und gelassen da, als könnte er kein Wässerchen trüben. Sie hatte sich nicht unsicher auf ihm gefühlt, sondern ihm einfach vertraut.

Es war Zeit, ein paar Dinge klarzustellen. Alice holte tief Luft. »Also erstens kann ich reiten. Und zwar etwas besser, als ihr vermutet. Ganze fünf Jahre lang bin ich voltigiert und saß jede Woche zweimal auf dem Pferd. Dazu kamen die Auftritte und Wettkämpfe am Wochenende.« Beide Männer schauten sie mit großen Augen an und schwiegen. »Und zweitens habt ihr es vielleicht nicht bemerkt, aber Arenal ließ sich sehr wohl von mir reiten. War brav wie ein Lämmchen.«

»Es gibt noch ein weiteres Problem, Alice ...«, murmelte Ben, aber er wurde von dem alten Mann unterbrochen, der sich vor Oliver aufgebaut hatte und vor unterdrückter Wut bebte. »Du bist mir eine Erklärung schuldig, Oliver«, sagte er entschieden und klopfte mit dem Stab auf den Boden. »Was macht sie auf meinem Pferd?«

Alice versteifte sich, sie erkannte die krächzende Stimme des Mannes – das war die Person, die neulich angerufen und wieder aufgelegt hatte. Sie schaute ihn direkt an und verstand. Die Gesichtszüge, die Mimik – das war Erich, ihr Großvater. Hitze stieg ihr in die Wangen und ihr Widerstand brach.

»Es tut mir leid, es war wirklich ein Missverständnis ...«, setzte sie an, aber Erich bedeutete ihr mit einer unmissverständlichen Geste zu schweigen.

»Ich rede mit meinem Sohn. Wir hatten eine Abmachung. Niemand außer euch beiden reitet Arenal. Niemand!« Dieses Mal hatte er Eisen in der Stimme. »Sie trägt nicht einmal eine Reithose.«

Oliver war rot geworden und kratzte sich am Kopf. »Ja, das haben wir, Vater, aber das hier war eine Verwechslung. Kein Grund, sich aufzuregen. Es ist doch nichts passiert.«

»Soso, es ist nichts passiert. Das sehe ich aber ganz anders. Viel ist passiert in letzter Zeit. Und das ist *mein* Pferd. Der Letzte aus der Reihe der Silbersteins.« Er drehte sich wieder zu Alice und bellte: »Und jetzt runter da!«

Verunsichert stieg Alice ab, während Oliver auf den alten Mann einredete und versuchte, ihn zu beruhigen.

Ben schaute sie mitleidig an und nickte fragend in Richtung Ausgang. Gerade gab sie sich einen Ruck, da hieb Erich seinen Stock so fest in den Hallenboden, dass der Sand aufspritzte.

»Ich habe es dir gesagt, Oliver«, rief er erzürnt. Seine hellen Augen leuchteten wütend und rote Flecken bildeten sich in seinem Gesicht. Für den Bruchteil einer Sekunde erinnerte er sie an ihre Großmutter. Dieselbe vorwurfsvolle Art und diese undurchdringliche Mauer, die ihn zu umgeben schien.

Oliver legte ihm beschwichtigend eine Hand auf den Arm. »Es wird nicht wieder vorkommen, Vater. Vielleicht möchtest du deine Enkelin einfach mal begrüßen, ihr habt euch doch noch gar nicht kennengelernt.« Das Wort »Enkelin« sprach er scharf, fast vorwurfsvoll aus.

Der alte Mann schüttelte wieder den Kopf. »Mumpitz! Nur Ärger, wie ich es prophezeit habe. Auf den Vaterschaftstest geb ich keinen alten Pfifferling und auch der vermaledeite Brief ist kein Beweis. Ich habe es dir gesagt, und du wolltest mir nicht glauben. Du wirst mir schon noch recht geben, warte es nur ab!«

Alice horchte auf. Was hatte Erich gerade gesagt?

Der alte Mann fummelte ein altertümliches Stofftaschentuch aus der Tasche und wischte sich die Stirn.

Oliver öffnete den Mund, aber Erich schaute ihn so bestimmt an, dass er ihn wieder schloss.

Abrupt drehte Erich sich um und trippelte aus der Halle. Im Eingang blieb der alte Mann stehen und rief zu der Truppe zurück: »Und dieser Rappe, der Araber. Der muss weg. Der gehört hier ebenso wenig her wie das Mädchen.«

Oliver wartete, bis sein Vater verschwunden und die Hallentür hinter ihm zugefallen war. Dann atmete er tief aus und sagte:

»Es tut mir leid, Alice. Mein Vater ist ein schwieriger Mensch, aber normalerweise reißt er sich besser zusammen. Nimm das nicht zu persönlich. Er hat viel in den Hof und die Pferde investiert, aber die Entscheidungen fälle ich. Er ist alt und es wird immer schlimmer mit ihm.«

Achselzuckend versuchte Alice, ein Pokerface aufzulegen. Trotzdem brannten die Worte auf ihr wie ätzende Säure auf nackter Haut. Wieder einmal war sie nicht willkommen.

»Ist schon okay. Und mir tut es leid, dass ich das falsche Pferd erwischt habe. Arenal kam mir etwas hibbelig vor, aber nicht gefährlich«, lenkte sie ab.

»Arenal ist ein hochsensibles Tier«, nahm Oliver den Faden wieder auf, »gerade deshalb eignet er sich so gut für die hohe Dressur. Vater hat ihn gekauft, damit ich bei Turnieren in den höheren Klassen antreten kann. Wer ihn entspannt reiten kann und seinen Körper unter Kontrolle hat, für den ist er ein Traum.«

»Für alle anderen ist er ein Albtraum«, ergänzte Ben.

»Warum hast du mir nicht gesagt, dass du so gut reiten kannst?«

Alice schaute ihren Vater verlegen an. Der verstand, und bat Ben, Arenal aus der Halle zu führen und Meran zu holen.

Als sie unter sich waren, erklärte Alice es ihm. »Es war mir unangenehm. Ich habe das Voltigieren geliebt und wollte hoch hinaus. Leider hat mir Kassandra, die Tochter unseres Trainers, einen Strich durch die Rechnung gemacht. Die war auch in unserem Team und immer eifersüchtig. Und als ich mir das Bein gebrochen habe, fiel ich lange aus.« Alice hielt inne und schaute ihren Vater prüfend an, der mit ehrlichem Interesse zuhörte. Die Sache war ihr mehr als peinlich. »Lange genug jedenfalls, um Kassandra die Chance zu geben, alle anderen und leider auch Mikael gegen mich aufzuhetzen. Sie meinte, ich würde eine One-Man-Show durchziehen, dabei war ich immer teamorientiert. Nur halt eben besser als sie. Als der Arzt mir das O.k. gab, wieder anzufangen, gehörte ich auch irgendwie nicht mehr dazu.«

»So schlimm das damals war, die Vergangenheit können wir nicht mehr ändern. Aber wir können nach vorne schauen. Auch wenn das eben eine unglückliche Situation war, in einem hattest du recht: Arenal hat sich von dir reiten lassen. Und das zeigt mir, dass du aufs Pferd gehörst. Schade, dass Fridolin diese plötzlichen Ausraster hat, er wäre ein gutes Trainingspferd für dich.«

Alice schaute schüchtern auf und direkt in Olivers Augen, die zu ihrer Überraschung stolz glühten.

»Er fühlt sich gut an, nicht wahr?«

»Ja«, antworte Alice verlegen, »er hat sehr weiche Gänge. So als würde man auf fließender Seide galoppieren.«

»Seine letzten beiden Turniere, beide in der S-Klasse, hat er gewonnen. Er piaffiert auf internationalem Niveau.«

Alice nickte anerkennend mit dem Kopf und beobachtete Ben, der gerade wieder die Halle betrat, dieses Mal mit Meran im Schlepptau. Er war deutlich kleiner als Arenal und hatte tatsächlich nur zwei weiße Socken.

»Immerhin, das sollte man nicht ganz vergessen, hast du die besten Gene: meine.« Oliver grinste schief. »So, deine Reitstunde geht jetzt offiziell los«, entschied er und klatschte in die Hände. »Dann zeig mal, was du draufhast, Alice von Gut Buchenberg, Tochter des legendären Oliver Bernstein und aufleuchtender Superstar am Reiterhimmel. Jetzt kommt deine Zeit.« Er lachte laut auf und wies in eine Richtung. »Erst mal ein schwungvoller Schritt geradeaus bitte.«

Alice zögerte keine Sekunde. Sie stieg auf Meran und schritt mit ihm durch die Arena. Es wurde eine tolle Reitstunde, in der Oliver ihr die wichtigsten Grundlagen der Dressur erklärte. Sie genoss Merans geballte Kraft unter ihr ebenso in vollen Zügen wie die Achtung ihres Vaters. Am allermeisten aber freute sie, dass Ben während der gesamten Reitstunde auf der Bande saß und ihr zusah.

Und als sie Meran am Ende Schenkelweichen ließ und ihn dann in einer fließenden Bewegung zum Stehen brachte, nickte Ben ihr anerkennend zu.

Nach der Reitstunde half Oliver ihr, Meran abzuduschen und trocken zu reiben. Dabei überhäufte er sie mit Komplimenten.

»Das war wirklich super! Du hast einen schönen tiefen Sitz und eine ruhige Hand.«

»Unser Trainer hat immer gesagt: Reiten ist wie ein Instrument zu spielen. Nur wenn man sein Instrument kennt, seine Schwächen und Stärken und seinen Klang annimmt, wird die Musik gut.«

Oliver hob anerkennend die Augenbrauen. »Ein weiser Mann! Und die nächste Reitstunde machen wir auf Gordon. Der hat etwas mehr Pfeffer im Hintern als Meran.«

Sein Handy klingelte und er ging dran. Währenddessen führte Alice Meran auf die Weide, und als sie wiederkam, wartete Ben an Olivers Stelle.

»Oliver ist im Haus. Ich soll dir ausrichten, dass er endlich die Kontaktdaten von Amaris' Vorbesitzer vom Auktionshaus bekommen hat. Er möchte ihn anrufen.«

»Okay, danke. Das hat echt eine Ewigkeit gedauert. Hoffentlich ergibt das etwas Neues.«

»Und ich habe Amaris eben ein Heunetz gefüllt. Es ist erstaunlich, wie freundlich er ist.«

»Auch dafür danke.« Alice schnappte sich Merans Zaumzeug, das noch über dem Geländer hing, um die Trense zu reinigen.

Ben folgte ihr zum Wasserhahn. »Ich habe echt gedacht, du hast von Pferden keine Ahnung und es war nur Anfängerglück, dass Amaris dir gefolgt ist.«

»Und ich habe gedacht, du magst Amaris nicht.« Sie trocknete die Trense mit dem Ärmel ab und drehte sich zu Ben. Er war zwar einen halben Kopf größer als sie, aber sie machte den Unterschied durch Entschlossenheit wett.

»Amaris ist in Ordnung.« Er schaute ihr tief in die Augen und es fing an, in Alices Bauch zu kribbeln. »Und ich glaube, du bist es im Grunde auch.«

Alice lächelte, die Antwort war mehr, als sie sich erhofft hatte. »Vielleicht sollten wir unsere Vorurteile einfach mal fallen lassen«, schlug sie vor und hatte dabei Schwierigkeiten, sich zu konzentrieren. Warum musste Ben immer so gut riechen? Heute war es eine Mischung aus Heu, Zimt, Erde und Pfefferminztee. Ein kleiner Blitz durchzuckte ihren Körper, als er ihr versöhnlich die Hand hinhielt. »Ich glaube, du, also, äh …«, weiter kam sie nicht.

»Ein vollendetes Kompliment.« Bens Mundwinkel zuckten. Er stupste sie an der Schulter, zwinkerte und ging den Gang entlang Richtung Futterkammer.

Die nächsten Stunden schien die Erdanziehung außer Kraft gesetzt, Alice schwebte über dem Boden, und alles ging ihr leicht von der Hand. Doch als sie abends über den Hof lief, sah sie, wie Ben hinter der Scheune verschwand. Erst dachte sie sich nichts dabei, aber dann hörte sie, wie er jemanden begrüßte. Sie wurde neugierig, warum die Heimlichtuerei?

Leise schlich sie in die Scheune hinein und spähte durch ein loses Brett in der Rückwand – direkt auf den grauen Haarschopf von Erich. Er trat ein paar Schritte von der Wand weg, um einen Stoffbeutel entgegenzunehmen, den Ben ihm reichte.

Der alte Mann hatte seine schicke Garderobe gegen eine graue Bundfaltenhose und ein senfgelbes Hemd mit Weste eingetauscht, wirkte nun eher wie ein Vagabund als wie ein Staatsmann.

»Und, wie sieht es aus? Kann ich bald zurückkommen oder bleibt das Mädchen länger?«

»Du weißt doch, es war immer geplant, dass Alice die Sommerferien über hierbleibt. Und jetzt hat sie ja noch Amaris.«

Erich stopfte den Beutel in eine Ledertasche und murmelte: »Mir persönlich wäre es lieber, sie würde sofort wieder abreisen.« In seiner Stimme lag so viel Ablehnung, dass Alice in ihrem Versteck zusammenfuhr.

»Sie ist wirklich nett, gib ihr doch eine Chance, es dir zu beweisen.«

»Nichts da! Ich will nichts mit ihr zu tun haben. Und du solltest es auch nicht. Ich habe deinen Eltern höchstpersönlich versprochen, dass ich die Mädchen von dir fernhalte.«

»Sooo nett ist sie dann auch wieder nicht«, verteidigte sich Ben. »Alice wäre mir viel zu anstrengend. Und zu stur.« Er lachte gezwungen. »Du brauchst dir keine Sorgen machen, für mich ist sie nicht die Richtige.«

Alice konnte sein Gesicht nicht erkennen, aber das brauchte sie auch nicht. Sie hatte genug gehört. Erichs Worte taten weh, aber Bens Ablehnung riss eine blutende Wunde in ihr Herz.

Kapitel 6

Alice gähnte und streckte sich. Es dauerte ein paar Augenblicke, bis sie sich orientiert hatte. Holzspäne, Boxenwände, Campingmatratze – sie war bei Amaris. Oliver hatte ihr erlaubt, ihr Lager dauerhaft im Stall aufzuschlagen, weil sie im Notfall schnell zur Stelle sein wollte, falls Amaris einen Rückschlag erlitt. Über ihr hangelte sich eine kleine Spinne den Balken hinunter und verschwand in einer Ritze. Der junge Araber lag neben ihr, sein Kopf ruhte auf ihrem Bauch.

Findus' Gekrähe hatte sie heute nicht gehört, aber das Bimmeln ihres Handys hatte sie aufgeweckt, als eine Nachricht ihrer Mutter eintraf. Es war erst sechs Uhr, anscheinend musste Tina wieder früh raus, wie so oft. Alice antwortete und schoss ein Selfie für ihre Mutter. Dabei rempelte sie Amaris an, der aufwachte und sie mit einem Auge betrachtete.

»Guten Morgen, mein Hübscher«, flüsterte Alice ihm zu. »Wie geht es dir heute?«

Amaris rieb seine Stirn an ihrem Bauch und sie musste kichern. »He, lass das.« Der junge Hengst hielt inne und schaute sie treu an. Alice rümpfte die Nase. »Weißt du eigentlich, dass du müffelst wie alter Käse?«

Amaris schnaufte. Hingebungsvoll zerzauste er ihr Haar, er war ein richtiger Schmusetiger geworden. Alice hatte ihn zwar täglich gebürstet, aber nun war es Zeit für ein ausgiebiges Bad.

Eine Stunde später hatte sie Amaris draußen angebunden. Es war ein schöner Morgen, friedlich und warm. Findus führte stolz seine Hühnerschar über den Hof und hinter ihnen liefen sechs winzige Küken her, kleine flauschige Tennisbälle, die bei jedem Schritt piepten.

Während Alice mit dem Schlauch hantierte, öffnete sich das Fenster direkt über ihnen und Bens zerknautschtes Gesicht erschien. Sein Pyjama war halb verdeckt von den blühenden Geranien, die in dem Blumenkasten vor seinem Fenster wuchsen. Schlaftrunken blickte er sie an und brummte einen halbherzigen Gruß. Oliver hatte ihm angeboten, morgens die Pferde zu füttern, eine gute Gelegenheit für Ben, um auszuschlafen.

Stumm nickte Alice zurück, die Szene mit Erich hinter der Scheune vor den Augen. Ungeschickt zog sie am Schlauch und schaffte es, Amaris' Hinterbein darin zu verheddern. Sie beugte sich hinunter, um es zu befreien, aber der junge Hengst trat einen Schritt nach vorne und der Schlauch spannte sich straff. Sie löste den Knoten des Führstricks und bat ihn, nach hinten zu treten.

In dem Moment knackte es. Dann ging alles ganz schnell. Etwas raste durch die Luft, Amaris drehte sich und schubste sie mit voller Kraft. Hart flog Alice nach vorne und landete auf allen vieren. Ein lautes Platzen auf dem Boden, und Tausende kleiner Scherben flogen ihr um die Ohren. Entsetzt schrie Alice auf und riss die Arme hoch, um ihr Gesicht zu schützen. Dreck spritzte auf ihre Arme und ihre Kleidung.

In der nächsten Sekunde war der Spuk vorbei und sie öffnete die Augen. Links und rechts neben ihr standen tiefschwarze Pferdebeine, über ihr ein Pferdebauch.

Unbeholfen krabbelte sie unter Amaris hervor und sah einen zerbrochenen Blumenkasten vor sich liegen. Überall lagen rote Geranien verstreut, halb bedeckt von Erdklumpen.

Sie hatte Glück gehabt, bis auf ein paar Schmutzflecken hatte sie nichts abbekommen. Amaris hingegen hatte ein paar blutige Kratzer am Bauch, dort wo die auffliegenden Scherben ihn getroffen hatten. Bestürzt strich sie über eine Schramme und wischte einen Blutstropfen weg.

Ein Geräusch über ihr und sie schaute hoch. Ben, kreidebleich, mit aufgerissenen Augen. Er hielt die Hand vor den Mund. »Oh, mein Gott, Alice. Geht es dir gut?«

Bei Alice öffneten sich die Schleusen. »Sag mal, spinnst du?« Wütend deutete sie auf die blutenden Spuren auf Amaris' Bauch. »Kannst du nicht besser aufpassen? Du hättest uns umbringen können!«

Ben stotterte fassungslos: »Oh Mann, das tut mir echt total leid ...«

»Ja, genau. Reicht es nicht, dass du dich mit Erich gegen mich verbündet hast? Musst du mich jetzt auch noch mit Blumenkübeln bewerfen?« Sie schrie so laut, dass Oliver aus dem Stall gelaufen kam, in einer Hand die Futterschaufel.

Alice verstummte.

»Was ist denn hier los?« Überrascht schaute er zwischen Alice, Ben und dem kaputten Kübel hin und her. Dann schien er zu verstehen. »Okay, Kinder. Erst mal mit der

Ruhe. Anscheinend ist hier gerade ein Unfall passiert. Ist jemand verletzt? Nein? Gut.« Seine Verblüffung wich seiner gewohnten Selbstsicherheit und er nahm Alice spontan in den Arm. »Komm mal her, du siehst ja total fertig aus.« Er drückte sie fest und strich ihr über die Haare. »Alles gut, Kleine.«

»Amaris ist verletzt«, wütete Alice, »er hat mich beschützen wollen und hat alles abbekommen.«

Oliver schob sie ein Stück von sich und sah ihr fest in die Augen. Dann untersuchte er Amaris, der aufgeregt mit dem Huf auf dem Boden scharrte, und schlussfolgerte: »Das sind nur winzige Kratzer, nichts Ernstes. Ich bin mir sicher, Ben hat das nicht absichtlich gemacht.« Er schaute nach oben Richtung Ben, der immer noch wie gelähmt im Fensterrahmen stand. Dieser nickte blass, und Oliver sagte etwas lauter: »Wir versorgen die Kratzer jetzt ordentlich und anschließend gehen wir rein frühstücken – während Ben die Schweinerei hier unten sauber macht. In einer halben Stunde will ich hier keinen Krümel Erde mehr sehen.«

Zusammen bereiteten sie das Frühstück zu und Alice beruhigte sich wieder. Obwohl sie Oliver erst so kurze Zeit kannte, war er ihr bereits merkwürdig vertraut. Es waren diese ganzen Kleinigkeiten, die Art, wie er die Milchtüte öffnete, das Brot schnitt oder den Sahnequark mischte. Oliver schien es ebenso zu gehen, denn als sie den Schrank öffnete und sich eine Tasse aus dem bunten Sammelsurium aussuchte, lachte Oliver und kommentierte: »Das ist auch meine Lieblingstasse.«

Etwas wehmütig fragte sie sich wieder einmal, wie ihr Leben wohl ausgesehen hätte, wenn sie einen Vater an ihrer Seite gehabt hätte. Oliver war selbstbewusst, zweifelte nicht an sich und sein Wort war Gebot. Ihre Mutter hingegen war sanfter, trug das Herz auf der Zunge, diskutierte Dinge gerne aus – auch wenn sie viel zu wenig Zeit für sie hatte. Die beiden hätten sich gut ergänzt. Und dann gab es ja noch ihre biologische Mutter, mit der sie vielleicht auch Gemeinsamkeiten hatte.

»Übrigens habe ich Amaris' Vorbesitzer bisher telefonisch nicht erreichen können«, unterbrach Oliver ihre Gedanken.

»Oh. Und stand in den Unterlagen keine Adresse?«

»Leider nein, nur ein Name, die Telefonnummer und eine E-Mail-Adresse. Ich habe versucht, seinen Namen zu googeln, leider ergebnislos. Daher werde ich ihm eine E-Mail schicken müssen.«

Das Wort »E-Mail« hallte in Alices Kopf nach und ihr fiel etwas ein, was sie Oliver unbedingt fragen wollte. »Oliver? Da wir gerade beim Thema sind: Als Erich in die Reithalle kam, hat er einen Brief erwähnt. Einen, den er nicht als ›Beweis‹ akzeptiert oder so … Was meinte er damit?«

Oliver hielt in der Bewegung inne und seine Pupillen weiteten sich. »Hat er das gesagt? Daran erinnere ich mich gar nicht mehr«, antwortete er ausweichend.

»Vielleicht meinte er den Brief, der dem Vaterschaftstest beilag?«, versuchte es Alice, während sie ihren Vater nicht aus den Augen ließ.

»Ja, das wird es wohl gewesen sein.« Oliver hatte sich wieder gefangen und schenkte ihr Pfefferminztee nach.

Doch Alice wusste, dass er nicht ganz die Wahrheit sagte.

Ihr Handy klingelte und sie war dankbar für die Ablenkung. Es war Lena.

Mann, wie ich dich in der Gruppe vermisse! Kassandra nervt. Ohne dich ist alles doof. Alice musste lächeln. Lena würde es niemals wagen, Kassandra die Stirn zu bieten. Das hieß aber noch lange nicht, dass sie alles guthieß, was die sich erlaubte.

Nach dem Essen bat Oliver sie, den kleinen Rasen vor dem Haupthaus zu mähen. Doch der Rasenmäher war ein altes, schweres Ding und es kostete sie einige Kraft, ihn aus dem Schuppen zu schieben. Zu allem Übel kreuzte Ben ihren Weg.

»Kann man dir helfen?«

»Ich glaube, mir ist nicht mehr zu helfen«, keuchte sie.

Bens Mundwinkel schob sich nach oben, aber seine Augen blieben ernst. »Alice, das mit dem Blumenkasten tut mir echt leid, die Verankerung war durchgerostet. Es war keine Absicht.«

»Das weiß ich.«

»Warum bist du dann so ausgetickt?«

Alice gab sich einen Ruck. »Weil du dich heimlich mit Erich triffst und mit ihm über mich redest. Erich hasst mich, und Amaris ist ihm auch ein Dorn im Auge.«

»Oh.« Seine Augen weiteten sich und er kratzte sich unsicher am Kopf. »Ähm. Ja, ich weiß. Aber das hat nichts mit dir zu tun. Ich habe ihm nur frische Kleidung gegeben, weil er in der Pension nicht waschen kann. Soll ich ihm etwa meine Hilfe verweigern?«

Alice fixierte ihn. »Es geht mir weniger darum, ob du ihm hilfst, sondern eher, was du über mich gesagt hast. Von wegen ich sei anstrengend und stur.«

Unglücklich knetete Ben seine Hände, das schlechte Gewissen war ihm anzusehen. »Weißt du, er hat mich in die Ecke gedrängt. Ich will nicht, dass er meine Eltern anruft und einen falschen Eindruck hinterlässt.«

»Keine Angst, die meisten Mädels stehen weniger auf vorwitzige Chaoten mit einem Modestil aus dem letzten Jahrhundert, als du denkst«, entgegnete sie mit verschränkten Armen. »So attraktiv bist du also nicht.«

Dieses Mal lächelte er sie zurückhaltend an und für einen Moment fand Alice ihn ungemein charmant. Mit dem Grübchen auf der Wange wirkte er spitzbübisch und verwegen. Ein Schmetterling flatterte in ihrem Bauch auf und kreiste umher.

»Ich bin kein Chaot. Ihr versteht nur alle mein System nicht.«

Er fasste den Griff des Rasenmähers und drückte sie sanft zur Seite. »Warte, ich helfe dir, es ist schwierig, ihn zu starten.«

Der Schmetterling machte eine Bruchlandung – Ben hatte einen wunden Punkt getroffen.

»Du traust mir echt nichts zu, was?« Das hatte schärfer geklungen als beabsichtigt, aber es war ihr egal. »Danke, das krieg ich schon allein hin.«

Ben hob eine Augenbraue und ließ den Rasenmäher los. »Dann halt nicht«, murmelte er und beobachtete, wie Alice den Rasenmäher ächzend auf das Rasenstück vor dem Haus bugsierte. Sie zog an der Schnur. Nichts passierte.

Wieder und wieder versuchte Alice es, bis sie schließlich aufgab.

»Der ist kaputt«, murrte sie und trat gegen ein klapperndes Schutzblech.

»Ne, der braucht nur extra viel Liebe. Lass mich mal machen. Bei der alten Kiste braucht man ein paar Tricks«, sagte Ben und schob sich selbstsicher an Alice vorbei. Er griff nach der Schnur, zog einmal, zweimal, dann ruckelte es tief im Innern des Rasenmähers und tuckernd sprang der Motor an.

»Es liegt nicht an dir«, beruhigte er Alice. »Selbst Oliver hat Probleme mit dem Ding. Ich habe ihm geraten, einen neuen Rasenmäher zu kaufen, aber er hängt manchmal an alten Sachen, weil er Erinnerungen damit verbindet. Dabei finde ich, es lohnt sich selten, einer Sache nachzutrauern, wenn man sie ersetzen kann.«

Während Alice mit dem qualmenden und stinkenden Mäher ihre Bahnen zog, dachte sie über diese Worte nach. Vielleicht sollte auch sie aufhören, dem Voltigieren nachzutrauen. Oder den durch die Adoption verpassten Jahren mit ihrem Vater.

Später gesellte sie sich zu Oliver und Ben, die gerade eine Pause machten. Sie saßen auf der hölzernen Eckbank in der Küche und aßen Mettbrötchen. Alice rümpfte angesichts des strengen Zwiebelgeruchs die Nase und rührte sich selbst eine Schale Götterspeise an. Darüber goss sie etwas Kondensmilch. Ein Nachtisch ihrer Kindheit.

Ben schaute sie angewidert an. »Wieder mal so ein Spezialrezept, ja?« Er blähte die Wangen auf, um anzudeuten, dass er sich fast übergeben musste.

Oliver klopfte auf das Sitzkissen neben sich. Alice setzte sich und nahm einen besonders großen Löffel von ihrem Dessert und schaute Ben dabei provozierend in die Augen. Es fiel ihr schwer, dabei nicht zu grinsen. Aber sie sagte kein Wort, bis die Schüssel leer war, und hörte stattdessen Oliver zu, der von einem weiteren rätselhaften Ausraster Fridolins erzählte.

Den Rest des Tages und auch den nächsten Morgen verbrachte Alice bei Amaris, reinigte vorsichtig seine Kratzer, schmierte eine Wundsalbe drauf und gab ihm eine Extraration Kraftfutter. Die Kratzer schienen sie mehr als Amaris selbst zu stören. Doch der junge Hengst ließ sich die intensive Behandlung gerne gefallen und das wiederum gefiel ihr.

Später holte sie ein Buch und las, während der Hengst döste.

»Was liest du da Spannendes?«, riss Ben sie aus den Gedanken und hob den Buchdeckel an, um den Titel erkennen zu können.

»Oh, du bist es. Das ist ein ...« Sie verstummte, als ihr klar wurde, dass sie es Ben nicht sagen konnte. Es war ein gutes Buch, aber eben auch ein Liebesroman, der auf einem Reiterhof spielte, und das brachte sie nicht über die Lippen. »... ein Pferdebuch«, beendete sie ihren Satz und bedeckte das romantische Titelbild mit ihrer Handfläche.

»Ich schaue ja lieber fern als zu lesen.«

Alice hob eine Augenbraue. Gerade wollte sie zu einer Grundsatzdiskussion über den Wert von Büchern ansetzen, da grinste Ben breit und tippte auf das Cover, das nun freilag.

»Ein Pferdebuch also«, sagte er verschwörerisch mit einem derart breiten Grinsen, dass Alice ihn am liebsten gehauen hätte. Auf dem Buchtitel war außer dem Pferd noch ein küssendes Pärchen zu sehen. Peinlich berührt klappte ihr Mund zu, aber Ben zuckte nur lachend mit den Schultern und verschwand.

Mittags löste sich Alice von dem Araber und lief in die Waschküche. Arbeit wartete auf sie. Zu Hause hasste sie Hausarbeiten aller Art, hier gingen sie ihr leicht von der Hand. Dabei bat ihr Vater sie nie zu helfen, sondern erwartete es einfach.

Im Eingang stieß sie mit Ben zusammen, das schien langsam zur Gewohnheit zu werden. Nur dass sie dieses Mal eine Stufe über ihm stand und zu ihrem Entsetzen erst ihre Stirnen und dann ihrer beider Lippen aufeinanderprallten. Die Zeit schien stillzustehen, als sich ihre Münder berührten, warm und weich. Augenblicklich wurde alles in ihr butterweich und gab nach. Seine Lippen schmeckten nach Erde, Sommer, Heu. Sie versprachen Halt und Hingabe, waren fordernd und zurückhaltend zur selben Zeit. Ben entzog sich der Berührung nicht und so gab sie sich dem Gefühl hin und vergaß alles um sich herum, genoss die Nähe zu ihm, und die Spannung, die zwischen ihnen herrschte, ließ nach. Ein sanftes Kitzeln breitete sich auf ihrer Haut aus. Doch als sie in Bens grüne Augen mit den langen schwarzen Wimpern schaute, erkannte sie Erstaunen in ihnen. Das brach den Zauber, sie tauchte ab und zog wortlos an ihm vorbei. Der ungewollte Kuss hatte nur ein paar Sekunden gedauert, aber Alice war es wie eine Ewigkeit vorgekommen.

»Mist, Mist, Mist«, schimpfte sie vor sich hin, auf ihren Lippen lag ein salziger und doch süßer Nachgeschmack. Ihr Herz klopfte so schnell, dass sie den Puls unter der Haut spüren konnte. Aufgewühlt schlüpfte Alice in die Waschküche und lehnte sich an die Wand, um durchzuatmen.

»Es war nur ein Versehen«, wiederholte sie das Mantra, das aber nichts daran änderte, dass die Berührung viel zu angenehm gewesen war.

Der Sturm in ihr beruhigte sich wieder und sie atmete tief aus und ein. Dann zog sie mehrere triefnasse Satteldecken aus der Waschmaschine heraus. Da sie zu schwer zum Tragen waren, packte sie sie in eine Schubkarre. Doch ihr Vater fing sie auf dem Weg zur Wäschespinne ab.

»Es ist kurz vor eins. Sag mal, wollte Sophie jetzt nicht kommen?

»Oh stimmt, das habe ich total vergessen.« Bisher hatte Alice ihre Ladung Äpfel beim Gravensteiner Apfelhof immer selbst abgeholt, aber heute wollte Sophie sie vorbeibringen, um Amaris kennenzulernen.

»Lass die Wäsche stehen. Das kann Ben machen, der hat gerade eh zu wenig zu tun. Hol dir lieber noch schnell was zu essen.«

Alice öffnete den Mund, um Einspruch zu erheben, dann entschied sie sich, das Angebot anzunehmen. Etwas Extra-Arbeit konnte Ben nicht schaden, fand sie, auch ein bisschen als Rache wegen der Sache mit dem Blumenkasten gestern.

Als sie kurz darauf den Kühlschrank öffnete, schämte

sie sich für den Gedanken. Denn im mittleren Regal stand eine Tupperdose mit einer Post-it-Notiz, auf der ihr Name stand. Es war ein reichlich belegtes Sandwich mit Frischkäse, Käse, Gurken und obendrauf ein Sträußchen Kresse. Ein weiterer Zettel lag in der Box: *Guten Appetit. Damit du mal was Ordentliches isst. Xxoxx Ben.*

Zehn Minuten später lief sie aus dem Haus und traf dort auf Sophie, die sich suchend umblickte. Auf dem Rücken trug sie einen Korb mit Äpfeln, und Alice musste zweimal hinschauen, um ihren Augen zu trauen. Es war einer dieser Bastkörbe, wie man sie aus alten Filmen kannte, mit zwei Lederriemen, um ihn als Rucksack zu tragen. Zusammen mit Sophies geflochtenen Zöpfen und dem Karokleid konnte man sie für die kleine Hexe halten, die Brennholz im Wald sucht. Nur ohne den Hexenbesen.

»Hallo«, sagte Sophie schüchtern, »da bin ich.«

»Hi. Danke für die Äpfel.«

»Gern geschehen, aber du musst dich nicht bedanken, immerhin hast du sie gekauft.«

»Aber du hast sie getragen.«

Die Mädels guckten sich unsicher an und schwiegen. Schließlich machte Sophie Anstalten, den schweren Korb auszuziehen und Alice half ihr dabei.

»Der ist von meiner Großmutter«, erklärte Sophie zurückhaltend, »sie hat den seit ihrer Jugend.« Sophie rieb sich die Schultern, und Alice bekam ein schlechtes Gewissen.

»Morgen hole ich die Äpfel wieder selbst ab«, entschied sie. »Ich kann mir bestimmt Olivers Fahrrad ausleihen. Das hat breite Satteltaschen, dann kann ich mir eine Ration abholen, die mehrere Tage reicht.«

»Ja, ich habe ihn schon oft damit herumfahren sehen.«

»Er findet es ökologischer, mit dem Fahrrad einzukaufen. Sein Beitrag zur Verringerung des CO_2-Ausstoßes.«

»Klimaschutz ist wichtig.«

Wieder standen sie unschlüssig herum, bis es Alice unangenehm wurde.

Das kann ja heiter werden, dachte sie und versuchte, die peinliche Stille zu überspielen, indem sie sagte: »Komm, ich stelle dir Amaris vor.«

Vielleicht etwas zu nachdrücklich hakte sie sich bei Sophie ein, die sich sofort versteifte, und schleifte sie in den Stall. Amaris wieherte fröhlich in ihre Richtung.

»Tada! Das ist er. Mein frecher kleiner Araber.«

Amaris schaute Sophie mit großen Augen an, schnaubte leise und spitzte die Ohren. Zu Alices Überraschung zeigte ihre Freundin keinerlei Berührungsängste und hielt Amaris unaufgefordert ihre Hand hin, an der er sofort schnupperte. Wie in Zeitlupe hob er die Nase und strich mit seinen Tasthaaren durch ihr Gesicht. Dabei war er ganz vorsichtig, als wollte er auf Tuchfühlung gehen und sie näher kennenlernen. Und zum ersten Mal, seit Alice Sophie kannte, lächelte diese. Vielleicht war Sophie doch nicht so übel.

Einige Minuten später saßen die beiden Mädchen in der Box, Amaris stand vor ihnen und ließ sich den Kopf kraulen. Alice hatte eine alte Satteldecke untergelegt, auf der sie gemeinsam Platz genommen hatten.

Nach einer Weile taute Sophie auf. Es war, als öffneten sich Schleusen, die lange verschlossen waren.

»Meine Eltern wohnen in Kassel. Mama ist Internistin im Krankenhaus und Papa ist ständig auf Geschäftsreisen. Beide hatten selten Zeit für mich«, vertraute sie Alice an.

Diese Beschreibung kam Alice nur allzu bekannt vor – seit am Stadtrand von Mühlstadt eine neue Siedlung entstanden war, hatte ihre Mutter viele neue Patienten bekommen und machte ständig Überstunden.

»Als Mama befördert und Papa fast zeitgleich Partner in seiner Kanzlei wurde, hat Oma angeboten, dass ich zu ihr ziehe und hier zur Schule gehe. Und ich bin unendlich dankbar dafür.«

»Besuchst du deine Eltern oft?«

»Nein. So gut wie nie. Wenn ich in ihrer Nähe bin, erinnert es sie nur daran, dass sie in puncto Kindererziehung versagt haben, und dann kriegen sie ein schlechtes Gewissen. Diese Schuld versuchen sie durch Geschenke zu kompensieren und das ist unerträglich.« Hier unterbrach sie, seufzte, setzte wieder an, dieses Mal noch leiser. »Ich wünschte, ich hätte dasselbe Glück wie du. Dass mich meine Eltern an erste Stelle setzen und sich um mich reißen. Es ist so nett, dass dein Vater dich sofort eingeladen hat. Meine Eltern sehen mich nur als Last.«

Alice schluckte. »Oh. Das klingt echt hart.«

Bisher hatte sie ihre Adoption als düsteren Schicksalsschlag gesehen und sich verraten gefühlt. Jetzt erwachte in ihr ein schlechtes Gewissen, denn Sophie hatte recht: Sie hatte sowohl eine Mutter, die sie über alles liebte, als auch einen Vater, den sie jeden Tag mehr zu schätzen lernte. Biologische Eltern waren nicht automatisch besser, nur weil man mehr Gene miteinander teilte.

Ergriffen tastete Alice nach Sophies Hand und drückte sie. Sophie erwiderte die Berührung, um ihren Mund lag ein bitterer Zug.

Alice sah ihr in die Augen. »Ehrlich gesagt bewundere ich dich dafür, dass du so selbstständig bist und so viel kannst. Klar muss ich im Haushalt mithelfen und solche Sachen, aber das ist kein Vergleich zu der Arbeit, die du jeden Tag leistest.«

»Jeder hat sein eigenes Päckchen zu tragen. Für dich war es bestimmt nicht leicht, zu erfahren, dass du adoptiert worden bist.«

Alice nickte und sagte leise: »Ich habe es zu Hause niemanden erzählt. Ich will nicht, dass mich irgendjemand mit anderen Augen sieht oder gar Mitleid hat.«

Sophie lächelte sie an, und Alice spürte, dass sie sich einig waren. Es tat gut, sich jemandem anvertrauen und öffnen zu können.

In den nächsten Stunden zeigte Alice ihr jeden Winkel des Hofes, den Sophie bisher nur von außen kannte. Irgendwann landeten sie wieder in Amaris' Box und das Gespräch fiel auf Erich, als Sophie anmerkte: »Herr Bernstein senior, also dein Opa Erich, hat sich im Dorf lauthals über dich beschwert. Jetzt gibt es Gerüchte. Hier spricht sich alles schnell herum, das ist der Nachteil an einem kleinen Ort.«

Als Alice die Schultern hängen ließ, fuhr Sophie mit sanfter Stimme fort: »Er war vor ein paar Tagen bei uns. Oma trinkt öfters einen Kaffee mit ihm. Ich glaube, er hat

Angst vor einer Erbschleicherin. Erich ist alt, Alice, alt und verbittert.«

»Das gibt ihm noch lange nicht das Recht, schlecht über mich zu reden«, fand Alice, aber Sophies Worte beruhigten sie ein wenig.

Etwas hatte sich zwischen ihnen verändert. Sophie war auf einmal zugänglicher, und Alice spürte, dass sie beide etwas verband, das Substanz hatte. So kalt und unnahbar Sophie auch wirken mochte, trotzdem fühlte Alice sich zu ihr hingezogen, und das lag vor allem daran, dass Sophie echten Tiefgang besaß. Aber diese unendliche Trauer in Sophies Augen, die selbst dann blieb, wenn sie lächelte, rührte sie zutiefst.

Ben klopfte an die Tür und öffnete sie kurz, um Amaris eine Heuration hineinzuwerfen. Er tippte sich an die Stirn und verschwand dann wieder.

Der Araber drehte sich um und fing an zu fressen.

»Du musst keine Angst haben, er tritt nicht«, erklärte Alice, aber Sophie schien ungerührt.

»Ich weiß«, antwortete sie. »Er hört uns aufmerksam zu. Gerade hat er seine Ohren in unsere Richtung gedreht, das heißt, er ist auf uns konzentriert, selbst wenn er abgelenkt ist.«

Der Satz schlug bei Alice ein wie ein Hammer. Sie schaute hin und wusste, dass Sophie recht hatte. Mehr noch – es war das fehlende Puzzleteil, das sie gesucht hatte.

In einem Anfall von Übermut umarmte sie Sophie und gab ihr einen Kuss auf die Wange. Sophie verkrampfte sich, aber Alice lachte sie an. »Du bist ein Genie! Komm mit.«

»Es geht um Fridolin«, sagte Alice und schaute in die

erwartungsvollen Augen von Ben, Oliver und Sophie. »Ich glaube, ich weiß jetzt, warum er sich ständig erschreckt. Sophie hat mich darauf gebracht.«

»Was meinst du?«, fragte Oliver.

»Fridolin hat nicht gescheut, als mir neulich die Schubkarre vor seiner Box umgekippt ist, und das hat mich gewundert.«

Ben und Oliver schauten sie erwartungsvoll an und Alice fuhr fort: »Sophie hat mich eben in der Box drauf aufmerksam gemacht, wie Amaris die Ohren dreht, wenn er uns nicht sehen kann. Fridolin hat die Ohren immer nach vorne gerichtet. Weil er die Geräusche hinter sich nicht hört: Er ist taub.«

Olivers Kinnlade klappte herunter.

»Überlegt doch mal. Die meisten Geräusche interessieren ihn nicht. Er lebt in einer stummen Welt, in der plötzlich Dinge ohne Vorwarnung auftauchen. Dann scheut er, und zwar aus gutem Grund. Kein Wunder, dass seine Reaktionen so heftig sind.«

»Das ist tatsächlich logisch, wenn auch unwahrscheinlich. Aber ich rufe sofort Doktor Becker an.«

Um die Wartezeit zu verkürzen, gingen sie zusammen ins Reiterstübchen, von wo aus man durch ein Panoramafenster in die Reithalle blicken konnte. Ben setzte Tee für alle auf und fand ein paar staubtrockene Kekse in einer Dose.

»Aus welchem Jahrhundert sind die denn?«, fragte Alice und hielt sich die Wange, der Keks war steinhart.

Oliver lachte und nahm auch einen. »Die halten zumindest die Kaumuskeln fit«, behauptete er.

Es wurde gerade gemütlich, als Doktor Becker eintraf und sie sich wieder in die Halle begaben. Er war nicht allein, ein Mann in den späten Sechzigern begleitete ihn. Dieser war groß, schlank und schick gekleidet und hatte ein ernstes Gesicht. Auch wenn um seinen Mund ein Schmunzeln lag, seine Augen lachten nicht mit.

»Falk Anwander, ich habe die Ehre«, sagte er und tippte sich höflich an den Hut.

»Falk ist ein alter Freund von mir«, stellte Doktor Becker ihn vor. »Er war früher auch Tierarzt, aber seit er pensioniert ist, begleitet er mich öfters zu Patientenbesuchen und assistiert. Er ist eine gute Hilfe, da er ein echter Pferdefreund und -kenner ist«, sagte er und klopfte Falk Anwander anerkennend auf die Schulter. Dieser nickte und schaute sich interessiert um.

»Ja, ich helfe gerne. Ist mir alles lieber, als mich zu Hause zu langeweilen. Und ich weiß gut gezüchtete Pferde sehr zu schätzen. Herr Bernstein, man erzählt sich, Sie haben auch ein paar Prachtexemplare auf Ihrem Hof?«

Oliver nickte und berichtete stolz von seinen Stars, während Alice ungeduldig neben ihm stand. Endlich war sie an der Reihe und es sprudelte aus ihr heraus. Doktor Becker hörte sich Alices Theorie an und untersuchte Fridolin.

Es dauerte nicht lange, bis er seine Instrumente beiseitelegte und bestätigend nickte. »Alice hat recht. Fridolin ist tatsächlich taub.«

So traurig die Nachricht auch war, es freute Alice ungemein, dass Fridolins Problem geklärt war. Und natürlich war sie auch ein bisschen stolz auf ihre korrekte Analyse.

Doktor Becker fuhr fort: »Doch ich habe eine gute Nachricht. Fridolin kann geholfen werden. In seinen Ohren stecken zwei festsitzende Pfropfen, auf gut Deutsch: Er hat Ohrenschmalz. Die kann man leicht entfernen, danach hört er hoffentlich wieder normal. Eine medizinische Seltenheit, vor allem dass beide Ohren betroffen sind, aber es kommt vor.«

»Das sind ja fantastische Nachrichten.« Oliver strahlte und drückte seiner Tochter einen Kuss auf die Stirn. »Gut gemacht!«

Ben brachte Fridolin wieder in den Stall, und Oliver wandte sich an Doktor Becker. »Wenn Sie noch ein paar Minuten erübrigen können, zeige ich Herrn Anwander gerne meine Stars.«

Der Tierarzt packte seine Instrumente in die Tasche und bestätigte: »Das passt mir gut. Ich würde ohnehin gerne bei Amaris nach dem Rechten sehen.«

Während die drei Männer im Stall verschwanden, zogen sich Alice und Sophie wieder ins Reiterstübchen zurück, um ihren mittlerweile kalt gewordenen Tee auszutrinken.

Sophie hielt sich mit Lob nicht zurück: »Du hast echt ein Händchen für Pferde. Ich meine, das scheint dir alles irgendwie im Blut zu liegen, als hättest du Gut Buchenberg schon immer mit dir herumgetragen, tief in dir, gut versteckt.«

Dankbar lächelte Alice ihre neue Freundin an. Anders als Ben schien Sophie zu ihr aufzublicken.

Als Oliver mit Ben im Schlepptau in die Stube stürmte, rief dieser: »Lasst den Tee und die ollen Kekse stehen, Mädels. Ihr habt Fridolin und auch mir eine Menge Schrecken erspart. Und bei Amaris gab es auch Entwarnung – sein

Zustand hat sich deutlich gebessert. Wir fahren in die Stadt und gehen italienisch essen.« Sophie öffnete den Mund, aber Oliver warf ein: »Elsa weiß bereits Bescheid. Sie freut sich für dich.«

Fröhlich kletterten die Mädels auf den Rücksitz des Geländewagens, während sich Ben vorne einen Song aus seiner Playlist aussuchte. Bald wummerten die Bässe einer kalifornischen Country-Band durch das Auto.

Alice drehte den Kopf, als sie die Einfahrt entlangfuhren, und betrachtete die kleiner werdenden Gebäude. Gut Buchenberg fühlte sich mittlerweile tatsächlich schon wie ein zweites Zuhause an.

Sie erreichten das altmodische Restaurant, aus dem ihnen ein verführerischer Pizzaduft entgegenschlug. Ein Kellner mit dazu passender altmodischer Weste stand im Eingang, eine Stoffserviette über dem Unterarm.

»Tisch für vier?«, fragte er höflich und öffnete ihnen die Tür.

In dem Moment klingelte Olivers Handy, und als er auf den Bildschirm schaute, verhärteten sich seine Gesichtszüge.

»Ist was?«, fragte Alice und schielte auf das Handy, aber Oliver steckte es sofort wieder weg.

»Es tut mir leid. Erich ist ... er hat ... fangt doch schon mal ohne mich an, ja? Wartet nicht mit dem Essen auf mich. Ich stoße später wieder zu euch.«

»Oh, okay.« Alice nickte enttäuscht. Natürlich musste Oliver sich um seinen Vater kümmern, aber war diese Geheimniskrämerei wirklich notwendig?

Während sie Ben und Sophie folgte, fragte sie sich, ob sie

Oliver richtig einschätzte. Bisher war er freundlich zu ihr gewesen und wirkte ungemein vertraut. Und dann gab es immer wieder diese Augenblicke, in denen sie spürte, dass er ein fremder Mann war, den sie erst seit Kurzem kannte. Ein Mann, der sich manchmal aus dem Nichts zurückzog und der ihr vielleicht sogar etwas Wichtiges verbarg.

Kapitel 7

Alice öffnete den Schrank, um das Putzzeug herauszuholen. Ein Berg von Pferdedecken kam ihr entgegen und begrub sie unter sich. Keuchend suchte sie sich ihren Weg ins Freie. Die Decken waren einfach locker in den Schrank geworfen worden, ohne Sorgfalt oder System.

»Ben!«, schrie sie laut, und der kam tatsächlich sofort angelaufen. Er grinste verschämt, als er sie inmitten des Deckenhaufens entdeckte, was sie noch wütender machte.

»Muss das sein? Kannst du die Decken nicht falten wie jeder andere auch?«

»Ach, aufräumen ist für Anfänger. Profis schlagen die Schranktür schneller zu, als etwas rausfallen kann.« Er reichte ihr die Hand, um ihr aufzuhelfen. »Es tut mir wirklich leid. Wenn es zu viel zu tun gibt, werde ich unordentlich.« Alices Steißbein tat höllisch weh, aber Ben guckte sie so lieb an, dass sie nicht anders konnte, als ihm zu verzeihen.

Nachdem Amaris abgespült war, stellte Alice das Radio aus und widmete sich dem Schamponieren. Das wiederum mochte der junge Hengst überhaupt nicht. Demonstrativ hob er sein Bein, und bevor Alice reagieren konnte, trat er gegen den Plastikeimer. Der kippte um und schaumiges Wasser ergoss sich auf die Steine.

»Du Rabauke, das hast du mit Absicht gemacht«, schimpfte Alice und stellte den Eimer wieder hin.

Der junge Araber schaute sie mit großen Augen an, klimperte mit den Wimpern und sie schmolz wieder dahin. Amaris wusste einfach, wie er sie um den Finger wickeln konnte. Sie konnte ihm nicht böse sein.

»Helfen wird es dir aber nicht«, erklärte sie fest und schaute sich nach dem Schwamm um, den sie eben abgelegt hatte. Damit rieb sie Amaris ab, bis das Shampoo auf seinem Körper weißen Schaum bildete.

Ben kam vorbeigeschlendert, und Alice drehte ihm den Rücken zu, hoffend, dass er einfach vorüberging. Leider hatte Ben andere Pläne. Lässig lehnte er sich an die Wand, direkt neben dem Haken, an dem der Hengst angebunden war.

Liebevoll reinigte Alice Amaris' Gesicht und flüsterte ihm zu: »Ich habe eine Schwäche für deine weiche Nase.«

Ben, der anscheinend Fledermausohren hatte, lachte schelmisch. »Fällt kaum auf«, kommentierte er und beobachtete sie fasziniert.

Amaris hatte sich zwischenzeitlich das Schlauchende gepackt und biss fröhlich darauf herum.

»Das würde ich ihm nicht erlauben«, sagte Ben und deutete auf den Schlauch. »Wenn du solche Sachen zulässt, erziehst du dir einen Beißer.«

»Was?« Alice richtete sich auf und strich sich eine Strähne aus dem Haar. Entschieden nahm sie Amaris den Schlauch ab, der beleidigt danach schnappte wie ein Hund, dem man sein Spielzeug weggenommen hat.

»Ich glaube, er will nur spielen«, brummte sie missmutig. Sie fing an, Amaris abzuspritzen, erst an den Beinen, dann am Rücken und Bauch.

»Araber sind sehr intelligent. Ich meine, ja, jetzt sind solche Verhaltensweisen niedlich, aber irgendwann tanzt er dir auf der Nase herum. Deshalb muss man im jungen Alter bei der Erziehung ansetzen«, beharrte Ben.

»Bei dir hat man das wohl auch verpasst, wie?«, konterte Alice. Sie meinte es ironisch, aber Ben bekam es in den falschen Hals.

»Kein Grund, ausfallend zu werden. Ich wollte ja nur helfen«, maulte er. »Mit meinen sechzehn Jahren Farmerfahrung kann ich natürlich keinen kompetenten Ratschlag geben.«

Alice zog an dem Schlauch, auf den Amaris sich gestellt hatte und damit die Wasserzufuhr abdrückte. Da hob der junge Hengst den Huf und durch den nachlassenden Druck riss Alice den Schlauch hoch und hielt ihn direkt auf Ben. Binnen weniger Sekunden war sein T-Shirt pitschnass.

Schützend hob er die Arme vor das Gesicht und sprang in Deckung. »Kannst du nicht aufpassen?«

»Oje, tut mir leid, das war nicht extra.«

»Das glaubst du doch wohl selbst nicht.«

»So etwas kann tatsächlich mal passieren. Ich sage nur: Blumenkasten!«

Ben starrte Alice verärgert an, seine nassen Haare klebten platt am Kopf, unter ihm hatte sich eine Pfütze gebildet. Das Grün seiner Augen leuchtete gefährlich. Alice schaute nicht minder böse zurück. Plötzlich zuckte es um Bens Mundwinkel und seine Züge wurden weicher. Auch Alice spürte ein Kribbeln in der Magengegend, und als Ben losprustete, musste auch sie lachen.

Jemand drehte das Wasser ab. Es war Oliver, der sie beide skeptisch anschaute. »Was ist denn hier schon wieder passiert?«

Seelenruhig, als könnte er kein Wässerchen trüben, hob Ben den Schwamm auf, der wieder einmal heruntergefallen war, und legte ihn auf einen Pfosten. Dabei erklärte er: »Es ist alles in Ordnung. Ich bin auf dem seifigen Wasser ausgerutscht, nichts weiter.«

»Okay, dann ist ja gut. Zieh dich um, bevor wir nachher mit Amadeus und Mozart ausreiten. Und du, Alice, komm doch bitte in die Küche, wenn du hier fertig bist, ich würde mich gerne mit dir unterhalten.«

Was wie eine Bitte formuliert war, klang wie ein Befehl. Alice nickte, und Oliver ging zum Haus, ohne sich noch einmal umzudrehen. Bedröppelt standen die beiden nun voreinander.

Alice fing sich zuerst und schaute Ben verschämt an.

»Danke«, sagte sie leise. »Dass du mich nicht verpfiffen hast. Das war anständig.«

»Ach, kein Thema. Ich war vielleicht etwas unsensibel.« Er sah aus, als wolle er noch was hinzufügen, entschied sich aber anders. Stattdessen hob er seelenruhig den nassen Schwamm vom Pfosten, wog ihn in der Hand – und zack – schmiss er ihn in ihr Gesicht. Alice quietschte. Als sie sich die Augen frei wischte, grinste Ben sie frech an und zwinkerte. »Gerechtigkeit muss sein. Wer sich mit Hunden hinlegt, steht mit Flöhen auf. Altes Sprichwort der Schwarzfußindianer.«

»O. k., wir sind quitt.«

Und schon wieder schaute er sie mit diesem Blick an, der Pudding aus ihren Armen machte. Er reichte Alice die feuchte Hand zur Versöhnung. Sein Griff war kräftig und bestimmt, aber trotzdem freundlich und warm. Ben legte auch die zweite Hand auf die ihre und umhüllte sie so.

»Auch so eine Indianergeste, wie?«, versuchte Alice zu witzeln, aber in ihr tobte es. Diese eine Berührung löste die Schwerkraft auf, gab ihr das Gefühl, nicht mehr mit dem Boden verbunden zu sein, sondern zu schweben.

»Wenn du aufgebracht bist, kommen deine Sommersprossen viel besser zur Geltung«, sagte Ben, aber seine Mimik blieb starr. Ein einzelner Wassertropfen rann seine Stirn hinunter und Alice folgte ihm mit ihren Augen. Es hätte ein Sandsturm toben können oder ein Gewitter – beides wäre ihr egal gewesen. Erst als Ben das Wasser vom Kinn tropfte, löste sie sich wie aus einer Trance.

»Ich mach dann mal weiter«, entgegnete Ben und das Rauschen in Alices Ohren ließ nach. Jetzt erst zog er seine Hand aus ihrer, langsam und zögerlich, mit einem Blick, der unter die Haut ging. Waren seine Wangen röter als sonst, oder bildete sie sich das ein? Nachdenklich sah Alice ihm nach, als er, ohne sich umzudrehen, im Stall verschwand.

Ein paar Minuten später saß sie ihrem Vater in der Küche gegenüber.

»Ich bin so froh, dass es Amaris geschafft hat. Sogar sein Fell strahlt wieder tiefschwarz und seine Mähne duftet nach Vanille und Mandelöl.«

»Das ist wirklich ein Wunder. Nachher kannst du ihn aus dem Stall holen und ihn auf die Weide neben dem Bach stellen. Es wird ihm guttun, endlich die Sonne auf dem Fell zu spüren und grasen zu dürfen.«

Alice nickte, sie spürte, dass ihr Vater auf etwas wartete. Durch das offene Fenster sah sie, wie Ben eine Schubkarre mit Ästen und anderen Gartenabfällen hinter den Stall fuhr. Dort war eine Feuerstelle. Ben hatte Mühe, die schwere Schubkarre gerade zu halten und seine verbissene Mimik hatte etwas Kämpferisches. Wieder wurde Alice warm im Bauch und verlegen spielte sie mit ihren Fingern. »Das mit Ben tut mir leid. Er hat mich eben vor dir gedeckt, aber es war meine Schuld, ich habe ihn aus Versehen nass gespritzt.«

»Ben ist ein sehr intelligenter Junge. Und er kennt sich gut mit Pferden aus.« Oliver nahm einen Schluck aus seiner Kaffeetasse, ohne den Blick von ihr abzuwenden. Seine Augenbrauen waren zusammengezogen und verliehen ihm einen ernsten Ausdruck.

»Ich weiß, ich weiß.«

Niemals würde sie zugeben, wie sehr Ben sie verwirrte. Dass sie nicht schlau aus ihm wurde und sich dann wiederum wünschte, er würde sie anlächeln und niemals damit aufhören.

Frustriert griff sie nach einer Serviette und zerknüllte sie. Eine Rauchsäule stieg hinter dem Stall auf, Ben hatte angefangen, den Gartenschnitt zu verbrennen. Nach ein paar Minuten war das Knacken der Äste in den Flammen deutlich zu hören.

Im Stall fing es an zu wummern und sofort saß Alice kerzengerade. Außer Amaris waren alle Pferde auf der Weide. Ein Poltern und dann ein dröhnendes Geräusch, als Hufe auf Holz trafen. Wieder krachte es und panisches Wiehern ertönte. Alice und Oliver sahen sich entsetzt an und liefen los. Am Stalleingang trafen sie auf Ben.

»Was ist denn hier los?«, rief er gegen den Lärm aus dem Inneren an.

Alice stürmte zu Amaris' Box und bremste abrupt ab. Amaris hatte den Kopf hoch erhoben und aus seinen aufgerissenen Augen leuchtete die Angst. Seine Nüstern waren weit gebläht und die Oberlippe hochgezogen. Unruhig tänzelte er auf der Stelle, dann buckelte er verzweifelt. Er hatte so fest gegen die Boxenwand getreten, dass sich das Scharnier an seiner Tür verbogen hatte. Aus seinem Vorderbein quoll Blut.

Ben wollte vorstürmen, aber Oliver hielt ihn an der Schulter zurück. »Nein, Ben. Gib ihm eine Minute.«

Alice schaute ihren jungen Hengst an, der sich nun wiederholt mit seinem ganzen Körper gegen die seitliche Wand warf und sie zum Scheppern brachte.

Alice drängte sich neben ihren Vater. »Amaris!«, rief sie und wedelte mit den Armen. Das lenkte seine Aufmerksamkeit auf sie und der Hengst hielt inne. Sein Atem ging schnell und er zitterte am ganzen Körper.

Bedächtig trat Alice an das Boxenfenster und hob die Hand. Dabei holte sie tief Luft und atmete langsam aus, um Amaris Ruhe zu vermitteln. Der Junghengst schaute sie unbewegt an, die Ohren gespitzt. Er knirschte mit den Zähnen und schnaubte dann ängstlich. »Es ist alles gut, Amaris. Ich bin hier. Dir passiert nichts.«

Wieder trat Amaris nach hinten aus, dieses Mal aber mit weniger Willenskraft. Die Bretterwand war bereits voller Hufabdrücke. Oliver stand hinter Alice und sie wusste, dass er sie nicht in die Box lassen würde. Sie hörte, wie Ben ihrem Vater zuflüsterte: »Der Arme, der ist ja total außer sich. Wo kommt denn diese plötzliche Panik-Attacke her?«

Alice fing an, Amaris von den Sommerweiden zu erzählen, auf denen er bald grasen durfte, von den Blumen und Bienen, den Pferdefreunden, denen er begegnen, und der Sonne, die sein Fell erwärmen würde.

Ben holte eine Handvoll Futter und eine Ladung Heu, aber Amaris interessierte sich nicht dafür, die Panik unterdrückte seinen Fressdrang. Aber Alice nickte Ben dankbar zu. Sie war froh, dass er bei ihnen blieb.

Es dauerte eine ganze Weile, bis sich der Hengst beruhigt hatte und Alice zu ihm in die Box durfte. Amaris versteckte seinen Kopf unter ihren Armen, eine Geste, wie Alice sie sonst nur von Fohlen kannte, die Schutz bei ihrer Mutter suchten. Liebevoll strich sie über den Mähnenschopf und blieb still stehen, damit Amaris die Sicherheit fand, die er suchte.

Nun holte Ben einen Erste-Hilfe-Koffer und sie schauten sich sein Bein an. Ein Holzsplitter saß oberhalb des Hufes, ansonsten schien der junge Hengst Glück gehabt zu haben.

Als sie ihn nach draußen führten, merkten sie, dass er lahmte.

»Vielleicht sollten wir ihn doch besser in eine Außenbox in Sichtweite der anderen Pferde stellen«, merkte Oliver an. »In seine jetzige Box kann er eh nicht zurück.«

Eine Stunde später kam Doktor Becker vorbei und untersuchte Amaris gründlich. »Dieses Pferd scheint einen Schutzengel zu haben«, sagte er schließlich und klappte seinen Laptop zu, der an das mobile Röntgengerät angeschlossen war. »Er hat sich beim Ausschlagen ein Hämatom geholt und sein Bein schmerzt an dieser Stelle.« Er schlug vor, Amaris tagsüber auf einer mit Elektrozaun abgetrennten kleineren Wiesenfläche grasen zu lassen und ihn ansonsten in die Außenbox zu stellen.

Während Oliver und Alice die Box einrichteten, räumte Ben seine Feuerstelle wieder ab, die ohnehin längst ausgegangen war.

»Das muss jetzt wieder mindestens eine Woche warten«, brummte er unglücklich. »Hier würde der Rauch ihm direkt ins Gesicht ziehen.« Ben trug Reitkleidung und hatte dafür auch seine Cowboystiefel ausgezogen, und gegen die klassischen Dressurstiefel eingetauscht. »Sicher, dass du nicht mitkommen möchtest? Es ist so ein schöner Sommertag und nach dem Schreck gibt es nichts Besseres als einen Galopp im Wald.« Er schaute Alice so bittend an, dass sie schmunzeln musste und die Freude in ihr aufflammte wie ein Scheinwerfer.

Die grünen Baumwipfel in der Ferne waren ebenso verheißend wie das Hufklappern der Pferde, die Oliver gerade für den Ausritt auf den Hof führte. Eine seichte Brise strich Ben durch seine kurzen braunen Haare und für einen Augenblick hatte Alice das Gefühl, sie könne jedes Haar einzeln erkennen. Sein Gesicht war ihr so nah, dass sie nur die Hand heben müsste, um ihn zu berühren und herauszufinden, ob sich seine Wange tatsächlich so warm und sanft anfühlte, wie sie aussah.

»Ich würde gerne – aber Sophie kommt gleich«, antwortete Alice und versuchte, sich ihre Gedanken nicht anmerken zu lassen. Die Enttäuschung in Bens Gesicht war bittersüß, und sie biss sich verunsichert auf die Lippen. Erst jetzt merkte Alice, dass Ben ein paar Schritte näher gekommen war – fast schon zu nah.

»Wir machen die Runde um das Rüdendenkmal und sind in zwei Stunden wieder zurück«, rief Oliver ihr vom Pferd aus zu. »Kommst du allein klar?«

»Ja, Papa.« Die Anrede kam so selbstverständlich heraus, als hätte sie es ihr ganzes Leben gesagt. Papa – ein kleines Wort mit großer Macht.

Oliver hob eine Augenbraue und lächelte, er hatte sich wohl auch noch nicht daran gewöhnt. »Das ist gut.«

Sophie hatte die Arme hinter dem Kopf verschränkt, ein entspannter Ausdruck lag auf ihrem Gesicht. Auf ihrem Bauch schlief Mulan, sie hatte sich zu einem kleinem Fellknäuel zusammengerollt. Sie schien sich gerne in Amaris' Nähe aufzuhalten, andere Pferde mied sie. Gedankenverloren strich Sophie ihr über das glänzende Fell. Der Bauch der Katze war dick angeschwollen, sie war trächtig.

Alice kaute auf einem Grashalm herum. Die Sonne schien, der Himmel war blau und über ihr im Geäst zwitscherten die Vögel. Amaris wanderte von einem Grasbüschel zum nächsten, völlig vertieft in die Aufgabe, alles abzugrasen. Zwischendurch kratzte er sich mit dem Hinterhuf an den Ohren und verbog sich dabei so sehr, dass es aussah, als würde er gleich die Balance verlieren. Seine Panikattacke von eben war vergessen, als hätte es sie nie gegeben.

»Du hast das seltene Talent, nichts zu tun, wenn es

nichts zu tun gibt«, unterbrach Sophie ihre Gedanken und Alice schaute sie fragend an.

»Und, ist das schlimm?«

»Nein, das ist großartig.« Vorsichtig hob Sophie die Katze hoch, legte sie neben sich und rollte sich selbst auf den Bauch.

»Schön, dass du jetzt so oft bei uns sein kannst«, sagte Alice und streichelte über den Kopf der Katze, die sofort zu schnurren anfing.

»Oma meint, die Arbeit läuft nicht weg und ich soll den Sommer genießen«, entgegnete Sophie sichtlich verlegen. »Sag mal, deine Mutter kommt doch am Wochenende und deine Eltern treffen sich zum ersten Mal. Wie geht es dir bei dem Gedanken? Also ich wäre da aufgeregt.«

»Hm.« Alice dachte darüber nach und fing an, eine Kette aus Gänseblümchen zu flechten. Geschickt setzte sie die kleinen Blumen zusammen. »Ich denke, die beiden kommen klar. Meine Mutter ist ziemlich unkompliziert. Und Oliver auch. Irgendwie schaffen wir es schon, ein Dreierteam zu werden.«

Die Gänseblümchenkrone war fertig und Alice beugte sich vor, um Sophie eine Strähne aus dem Gesicht zu wischen und ihr die Krone auf den Kopf zu legen. Lächelnd schloss Sophie die Augen und ließ ihre blasse Haut von der Sonne bescheinen.

Doch tief in Alices Innern waren Zweifel gesät, die an ihr zu nagen begannen. Wenn ihre Eltern mit der Situation nicht gut umgehen konnten, würde sie es sein, die plötzlich zwischen den Welten stand.

Langsam wurde es Abend und es kehrte Ruhe auf dem Hof ein. Oliver hatte eben die letzte Gruppenstunde in der Reithalle beendet und eifrige Schüler versorgten ihre Pferde oder brachten sie in ihre Boxen. Selbst Findus hatte sich mit seiner Hühnerschar in eine ruhige Ecke zurückgezogen. Er thronte oben auf dem Misthaufen, während die Hühner unten nach Insekten pickten.

Jetzt begann die Zeit, die Alice am liebsten mochte: Die friedliche Abendzeit, in der alles ruhig wurde und der Tag sich verabschiedete. Amaris schritt langsam neben ihr her, als sie ihn von der Wiese holte. Sie hatte ihm ein Halfter angelegt, aber das wäre gar nicht nötig gewesen. Der Hengst wäre ihr überall hin gefolgt. Er sah so würdevoll aus und er versprühte eine unglaubliche Energie, die Alice ihm bei ihrer ersten Begegnung nicht zugetraut hätte. Sie brachte ihn in den Stall, umarmte ihn und schlüpfte aus der Box heraus.

Auf dem Hof blieb sie stehen, atmete tief aus und sah sich um. Die alte Scheune mit dem windschiefen Wetterhahn, die Ställe, die Weiden hinter den Gebäuden. Gut Buchenberg war wirklich ein wunderschöner Ort, ihr Vater hatte ein Paradies geschaffen. In einem Buch hatte sie mal gelesen: *Nur gute Menschen können wirklich Schönes erschaffen*. Damals hatte sie den Spruch merkwürdig und etwas kitschig gefunden, hier passte er perfekt.

Ben arbeitete mit Esteban, einem jungen Andalusier, im Longierzirkel. Unauffällig schob Alice sich am Zaun entlang und kletterte auf eine niedrige Mauer.

Das Pferd trug einen Trensenzaum, Ben stand seitlich neben ihm, eine Gerte in einer Hand, die Zügel in der anderen. Mit der Gerte zeigte er abwechselnd auf die Vorderbeine, und das Pferd marschierte im spanischen Schritt. Der stolze Esteban war ganz in seinem Element, hob die Knie hoch in die Luft und ließ sie weit vor sich wieder auf den Boden gleiten. Er bewegte sich frei wie ein Pegasus, als sei die Lektion zu leicht für ihn. Alice umschlang ihre Knie und legte ihr Kinn auf ihnen ab. Das Moos unter ihr war weich und von der Hitze des Tages aufgewärmt. Dieser Ben wirkte reifer und erfahrener als der chaotische Typ mit Jeans und kurzen Wuschellocken, der überall seine Klamotten liegen ließ.

Ben blieb stehen und Esteban tat es ihm gleich. Als er seine Hand hob, trat der Andalusier einen Schritt vor und schmiegte seinen großen Kopf an Bens Brust, der ihn mit leisen Worten lobte. Ben hatte Alice bisher nicht bemerkt. Sie kletterte von der Mauer hinunter und wollte gerade heimlich den Rückzug antreten, als sie über eine im Gras liegende Harke stolperte. »Autsch, verflixt!«

Ben schoss herum und entdeckte sie, Esteban sprang erschrocken einen Schritt zur Seite. »Hey, Alice.«

»Ähem«, mehr brachte Alice nicht heraus und rieb sich den schmerzenden Knöchel.

»Hast du dir was getan?«

Alice atmete bewusst langsam aus und unterdrückte die Tränen, denn es tat verflucht weh.

Ben kletterte durch die Holzlatten. »Zeig her.« Fachmännisch begutachtete er ihren Fuß, während Alice unauffällig ihren Socken beiseiteschob, auf dem ein Einhorn prangte. Gekonnt tastete Ben über den Fußrücken, den Innen- und Außenknöchel. Alice unterdrückte einen Schmerzensschrei.

»Ist es sehr schlimm?«

»Nein«, log Alice, sie wollte vor Ben keine Schwäche zeigen.

»Komm, ich helfe dir ins Haus. Stütz dich auf mich.«

»Und Esteban?«

»Stimmt.« Ben lief zum Longierzirkel, nahm dem Wallach das Zaumzeug ab und hängte es über einen Pfosten. »So, der kann ein paar Minuten chillen.«

Alice versuchte aufzustehen, da spürte sie, wie Ben ihr von hinten unter die Arme griff, um sie dabei zu unterstützen. Aber die plötzliche Nähe war ihr unangenehm, denn seine Fingerspitzen lagen an ihrem Rippenbogen, viel zu nah an ihrer Brust. Ben ließ sich nicht beirren und schob sie in die Senkrechte. Widerwillig legte sie einen Arm um seine Schulter und humpelte neben ihm her Richtung Haus. Seine Berührung ließ ihr Herz schneller pochen, und sie spürte ein kribbelndes Ziehen im Bauch, als er fester zugriff, um sie zu unterstützen. Gleichzeitig schenkte die Wärme seines Körpers ihr ein Gefühl der Geborgenheit und betäubte den Schmerz in ihrem Fuß.

Nach ein paar Metern drehte er den Kopf und fragte: »Sag mal, benutzt du dasselbe Shampoo wie Amaris?«

»Ja. Mandelöl mit Vanilleessenz. Hab es mit Amaris geteilt, ist nämlich ökologisch und hautverträglich.«

»Riecht gut.« Alice errötete und Ben fuhr fort: »Du hältst mich für einen Besserwisser, stimmt's?«

»Na ja«, antworte Alice ausweichend. Sie bemerkte, dass

Bens grüne Augen immer noch auf ihr ruhten. Das brachte sie aus dem Konzept, fast wäre sie wieder gestolpert. »Äh. So schlimm ist es jetzt auch wieder nicht.« Sie atmete tief aus und fing sich wieder. »Oliver meinte, wir sollten das Kriegsbeil begraben. Meine Mum kommt am Wochenende und er schlägt vor, dass wir einen Waffenstillstand vereinbaren.«

Ben lachte leise auf. »Reicht dir die Friedenspfeife oder sollen wir gleich Blutsbrüderschaft schließen?«

Alice war nicht zum Scherzen zumute. »Ich möchte einfach nicht, dass meine Mum denkt, ich fühle mich hier unwohl. Lass uns dieses Wochenende so tun, als wären wir befreundet. Dafür helfe ich dir nächste Woche jeden Morgen im Stall.«

Bens Griff wurde kurz fester, dann nahm er ihren Arm von seiner Schulter, sie waren vor der Haustür angekommen.

Alice stützte sich an der Wand ab und ließ sich auf die Stufen gleiten.

»Ist es das, was du denkst? Dass ich dich nicht leiden kann? Ich sag dir was: Wir behandeln uns ab jetzt mit Respekt und denken nach, bevor wir reden. Beide. Hilfe im Stall nehme ich gerne an, aber nicht dafür. Deal?« Er hatte sich vor sie hingehockt, die Hand ausgestreckt. Seine Pupillen hatten sich geweitet.

Zaghaft schlug Alice ein. »Deal.«

Wieder mal lächelte Ben, dieses Mal so herzlich, dass Alices Atem vor Aufregung automatisch schneller ging. Sein Lächeln war wie Sonnenschein auf ihrem Gesicht, dessen Strahlen ihre kühle Haut aufwärmten.

»Wie machst du das bloß?«, murmelte sie und merkte erst im nächsten Moment, dass sie die Worte laut ausgesprochen hatte. Ihre Hand ruhte immer noch in der seinen.

Ben zeigte keinerlei Anzeichen, sie loszulassen. Stattdessen schaute er sie mit unergründlichem Blick an und fragte: »Kennst du das Gleichnis vom Blatt im Wind? Allein ist es verletzlich und dem Wind ausgesetzt. Aber wenn es sich mit den anderen Blättern zusammentut, bilden sie eine dichte Baumkrone, die jedem Sturm standhält.« Er klopfte an die Haustür und Olivers Stimmte erklang: »Einen Moment, bin am Telefon.«

»Du solltest den Fuß gleich kühlen, okay?« Alice nickte, und Ben drückte ihre Hand. Dann stand er ruckartig auf und tippte sich an die Stirn. »Howdie«, murmelte er, schritt mit seinem athletischen Gang über den Hof Richtung Longierzirkel. Alice sah ihm nach. Wie um Bens Worte zu bestätigen, zog eine Wolke vor die untergehende Sonne und ließ es dunkler werden.

Kapitel 8

Nervös schaute Alice auf die Uhr, es war kurz vor zwei. Der Picknickkorb war gepackt, nur der Marmorkuchen kühlte noch auf der Fensterbank ab.

Endlich fuhr Olivers Wagen auf den Hof, ihre Mutter auf dem Beifahrersitz, und Alice raste nach draußen. Noch bevor der Motor des Autos abgeschaltet war, hatte sie die Beifahrertür geöffnet. »Mama! Schön, dich zu sehen!«

Ihre Mutter stieg aus und umarmte sie herzlich. Sie trug ein sportliches Sommeroutfit, das aus einem weißen T-Shirt, dunkelblauen Shorts und Yogaschuhen bestand.

»Meine Güte, Alice, du bist richtig braun geworden.«

»Ich bin viel draußen«, entgegnete sie, »und du siehst super aus.«

Bobby hüpfte aus dem Auto und begrüßte Alice stürmisch. Dabei wedelte sein Schwanz so stark, dass sein ganzer Körper mitschwang.

Tina drehte sich einmal im Kreis und staunte. »Du hast nicht übertrieben, es ist wirklich wunderschön hier. Ich kann es kaum erwarten, den Rest des Hofes zu sehen.«

Oliver rieb sich erwartungsvoll die Hände und schlug vor: »Wenn du möchtest, können wir nachher zum alten Steinbruch ausreiten. Der Wald grenzt an das Grundstück, man muss nicht mal eine Straße überqueren.«

»Was für eine tolle Idee.« Tina strahlte, fügte jedoch an Oliver gewandt hinzu: »Hast du ein ruhiges Pferd? Ich habe kaum Reiterfahrung und es ist schon über zwanzig Jahre her, seit ich das letzte Mal geritten bin.«

»Kein Problem, ich gebe dir Abban. Der ist erst vier und hat auch kaum Erfahrung.« Er zwinkerte Tina zu und die lachte.

Ratlos schaute Alice von ihrer Mutter zu ihrem Vater und zurück, ihre Wiedersehensfreude wurde von einem mulmigen Gefühl überschattet. Beide Elternteile schienen sich gut zu verstehen, fast zu gut für ihren Geschmack.

»Komm, ich zeige dir dein Gästezimmer«, schlug Oliver vor, und Tina folgte ihm ins Haus.

Nun stand Alice mit Bobby allein auf dem Hof und Enttäuschung machte sich in ihr breit. Bobby winselte und Alice streichelte ihm über den Kopf. »Du magst Mum auch nicht teilen, oder?«

Ben kam über den Hof und schob eine leere Schubkarre. Fast leer – Mulan lag in ihr und schaute sie mit frechem Blick an.

Ben verzog das Gesicht. »Nicht gut gelaufen?«

»Doch. Alles okay. Oliver zeigt Mama das Zimmer.«

Zweifelnd stellte Ben die Karre ab und wischte sich die Hände an der Hose sauber. »Hast du einen Moment Zeit?«

»Ich denke schon. Mum macht sich bestimmt erst frisch, bevor es zum Picknick geht.«

»Ist das dein Hund?«

Alice hob grinsend die Augenbrauen, als sie antwortete: »Nein, der hat sich plötzlich materialisiert.«

Ben schmunzelte und bedeutete ihr, ihm hinter die

Scheune zu folgen. Zu Alices Überraschung stand ein winziges Shetland-Pony neben Amaris. Oliver setzte Benny für die kleinsten Kinder ein, die gerade erst das Reiten lernten.

»Die beiden haben sich so gut verstanden, dass ich sie zusammengestellt habe. Es ist immer schöner, wenn Pferde in einer Gruppe oder mindestens zu zweit stehen.«

Amaris schien begeistert von seinem neuen Freund. Seine Nase war weit heruntergebeugt und in der Wuschelmähne des Shettys vergraben. Das Shetty wiederum rieb sich genüsslich an Amaris' Vorderbein.

»Süß, ne?«

»Ja.« Fasziniert betrachtete Alice die beiden Turteltäubchen, die nicht voneinander lassen konnten. Direkt am Zaun, aber auf der Nachbarwiese, stand ein weiteres Pferd, den Blick konzentriert auf Benny gerichtet.

»Ist leider nur für heute. Normalerweise teilt Boomer sich die Wiese mit Benny. Und morgen muss ich die beiden auch wieder zusammenstellen, Boomer hängt sehr an Benny«, erklärte Ben. Alice betrachtete das Warmblut mit seinen traurigen Augen und ihr Magen zog sich zusammen. Sie konnte gut nachfühlen, was gerade in Boomer vorging.

Plötzlich spürte sie, dass Ben direkt hinter ihr stand, und ihre Handflächen wurden feucht. Er hatte diese unangenehme Eigenschaft, immer einen Schritt zu nah an sie heranzukommen. Sein Atem kitzelte ihr Ohr und ihr wurde schummrig vor Augen. Eindeutig zu nah. Ohne dagegen ankämpfen zu können, wurde ihr Mund staubtrocken.

Ben schien davon nichts mitzubekommen, trat einen Schritt zur Seite und lehnte sich neben sie an den Zaun.

»Jeder braucht einen Freund«, sagte er und schaute sie dabei vielsagend an. Plötzlich entdeckte Alice Bobby, der sich zu Boomer geschlichen hatte und vor ihm saß, ganz so, als wolle er ihn trösten. Boomer schnüffelte an seinem Kopf und Bobby ließ es geschehen.

»Kluger Hund«, murmelte Alice.

♞

»Hallo, du Hübscher«, kokettierte Tina und kraulte Amaris zärtlich den Widerrist. Dieser dehnte den Hals genussvoll und flehmte, als ihm Tinas Parfum in die Nase stieg.

Alice lachte bei dem Anblick und Erleichterung machte sich in ihr breit, denn die beiden verstanden sich offensichtlich gut. Bei ihren letzten Telefonaten hatte ihre Mutter immer mehr Verständnis für den Pferdekauf gezeigt und sich bereit erklärt, Amaris kennenzulernen, bevor sie eine Entscheidung fällen würde, wie es mit ihm weiterging. Und tatsächlich schien Tina sich für den jungen Hengst zu begeistern und fing bereits nach wenigen Minuten an, ihn fachmännisch abzutasten und ihn zu untersuchen. Sie war als Tierärztin zwar auf Kleintiere spezialisiert, aber das hielt sie nicht davon ab, Alice Fragen zu seiner Behandlung und den Medikamenten zu stellen.

»Ich werde mich in den nächsten Wochen erkundigen, welcher Reitstall in Mühlstadt gut und bezahlbar ist«, sagte sie, und das beruhigte Alice ungemein. Sie atmete tief aus und schloss die Augen für einen Moment, bis sie spürte, dass ihre Mutter die Hand auf ihre Schulter gelegt hatte.

»Ich steh hinter dir, Alice. Und deinen hübschen Hengst,

den kriegen wir schon unter.« Alice fiel ein Stein vom Herzen.

Später holte Alice den Picknickkorb und zusammen mit ihrer Mutter und Oliver machten sie es sich unter einem Baum auf Amaris' Weide gemütlich. Ben blieb nur kurz.

Alice spürte, wie immer wenn er verschwand, dass er ein Ben-förmiges Loch in der Luft hinterließ.

Oliver und Tina kamen gut ins Gespräch, es gab viel zu bereden und zu erzählen.

»Als Alice in die Grundschule kam, sind wir in unsere jetzige Wohnung gezogen. Damals wollte sie unbedingt Ballett tanzen. Sie hat es allerdings nur ein Jahr lang gemacht …«

»Danach kam das Voltigieren? Alice hat uns alle mit ihren Reitfähigkeiten überrascht.«

»Ja, genau. Alice war gut, sehr gut sogar. Sie galt als Nachwuchstalent. Leider hat sie sich das Bein gebrochen und danach war es für sie vorbei.«

Nachdenklich lehnte Alice sich zurück und schaute in das Geäst über sich. Ihre Mutter hatte nicht verstanden, wie sehr sie die Sache mit dem Voltigieren belastet hatte. Erst hier hatte sie inneren Frieden gefunden und mit dem Thema abschließen können. Mit einem Ohr lauschte sie den Worten ihrer Eltern.

Später sattelten sie drei Pferde und ritten aus. Tina schlug sich tapfer auf Pogo, einem älteren Wallach, und sie sah aus, als hätte sie nie etwas anderes gemacht. Oliver sparte nicht mit Komplimenten. Am Nachmittag gingen sie gemeinsam im nahen Baggersee schwimmen.

Es war ein wunderschöner Sommertag mit lauwarmem Seewasser, weißem Ufersand und einem Himmel so blau wie die Aquamarine an Tinas Kette.

Alles war perfekt – bis auf Alices Laune. Sie wusste, dass sie eigentlich hätte glücklich sein sollen, aber irgendwie fühlte sie sich überflüssig. Ging es hier überhaupt noch um sie?

Tina und Oliver alberten gerade im knietiefen Wasser herum und Tina bespritzte ihn ausgelassen mit dem kühlen Nass. Trotz des warmen Wetters hatte Oliver eine Gänsehaut.

»Ich bin sehr kälteempfindlich. Eine echte Frostbeule«, gab er zu und wehrte die Spritzer mit einem Handtuch ab. So kannte Alice weder Tina noch Oliver. Diese Nähe und Vertrautheit der beiden sich eigentlich fremden Menschen, diese ständigen Berührungen, das war einfach zu viel. Alice war darauf vorbereitet gewesen, dass die beiden sich nicht gut verstanden – aber nicht, dass sie sich mit allem sofort einig waren.

»Keine Lust auf Baden?«, fragte Tina strahlend, die Wangen rot.

Alice schüttelte den Kopf, schluckte ihren Ärger hinunter und versuchte, sich nichts anmerken zu lassen.

Abends lag sie mit ihrer Mutter im Gästezimmer auf dem Bett und sie schauten sich gemeinsam eine Zeitschrift an.

»Oliver ist wirklich nett«, setzte Tina an, ohne dabei aufzuschauen und blätterte die nächste Seite um.

»Mhm«, antwortete Alice und blickte kurz auf zu dem Tischchen vor dem Sessel, auf dem ein beeindruckender

Strauß Sonnenblumen stand, den Oliver ihrer Mutter zur Begrüßung geschenkt hatte. Ihre Lieblingsblumen. Es war natürlich schön, dass ihre Eltern sich gut verstanden, aber es war eben auch merkwürdig, sie beide zusammen zu sehen und dadurch daran erinnert zu werden, auf was sie in ihrer Kindheit verzichtet hatte. Sie hätte es ihrer Mutter gerne erklärt, aber wie sollte sie das tun, ohne sie dabei zu verletzen?

Tina gähnte und streckte sich, ein Zeichen für Alice, sich für die Nacht zu verabschieden. Im Türrahmen drehte sie sich um, als sich ihre Mutter räusperte.

»Ja?«, fragte sie hoffnungsvoll.

Doch ihre Mutter winkte ab. »'tschuldige, ich hab' nur was im Hals.«

Alice konnte ihr ansehen, dass das nicht stimmte. Aber sie wusste auch nicht, wo sie ansetzen sollte.

»Ach so. Gute Nacht.«

Ein bleiernes Gewicht legte sich auf sie, als sie durch den schlecht beleuchteten Flur ging. Wäre sie bei Oliver aufgewachsen, hätte sie Tina nie kennengelernt. So aber hatte sie Oliver als Vater verpasst. In jedem Fall hätte etwas gefehlt.

In Gedanken versunken fiel ihr auf einmal an einer Tür ein Messingschild ins Auge, auf dem die Initialen E.B. standen. Die Tür war einen Spalt offen und Alice griff ganz automatisch nach dem Knauf. Gerade als sie die Tür zuziehen wollte, wuchs die Neugierde in ihr. E.B. – das stand für Erich Bernstein. Ein Blick nach rechts und links und schon schob Alice die Tür auf und schlüpfte in den Raum hinein. An der Wand suchte sie den Lichtschalter und schaute sich um. Ein Bett, ein Schrank, ein Stuhl und ein Schreibtisch, auf dem Dutzende von Fotorahmen standen. Sonst gab es keinerlei Dekoration, kein Bild an der Wand, nichts, was Wohnlichkeit oder Komfort ausdrücken würde.

Es roch muffig nach dem alten Perserteppich, der halb unter dem Bett verschwand. Das also war das Zimmer ihres Großvaters, das Bernstein-Zimmer! Das echte Bernstein-Zimmer wahr wohl um einiges prunkvoller.

Interessiert beugte Alice sich über die Fotos auf dem Schreibtisch. Keines der Bilder war jünger als zwanzig Jahre, als hätte ab einem gewissen Zeitpunkt im Leben des alten Mannes die Zeit stillgestanden.

Auf einem Foto erkannte sie ihren Vater, jung und voller Tatendrang lachte er in die Kamera, während er auf einem Moped saß. Der Helm klemmte unter dem Arm, die blonden Haare reichten bis zu den Schultern. In der Gardine raschelte etwas, und in nächsten Moment sprang ein schwarzer Schatten auf Alice zu. Entsetzt bückte sie sich und schmetterte dabei den Bilderrahmen gegen die Tischkante. Eine kleine Maus verschwand unter dem Schrank. Überall um Alice herum lagen Scherben.

»Verdammt«, fluchte sie leise und schlich in die Küche, um Handfeger und Schippe zu holen. Es dauerte eine Weile, bis sie alle Spuren beseitigt hatte. Immer wieder horchte sie auf, ob sich im Haus etwas regte. Alles blieb still. Doch was sollte sie mit dem zersprungenen Rahmen machen? Sie zog eine Schublade auf und legte den Rahmen unter einen Stapel Unterlagen. Dabei fiel ihr eine längliche goldene Metalldose auf. Es handelte sich um eine Zigarrendose mit dem exotischen Namen »Barnaby Bay Deluxe No. 2«. Sie roch an der schmalen Dose, in die eine einzelne

Zigarre hineinpasste. Ein starker Tabakgeruch schlug ihr entgegen. Angewidert legte sie die Dose wieder hin und schloss die Schublade.

Am nächsten Tag frühstückten sie zu dritt und besprachen ein paar Formalitäten. Sie wollten herausfinden, ob Oliver sich mithilfe des Vaterschaftstests in Alices Geburtsurkunde eintragen lassen konnte, denn das Elternfeld war bisher leer. Alice sah keinen Sinn darin, denn sie hatte die Geburtsurkunde ohnehin noch nie gesehen, und so verzog sie sich in die Küche, um die Spülmaschine einzuräumen. Das Küchen- sowie das Esszimmerfenster standen offen, sodass die Worte ihrer Eltern zu Alice herüberwehten.

»… sehr dankbar, Oliver, dass du dich sofort bereiterklärt hast, Alice kennenzulernen. Das ist nicht selbstverständlich.«

Sofort stellte Alice den Teller ab, trat näher ans Fenster und lauschte, das konnte interessant werden.

»Auch wenn sie deine Tochter ist, ich denke, es gibt genug Väter, die damit nicht umgehen könnten. Oder die einfach nichts mit ihrem unbekannten Kind zu tun haben wollen.«

»Nein, ich bin dir dankbar, dass du mir die Gelegenheit gibst, sie kennenzulernen. Immerhin hätte ich sie ja auch enttäuschen können. Sie ist ein wunderbares Mädchen und auch wenn es mich etwas schmerzt, dass ich sie all die Jahre nicht begleiten durfte, so muss ich doch zugeben, dass du einen soliden Job gemacht hast.«

»Ich hatte wirklich Glück mit ihr, sie hat es mir leicht gemacht. Nur am Anfang hatte sie Schwierigkeiten, meine Liebe und Wärme anzunehmen. Durch den frühen Verlust ihrer Mutter hatte sie als Baby eine Bindungsstörung.«

Alice hielt in der Küche den Atem an. Sie hatte bisher nie mit ihrer Mutter über diese Thematik gesprochen.

Bindungsstörung – dieses Wissen war für sie bestimmt, und nur für sie. Ihr Herz flatterte und sie hielt sich an der Arbeitsplatte fest.

»Wie du sicherlich gemerkt hast, lässt Alice mich momentan nicht an sich heran. Da ist diese Mauer. Ich glaube, sie vertraut mir nicht mehr. Du kannst besser auf sie Einfluss nehmen«, hörte sie ihre Mutter sagen, und das war der Tropfen, der das Fass zum Überlaufen brachte. Wäre es so schlimm, sie einfach in die Gespräche mit einzubeziehen?

Alice hatte genug von der Heimlichtuerei. Sie ließ die Spülmaschine links liegen und kletterte leise aus dem Fenster.

Erst als sie ihren Kopf in Amaris' Fell vergraben konnte, beruhigte sich ihr Puls. Der Hengst stand ganz still, als wache er über sie, während Alice ihm von ihren Eltern erzählte. Ihre Worte mochte er nicht verstehen, wohl aber, dass es ihr nicht gut ging.

Mittags war es Zeit, sich von ihrer Mutter zu verabschieden. Eigentlich hatte sie noch eine Nacht bleiben wollen, aber es hatte ein paar Notfälle in der Praxis gegeben und ihre Vertretung kam mit der Arbeit nicht hinterher.

»Du bist hier jederzeit willkommen«, sagte Oliver zum Abschied. »Vielleicht schon nächstes Wochenende?« Galant hielt er ihr eine Tüte mit Proviant hin. »Für die Zugfahrt.«

Tina lachte und bedankte sich. »Ich glaube nicht, dass ich in zwei Stunden Fahrt verhungern werde. Aber vielen Dank.« Sie seufzte. »Und es tut mir echt leid, dass ich früher losmuss.«

Alices Gedanken fuhren Achterbahn. Das Wochenende hatte sie aufgewühlt. Viele Fragen waren aufgekommen, Fragen, die sie vorher verdrängt hatte. Das Wissen um ihre Herkunft warf Unklarheiten auf. Oliver hatte ihre Mutter auf einem Fest in der Nähe kennengelernt – wohnte sie vielleicht noch im Umkreis?

Amaris ging entspannt neben ihr hin, der Führstrick hing locker durch. Mal versuchte er spitzbübisch ein Büschel Gras auszurupfen oder im Vorbeigehen ein paar Blätter abzuhapsen. Sie spazierten Richtung Waldbuchenheide. Sonntags waren im Dorf zwar die Bürgersteige hochgeklappt, aber sie konnte mit dem Pferd an der Hand eh nicht mehr machen als einen Schaufensterbummel. Die Ortschaft war wie leergefegt.

Die Schläge von Amaris' Hufen auf den Pflastersteinen hallten von den Hauswänden wider. Auf dem Kirchturm drehte sich quietschend ein Wetterhahn. Amaris schnaubte leise und zog am Führstrick. Alice horchte auf, als sie ein Motorengeräusch vernahm. Ein schwarzer Geländewagen mit getönten Seitenscheiben fuhr langsam an ihnen vorbei.

Alice erreichte das Ende der Ortschaft. Von hier aus führte ihr Weg ein Stück an der Landstraße entlang und anschließend durch den Wald zurück zu Gut Buchenberg. Doch Amaris weigerte sich weiterzugehen und trippelte unruhig auf der Stelle. Der Hals des Rappen war angespannt, die Adern auf ihm gut sichtbar. Schnaubend blies er die Luft aus den Nüstern.

»Was ist denn?«, fragte Alice alarmiert. Vor ihr war nichts zu sehen, was einem Pferd Angst machen könnte. Sie verharrte kurz, dann spürte sie es plötzlich: Ein Wummern tief in ihrem Herzen, das schmerzlich auf die Nerven drückte, wie eine subtile Warnung. Amaris bewegte sich keinen Schritt weiter, erst als Alice sich umdrehte, tat er dasselbe und marschierte los, zurück in das Dorf. Alice ließ ihn gewähren, instinktiv vertraute sie ihm.

Die Muskeln auf Amaris' Rücken zitterten und unruhig blickte er sich um. Seine Ohren drehten sich wie kleine Radare hin und her. Doch bis auf eine Katze, die in einem Kellerschacht verschwand, war niemand zu sehen. Fast niemand. Denn direkt am Dorfeingang parkte das Auto mit den getönten Rückscheiben. Der Motor des Fahrzeuges lief, der Fahrer trug eine schwarze Mütze und eine Jacke mit aufgestelltem Kragen. Er schien sich suchend umzublicken.

Hinter der nächsten Kreuzung standen einige Fachwerkhäuser mit zugenagelten Fensterläden, die allesamt baufällig und unbewohnt waren. Vor einem wucherte ein ursprünglicher Garten, der in allen Farben des Regenbogens blühte und von dem aus ein überwältigender Blumenduft ausging. Ein leises Motorengeräusch ertönte hinter Alice, als der schwarze Geländewagen langsam die Straße entlangfuhr und unweit hinter ihr parkte.

Alice wurde mulmig zumute. »Drei Mal ist ein Mal zu viel. Komm, Amaris.«

Sie ging schneller.

Das Auto hinter ihr wartete, doch als sie in die nächste Straße bog, fuhr es wieder an. Jetzt war Alice sich sicher, dass der Wagen sie verfolgte. Sie wurde nervös und bewegte sich zurück zum Ortskern, auf ein paar Anwohner hoffend, die mit ihrem Hund spazieren gingen oder eine Runde joggten. Ihr Handy hatte sie auf Gut Buchenberg gelassen, um den Akku aufzuladen. Schließlich bog Alice mit klopfendem Herzen in eine kleine Nebenstraße ein, um den vermeintlichen Verfolger abzuschütteln. Doch nach ein paar Schritten merkte sie, dass es eine Sackgasse war. Das Motorengeräusch kam näher und schon bog der schwarze Wagen um die Ecke. Alices Puls raste, hektisch schaute sie sich um und entdeckte neben sich das Tor einer alten Schmiede. Sie schien schon lange nicht mehr in Betrieb zu sein. Energisch rüttelte Alice am breiten Riegel, der die Torhälften verschloss. Zu ihrer Überraschung ließ er sich zur Seite schieben. Das Auto hinter ihr kam zum Stillstand, es war keine zehn Meter entfernt und sie konnte das Kennzeichen erkennen. Ohne zu zögern stieß sie das Tor auf, griff den Führstrick fester und schritt mit Amaris in die Schmiede hinein. Statt der vermuteten Dunkelheit erwartete sie Zwielicht, geschaffen durch das Licht eines Bogenfensters auf der anderen Wandseite. Hastig zog sie das Tor wieder zu und stellte zu ihrer Erleichterung fest, dass diese auch auf der Innenseite einen Riegel besaß.

Beruhigend klopfte sie Amaris den Hals und sah sich um. Der Boden der Schmiede war mit Staub, Müll und Gerümpel bedeckt. Vorsichtig suchte sie sich einen Weg durch den Raum, darauf bedacht, Amaris von den Scherben fernzuhalten, die ihr entgegenglitzerten.

Auf der anderen Seite war eine kleine Tür. Vergeblich versuchte Alice sie aufzudrücken, der Riegel bebte, aber er bewegte sich nicht. Schweißperlen bildeten sich auf ihrer Stirn. Hinter ihr pochte es an das Tor und sie hielt unwillkürlich den Atem an. Dann warf sie sich mit aller Kraft gegen die Tür vor sich, so fest, dass ihre Schulter schmerzte. Das verrostete Schloss gab endlich nach und die Tür öffnete sich mit einem Seufzen. Alices Knie waren so butterweich, dass sie zitterten. Krampfhaft versuchte sie ihre Bewegungen wieder unter Kontrolle zu bekommen.

»Zieh den Kopf ein.«

Amaris passte gerade so durch die schmale Tür. In dem Moment hörte sie ein Krachen hinter sich, als das Tor auf der anderen Seite der Schmiede aufflog und eine Gestalt ins Dunkle trat. Alice rannte los, Amaris flog im Gleichschritt neben ihr her.

Völlig außer Atmen erreichten sie einen Feldweg, von dem Alice wusste, dass er einem Auto keinen Platz mehr bot. Mit klopfendem Herzen kam sie schließlich zurück nach Gut Buchenberg.

Kapitel 9

Ben fegte pfeifend den Hof und unterbrach seine Arbeit, als Alice gehetzt über den Schotterweg stolperte.

»Immer ruhig mit den jungen Pferden!«, rief er ihr fröhlich zu, doch dann bemerkte er Alices Miene. »Hast du gerade einen Geist gesehen? Du bist ja totenbleich.«

Schweißgebadet beugte Alice sich vornüber, hielt sich die Knie und atmete schwer. Auch Amaris wirkte mitgenommen, in seinem Fell hatten sich feuchte Flecken gebildet, seine Nüstern standen weit offen.

Erschöpft schnappte sie nach Atem und drückte Ben den Führstrick in die Hand. »Könntest du …« Sie holte tief Luft. »Könntest du Amaris abduschen und in den Stall bringen? Dann hast du was gut bei mir. Ich muss dringend mit Oliver sprechen.«

»Soll ich ihn nicht lieber auf die Wiese stellen? Ist so ein schöner Tag.«

»Nein!«, fuhr Alice ihn etwas zu heftig an. »In den Stall.«

»Ist ja gut. Alles, was Eure Hoheit wünscht.«

»'tschuldige, ich bin … ich war … ich erkläre es dir später.«

Die Angst steckte ihr immer noch in den Knochen, was hatte der Typ nur von ihr gewollt?

Oliver hörte Alice geduldig zu, als sie von ihrem Erlebnis

erzählte. Nach außen wirkte er ruhig, aber Alice spürte, dass es in ihm kochte.

»Wir rufen sofort die Polizei! Vielleicht kriegen die ihn noch, wenn sie schnell genug sind.«

Alice schrieb ihm das Kennzeichen auf einen Zettel.

»Ein Wuppertaler Kennzeichen, also niemand von hier.«

Oliver rief bei der lokalen Polizeistation an, um den Vorfall zu melden und reichte Alice den Hörer nach kurzer Zeit weiter mit den Worten: »Wir haben Pech. Das Kennzeichen wurde wohl gestohlen.«

Alice gab der Polizei einen ausführlichen Bericht ab und versuchte, sich an Details zu erinnern.

»Und?«, fragte Oliver, als sie auflegte.

»Man wird uns informieren, wenn die Ermittlungen etwas ergeben. Große Hoffnungen haben sie aber nicht.« Alice drückte sich ein Kissen fest an die Brust.

Oliver stand auf. »Du passt in den nächsten Tagen gut auf dich auf und verlässt Gut Buchenberg nur in Begleitung. So lange, bis sich die Sache geklärt hat.« Er zog sie an sich und drückte sie. »Hab keine Angst, Alice. Vielleicht war das alles auch nur ein dummer Zufall.« Aber ein sorgenvoller Ausdruck stand in seinen Augen.

Ihrer Mutter wollte Alice von der ganzen Sache vorerst jedoch nichts erzählen. Denn die würde sie sofort nach Hause holen – und Alice konnte sich nicht vorstellen, von Amaris getrennt zu sein.

In den nächsten Tagen blieb Alice auf dem Hof. Morgens half sie Ben im Stall, anschließend setzte sie sich zu Amaris auf die Weide und las, bis Sophie kam und sie ein paar gemeinsame Stunden verbrachten. Manchmal strickte Sophie, während Alice las. Mit flinken Fingern zauberte Sophie Mützen, Schals, Socken und sogar kleine Stricktiere.

»Ich wünschte, ich könnte mich auch so lange auf eine Sache konzentrieren.«

»Bei Amaris schaffst du das doch mit links.«

»Das ist was anderes. Wobei es das erste Mal seit dem Voltigieren ist, dass ich etwas wirklich will.«

»Na, siehst du. Das ist doch toll!«

Die Ruhe auf dem Hof tat Alice gut, selbst bei geschäftigem Reitbetrieb ging es hier niemals hektisch zu. Nur Findus sorgte ab und an für Unruhe, wenn er einzelne Reitschüler über den Hof jagte.

Ben war erstaunlich nett zu Alice, er räumte sogar seine Klamotten auf. Einmal zeigte er ihr Fotos von der Ranch seiner Eltern. Ein weißes Holzhaus mit Stallungen, davor Paddocks mit braunem Gras, auf denen Quarter Horses grasten. Seine Geschichten weckten ihr Reisefieber. Kalifornien musste sie sich wirklich irgendwann mal anschauen. Bens Ablenkungsversuche hatten tatsächlich Erfolg. Den Vorfall im Dorf hatte Alice fast wieder vergessen. Doch die Ruhe währte nicht lange.

Es war früher Mittag und Oliver und Ben ritten mit einer Gruppe Reitschuler aus. Alice blieb auf Gut Buchenberg, mistete Ställe aus und bereitete sie für den Abend vor. Die Pferde waren draußen auf der Weide, und sie hatte den Stall für sich. Nur Mulan, der kleine Tiger, lag in einer Raufe und schnurrte wohlig. Ein paar Rauchschwalben saßen in den Balken und zwitscherten ihr süßes Sommerlied. Einige von ihnen hatten gerade ihre zweite Jahresbrut und versorgten ihre Jungen in den halbkugeligen Lehmnestern im Gebälk.

Nach getaner Arbeit lief Alice ins Haus, um etwas zu trinken.

Gerade griff sie nach einer Handvoll Möhren, die sie Amaris bringen wollte, als sie Motorengeräusche hörte. Instinktiv rannte sie zur Tür und in Richtung Weide. Amaris stand heute ausnahmsweise auf der Koppel neben der Straße. Fast stolperte Alice in ihren Pantoffeln. Sie riss sie sich im Laufen von den Füßen. Schon von Weitem sah sie ihren kleinen Araber am Zaun stehen, aber er war nicht allein. Vor ihm hatte ein Motorradfahrer gehalten, der ganz in schwarzes Leder gekleidet war. Seine Maschine parkte direkt am Zaun, der Motor lief. Alice beschleunigte. Sie kam von hinten an die Maschine heran.

Der Motorradfahrer bemerkte sie nicht. Nun holte er ein Handy aus seiner Tasche und machte ein Foto von Amaris. Dieser streckte den Hals vor, um sich das Handy näher anzuschauen. Alices Stimme überschlug sich, als sie laut rief: »Kann ich Ihnen helfen?«

Ohne zu zögern klappte der Motorradfahrer sein Visier herunter, riss sein Motorrad herum, trat aufs Gaspedal und raste auf Alice zu. Diese warf sich erschrocken zur Seite und landete unsanft im Gras. Das Motorrad schoss an ihr vorbei. Der Fahrtwind wirbelte Staub in Alices Gesicht. Sie sprang auf die Beine. Doch es war zu spät. Der

Motorradfahrer war bereits um die nächste Kurve verschwunden.

Minutenlang stand Alice wie versteinert auf dem Grünstreifen und schaute die Straße entlang. Erst als Amaris ungeduldig an ihrem Arm zupfte, in der sie die Möhren hielt, taute sie auf. Jetzt spürte sie auch den Schmerz an ihrem Bein. Sie stand barfuß in einer Brennnessel.

»Autsch«, schnell trat sie einen Schritt zur Seite und verzog das Gesicht. Amaris schaute sie fragend an. »Hier«, sagte sie entschuldigend und hielt ihm die Hand hin. Mit der anderen fischte sie ihr Handy aus der Hosentasche, wählte die Nummer der Polizeistation und wurde mit derselben Beamtin verbunden, die auch beim letzten Mal ihren Bericht aufgenommen hatte. Wieder konnte sie nur wenig Informationen liefern.

»Es war ein alter Chopper. Tiefschwarz. Der Mann war ziemlich groß«, sie dachte kurz nach, »vielleicht 1,90 m. Schwer zu sagen, weil er saß. Und er war muskulös, hatte breite Schultern. Allerdings trug er die ganze Zeit einen Helm.«

Da fiel ihr ein, dass sie doch noch etwas gesehen hatte: Zwischen Helm und Jackenkragen war ein Teil eines Tattoos zu sehen gewesen.

»Es war länglich und geschlungen, wie der Körper einer Schlange.«

Nach dem Telefonat schaute Alice unschlüssig zu Gut Buchenberg hinüber. Es waren nur ein paar Hundert Meter von der Weide bis zum Hof, aber sie wollte Amaris auf gar keinen Fall allein lassen, um ein Halfter zu holen. Kurzerhand rief sie Sophie an.

Eine halbe Stunde später stand Amaris im Longierzirkel und sie füllte seinen Wassereimer, während Sophie sein Heunetz aufhängte.

»Meinst du, er wollte dich überfahren?«, fragte Sophie und verknotete das Netz so fest an den Latten des Roundpens, dass Alice sich fragte, wie sie das jemals wieder losbekommen sollte.

»Entweder das – oder er wollte einfach nur verhindern, dass ich sein Gesicht oder das Nummernschild erkennen kann. Immerhin habe ich sein Schlangentattoo gesehen, das könnte uns weiterhelfen.«

Sophie nickte nachdenklich und betrachtete Amaris, der den Kopf gedreht hatte und nach seinem eigenen Rücken schnappte. Anscheinend plagte ihn eine Pferdebremse. Kurz darauf galoppierte er an und zog ein paar Runden im Kreis.

»Vielleicht war das keine Schlange, sondern ein Drache oder so«, vermutete Sophie, und Alice nickte langsam.

»Kann schon sein.«

Immer wieder kam Amaris auf die Mädchen zu, die sich mittlerweile auf einen Strohballen mitten im Longierzirkel gesetzt hatten. Er genoss die Aufmerksamkeit, merkte aber, dass etwas nicht in Ordnung war. Tröstend rieb er seine hübsch geschwungene Hechtnase an Alices Schultern oder zupfte an ihren Haaren.

Alice reichte ihm eine Handvoll Löwenzahn und Sauerampfer und beobachtete Amaris, der beides begierig verschlang. Hufgetrappel ertönte auf der Einfahrt, Oliver kehrte mit seiner Reitergruppe zurück.

»Absitzen!«, rief er den Schülern zu und schwang sich

selbst von Arenal. Ebenso wie der Rest der Truppe war er müde und verschwitzt nach dem langen Ritt.

Nachdem er sein Pferd versorgt hatte, erzählte Alice ihm von dem Motorradfahrer. Wütend ballte Oliver die Fäuste und fluchte. »Das gibt es doch nicht! Das Arschloch hat mit seinem Manöver riskiert, dich zu verletzen. Wenn ich den erwische, ist was los! Das ist schon der zweite Vorfall in wenigen Tagen. Wir müssen besser auf dich aufpassen!«

»Ich mache mir weniger Sorgen um mich als um Amaris.« Alice deutete auf ihr Hengstfohlen, das just in dem Moment lostrabte und mit großen Sprüngen durch den Longierzirkel jagte.

Plötzlich verwandelte sich Olivers besorgte Miene. Er schien gefangen von dem Anblick des Arabers.

»Siehst du das? Das ist ja ...«, setzte Oliver an. Er raufte sich die Haare, nur um kurz darauf die Hände vor Begeisterung hochzureißen. »Da, die Schrittlänge! Was für ein schwungvoller und balancierter Rhythmus! Alice, ich glaube, ich habe deinen Amaris vollkommen falsch eingeschätzt. Bisher habe ich ihn immer nur mit den Augen eines Krankenpflegers gesehen. Ob er ursprünglich als Showpferd gezüchtet wurde?«

Amaris stoppte in einer fließenden Bewegung und schaute stolz zu ihnen herüber, als wüsste er genau, wie sehr er Oliver gerade imponiert hatte.

»Na, die Zuchtlinie lässt sich doch leicht über sein Brandzeichen herausfinden.« Der Satz stammte von Ben, der wie aus dem Nichts aufgetaucht war und wieder einmal viel zu dicht hinter Alice stand. Zur Sicherheit trat sie ein paar Schritte zur Seite. Er schaute sie fragend an und für den Bruchteil einer Sekunde versank sie in seinen grünen Augen. Es kitzelte in ihrem Bauch und ihre Beine fühlten sich an, als seien sie aus Gummi. Verwirrt riss sie sich von ihm los und konzentrierte sich wieder auf das Wichtigste: Amaris.

Der junge Hengst hielt immer noch still und präsentierte seine Schulter mit den eingebrannten drei Kreisen, die sich in der Mitte berührten.

»Du hast recht, Ben. Genau das werde ich tun. Bisher hatte ich noch keinen Grund gesehen, seine Herkunft zu recherchieren, aber jetzt erscheint alles in einem anderen Licht.«

»Könnte es sich bei dem Motorradfahrer vielleicht um seinen früheren Besitzer handeln?«, fragte Sophie.

»Hm«, dachte Alice laut nach, »das halte ich für unwahrscheinlich. Wir haben seinem Verkäufer eine E-Mail geschrieben, der hat sich bisher nicht gemeldet. Also hat er wohl kein Interesse mehr an ihm.«

»Wobei es sich bei dem Verkäufer und dem Züchter nicht um dieselbe Person handeln muss. Vielleicht wurde Amaris zwischendurch schon mal verkauft. Und es ist der Züchter, der hinter ihm her ist«, warf Sophie ein.

»Das stimmt. Aber warum sollte der Züchter das tun? Ich meine, es ist doch unrealistisch, dass er Amaris heimlich bis hierher verfolgt hat. Und selbst wenn – er könnte uns doch auch jederzeit offen ansprechen.«

»Das stimmt. Es sei denn, er hat einen guten Grund, unerkannt zu bleiben. Vielleicht ist es ihm peinlich, dass er Amaris todkrank verkauft hat, anstatt ihn gesund zu pflegen. Oder er will ihn zurück, jetzt, wo er über den Berg ist.«

Oliver legte seine Hand auf Alices Arm. »Wir fragen Erich. Er kennt sich in diesen Belangen aus und kann uns helfen, das Brandzeichen zu identifizieren und somit mehr über seinen Züchter zu erfahren.«

Unschlüssig schaute Alice ihren Vater an. Der Gedanke, Erich um Hilfe zu bitten, gefiel ihr gar nicht. Aber Amaris war in Gefahr und sie durften nichts unversucht lassen. Zweimal hatte sie seinen Verfolgern ein Schnippchen geschlagen, es war nur eine Frage der Zeit, bis sie ihr zuvorkamen ...

Kapitel 10

Abends fuhren Alice und Oliver nach Waldbuchenheide, um Erich in der Pension am Rand der Ortschaft zu besuchen. Es war eine schäbige Absteige mit ungeputzten Fensterscheiben, über deren Eingang ein Schild mit der Aufschrift »Haus Sonnenschein« hing.

»Na, das hat die sonnigen Tage aber auch hinter sich«, fand Alice.

»Das ist milde untertrieben. Aber er müsste hier nicht wohnen … Außerdem könnte er sich auch locker ein Zimmer im ›Landgut Allertal‹ leisten. Geld hat er genug. Bist du dir sicher, dass du mit reinkommen willst?«

»Ja«, sagte Alice. »Es geht schließlich um mein Pferd.«

Die Rezeption war unbesetzt, hinter dem Holztresen hatte sich ein wolliger Bernhardiner eingerollt. Schläfrig öffnete er ein Auge und ließ die Eindringlinge passieren.

»Der perfekte Wachhund«, raunte Oliver und ging auf das Treppenhaus zu. »Wir müssen in den ersten Stock.«

Bernstein senior öffnete bereits nach dem ersten Klopfen. Missbilligend betrachtete er Alice. Es hatte keine fünf Sekunden gedauert, bis sie sich wieder klein und verloren vorkam.

Das Zimmer war ebenso trostlos wie der Rest des Hotels. Vergilbte Blumenvorhänge, die auf einen speckigen Teppich aus den 70er-Jahren fielen.

»Vater, wir brauchen deine Expertise«, legte Oliver ohne Umschweife los und zog sich einen Stuhl heran. »Wir hoffen, du kannst uns helfen herauszufinden, wer der Züchter ist, der dieses Brandzeichen verwendet.« Er deutete auf den Zettel in Alices Hand.

»Ja, das könnte ich. Aber dir ist schon klar, dass ich für solche Spielereien keine Zeit habe?«

»Vater, es ist wichtig«, sagte Oliver mit Nachdruck und nahm Alice den Zettel ab.

Aber Erich rümpfte die Nase. »Hast du nichts zu tun oder warum interessiert dich die Geschichte dieses *Arabers*?« Wobei in dem letzten Wort Verachtung mitschwang.

»Es geht um mehr als nur um dieses Pferd. Es geht um das Wohl von Gut Buchenberg, um das Wohl aller Pferde. Neuerdings treibt sich dort ein Unruhestifter rum.« Oliver stand auf und legte schützend seinen Arm um Alices Schultern. Dabei drehte er sich zu ihr und sah sie beschwörend an. Alice verstand und schwieg.

»Aha …« Der alte Mann griff sich endlich den Zettel mit dem Brandzeichen. »Ist dem so?« Fest kniff er die Augen zusammen und hielt das Papier nahe vor das Gesicht.

»Du brauchst eine Brille, Vater«, stellte Oliver fest. »Soll ich einen Termin beim Optiker für dich machen?«

»Wann und ob ich eine Brille brauche, bestimme ich immer noch selbst«, entgegnete Erich entrüstet. »Bevormunden kannst du deine Tochter.« Er schmatzte mit den Lippen, hielt das Blatt näher und wieder weiter entfernt.

Alice spürte, wie Olivers Hand an ihrer Schulter fester zupackte. »Gut. Danke, Vater.«

Erich schob den Stuhl zurück. Eine klare Aufforderung zu gehen.

Erst als sie die Landstraße entlangfuhren, brach Oliver das Schweigen. »Es tut mir ehrlich leid, Alice, dass sich mein alter Vater dir gegenüber so kühl verhält. Das hast du nicht verdient.«

»Oh. Schon gut. Ich kenne das von meiner Oma. Die hat mir auch immer das Gefühl gegeben, nicht dazuzugehören. Das ist nichts Neues für mich«, behauptete Alice und versuchte, es sich nicht anmerken zu lassen, wie sehr sie das Verhalten ihres Großvaters verletzte.

♞

Am Mittag des nächsten Tages betrat Bernstein senior die Küche, in der Alice und Ben gemeinsam Spaghetti Bolognese kochten.

Oliver sah von seiner Zeitung auf. »Hallo, Vater. Kaffee?«

Auch Alice begrüßte ihn, aber wieder vergebens, die Antwort blieb aus. Ungerührt wischte sie sich die Hände an der Schürze ab und legte einen Filter in die Kaffeemaschine.

Erich wandte sich an Oliver und klatschte ihm das Blatt mit dem Brandzeichen auf den Tisch. »Gibt es nicht.«

»Was?«, fragte Oliver irritiert. »Wie meinst du das?«

»Wie ich es sage. Das Brandzeichen gibt es nicht.«

»Bist du sicher?«

»Zweifelst du an meinen Fähigkeiten?« Erich klopfte mit dem Finger auf den Zettel, wie um seine Worte zu bekräftigen. Er vermied es, Alice direkt anzuschauen. »So. Kaffee brauche ich nicht. Aber wenn ich schon mal hier bin, hole ich mir noch ein bisschen Kleidung, schließlich werde ich noch eine Weile in der Pension wohnen müssen.«

Oliver überhörte die gehässige Anspielung und fragte: »Soll ich dir helfen, Vater?«

»Nein! Ich brauche keine Hilfe. Ich habe nur nicht viel eingepackt, weil ich dachte, mein Aufenthalt wäre nur von kurzer Dauer.«

Alice wurde knallrot. Sie verstand, was das heißen sollte: Erich hatte erwartet, dass sie mit Oliver nicht klarkommen würde und schon längst wieder von hier verschwunden wäre.

Ben rührte während des Gesprächs in dem blubbernden Spaghetti-Topf und versuchte sich aus der Unterhaltung rauszuhalten. Seine Bewegungen waren hektisch und er setzte den Deckel so fest auf die Pfanne mit der Bolognese, dass ihm die rote Soße um die Ohren spritzte.

Als Erich verschwunden war, drehte er sich um und guckte Alice ernst an. Rote Sprenkel klebten auf seiner Wange.

»Alles okay mit dir?«

Alice presste eine Hand an die Stirn, hinter der es schmerzhaft pochte. »Ja. Geht schon. Danke.« Sie reichte ihm ein Papiertuch und deutete auf seine Wange.

»Sollen wir nachher gemeinsam ausreiten? Da kriegt man den Kopf wieder frei.«

Alice lächelte dankbar. »Gerne«, antwortete sie, »ein Galopp im Wald ist jetzt bestimmt genau das Richtige.«

Bens Handy vibrierte, eine Textnachricht. »Oh«, murmelte er.

»Was ist?«, fragte Alice neugierig, und Ben hielt ihr grinsend das Smartphone entgegen.

Ein Foto von einer robusten Frau Mitte dreißig, mit mondrundem Gesicht und dunklen Haaren. Vor ihr standen zwei frisch geborene Fohlen, noch feucht und mit wackligen Beinen.

»Das ist meine Mum. Unsere Stute Speeding Cat hat Zwillinge bekommen.«

»Herzlichen Glückwunsch. Süß, die zwei!« Alice blickte Ben an.

»Sag mal, vermisst du deine Familie nicht furchtbar?«

»Ein wenig ja, aber wir hören fast jeden Tag voneinander. Und außerdem weiß ich, dass sie immer da sind, egal wie viel Distanz zwischen uns liegt. Und bei dir? Vermisst du deine Mum?«

Alice zuckte mit den Schultern. Sie musste an den Besuch ihrer Mutter denken und wie merkwürdig es sich angefühlt hatte, sie hier zu sehen.

»Es tut mir übrigens echt leid, dass Erich es dir nicht gerade leicht macht. Dabei muss diese ganze Familiengeschichte doch ohnehin schon schwierig genug für dich sein, oder?«

Es war Alice ein wenig unangenehm, mit ihm über solch intime Dinge zu sprechen, aber Ben schaute sie mit ehrlichem Interesse an.

»Schon«, murmelte sie. »Manchmal fühle ich mich wie ein entwurzeltes Unkraut.«

Ben goss die Spaghetti ins Sieb und gab ein Stück Butter hinein. »Löwenzahn«, sagte er fest, ohne sich dabei umzudrehen.

»Was?«

»Wenn schon Unkraut, dann wenigstens ein hübsches. Eins, das strahlt, wenn es blüht. Und eins, das sich überall durchsetzt. Kein Zweifel.«

Alices Ohren fingen an zu glühen. Sie konzentrierte sich auf die schwarz-weißen Fußbodenkacheln. Ein nerviger Ben war anstrengend genug, aber einer, der nett zu ihr war – damit konnte sie irgendwie noch weniger umgehen.

Da gellte ein Schrei durch das Haus, so laut und wütend, dass Ben vor Schreck seinen Rührlöffel fallen ließ.

»Was zur Hölle?«, rief er und fischte den klebrigen Löffel aus dem Soßentopf.

Gemeinsam eilten sie in Bernstein seniors Zimmer. Die Tür war weit geöffnet. Erich stand vor seinem Schreibtisch und ruderte mit den Armen, in einer Hand einen Fotorahmen – ohne Glasscheibe. Als er Alice sah, flackerte es in seinen Augen. »Was ist passiert?«, rief Oliver und stürzte auf seinen Vater zu. Zitternd ließ sich der alte Mann auf sein Bett sinken und griff sich an die Brust. Der Fotorahmen glitt aus seiner Hand und schepperte ein zweites Mal auf den Boden. Alices Blick klebte an ihm und vor Entsetzen wurde ihr Mund trocken.

Bernstein senior japste nach Luft und presste sich die Hand fester auf die Brust. Sein Gesicht hatte eine blasse Farbe angenommen.

Oliver schaute seinen Vater besorgt an. »Alles okay? Geht es dir gut? Brauchst du einen Arzt?«

Bernstein senior antwortete nicht, stattdessen bildeten sich Schweißperlen auf seiner Stirn. Er ließ seine Schultern sinken, der Atem ging schneller.

»Ich ruf den Krankenwagen«, flüsterte Alice und zückte ihr Handy.

In dem Moment sackte Erich Bernstein in sich zusammen, direkt in die Arme seines fassungslosen Sohnes.

Mit hängenden Schultern stand Alice neben Ben, als der Rettungswagen mit Blaulicht vom Hof fuhr. Oliver war mitgefahren. Tränen rannen ihr die Wangen hinunter, ihr Herz war so schwer wie ein Lastwagen voller Steine.

»Das wollte ich nicht«, stammelte sie, »wirklich, das wollte ich nicht.«

»Wie meinst du das?«

Alice erzählte ihm von ihrem Besuch in Erichs Zimmer. Und von dem Bild. »Es ist alles meine Schuld.«

»Ach, Quatsch, du warst nur ein wenig neugierig. Deswegen bekommt niemand einen Herzinfarkt«, versuchte Ben sie zu beruhigen. Er legte ihr einen Arm um die Schulter. »Alles wird gut.«

Der Hof verschwamm hinter ihrem Tränenschleier und Ben zog sie fest an sich. »Ist gut, Alice. Alles wird gut«, wiederholte er sein Mantra und strich durch ihr Haar. Sein Herzschlag und sein unwiderstehlicher Duft nach Heu, Stroh, Pferd und Zimt beruhigte sie etwas.

»Das alles war ein großer Fehler. Ich hätte niemals herkommen dürfen. Ben ... vielleicht habe ich Erich umgebracht.«

»Ach, Alice.« Er schob sie ein Stück von sich weg, zog ein Taschentuch aus der Tasche und reichte es ihr. »Erich hat sich selbst in die Situation gebracht. Durch seinen unnötigen Frust und seine Angst. Aber er ist hart im Nehmen und wird das sicherlich überleben. Der ist wie eine Eiche – es muss schon ein gewaltiger Sturm kommen, um die zu fällen.«

Zaghaft strich er ihr eine Strähne aus der Stirn und atmete seufzend aus. Seine Augen strahlten heller als sonst und in ihnen lag eine Zärtlichkeit, die Alice fesselte. So hatte sie noch nie ein Junge angeschaut. Sein ganzes Gesicht, die Mimik – alles hatte etwas Weiches und Sehnsüchtiges, gab ihr den Halt und die Sicherheit, die sie gerade suchte.

Alices Herz klopfte so laut, dass sie sich sicher war, dass er es hören konnte. Sie schluckte alle Zweifel hinunter, stellte sich auf die Zehenspitzen und legte schüchtern ihre Wange an die seine. In ihr war ein Hurrikan ausgebrochen, es tobte und wütete und ließ Donner in ihren Ohren klingeln. Ihre Handflächen waren so feucht, als wäre sie gerade aus dem Regen gekommen.

Lange standen sie so da, völlig unbeweglich und der Welt entrückt. Erst als draußen das Postauto hupend auf dem Hof vorfuhr, lösten sie sich voneinander, erleichtert, den Schrecken gemeinsam durchgestanden zu haben. Dennoch war in Alice ein Entschluss gereift – sie wusste, es war Zeit, Gut Buchenberg zu verlassen.

Kapitel 11

Am Bahnhof roch es nach kalter Asche, Schweiß und Müll. Ein paar Tauben beäugten Alice, als sie ihren Koffer die lange Treppe hinaufwuchtete. Es war völlig windstill, fast schwül, und Alice schwitzte, als sie oben angekommen war. Das Taxi hatte sich an einer Kreuzung verfahren und der Zug sollte bereits in vier Minuten einfahren. Keuchend ließ sie sich auf eine Bank fallen und schloss die Augen, um die Tränen zu vertreiben, die ihr heißes Gesicht hinunterliefen. Oliver würde enttäuscht sein. Aber bestimmt würde er einsehen, dass er ohne sie besser dran wäre. Sophie gegenüber hatte sie ein schlechtes Gewissen. Sie würde ihre neue Freundin mit ihrer ehrlichen und unbestechlichen Art vermissen. Noch drei Minuten, bis der Zug einfuhr.

Und Amaris ... ihr Magen zog sich zusammen bei der Erinnerung, wie traurig sie der Rappe beim Abschied angeschaut hatte.

Noch zwei Minuten.

Eine Taube flatterte auf, als jemand die Treppe zum Gleis hinaufrannte. Es war Ben. Mit hochrotem Kopf kam er auf sie zugestürmt und rang nach Luft, als er sie erreichte.

Alice wischte mit dem Arm über ihr feuchtes Gesicht, die Tränen waren ihr peinlich.

»Alice. Geh nicht. Bitte.«

Noch eine Minute. In der Ferne ertönte die schrille Glocke eines Bahnüberganges.

Ben ließ sich neben sie plumpsen und holte eine Packung Taschentücher aus seiner Tasche hervor. »Hier.«

Alice tupfte sich ihr Gesicht ab.

»Alice, Amaris braucht dich. Er ist ein personenbezogenes Pferd, der ist todunglücklich ohne dich. Wenn du fährst, wird er jeden Tag damit verbringen, auf dich zu warten. Araber sind anders als andere Pferderassen. Wenn sie dir dein Herz schenken, dann gehören sie dir.«

Unruhig trommelte Alice auf ihrem Koffer herum. Plötzlich waren da wieder die Bilder des schwarzen Geländewagens und des Motorradfahrers ... konnte sie Amaris wirklich allein lassen?

Ben fuhr fort. »Du hast gesagt, du bringst Dinge nie zu Ende, kneifst, wenn es hart wird. Jetzt hast du die Gelegenheit zu beweisen, dass du sehr wohl Durchhaltevermögen besitzt.«

Resigniert betrachtete Alice die Fahrkarte, die neben ihr auf der Bank lag, dann den einfahrenden Zug. Er kam zum Stillstand, die Türen gingen auf.

Doch Alice blieb sitzen und sah gedankenverloren zu, wie der Zug wieder abfuhr.

Ben lächelte. Er saß so nahe neben ihr, dass die Hitze seines Körpers auf sie abstrahlte. Der Eisklumpen in ihrem Bauch fing an zu schmelzen wie ein vereister Bach am Ende des Winters.

In letzter Zeit war sie sich zu oft fehl am Platz vorgekommen. Aber Ben wollte, dass sie blieb, und das tat gut. Und Amaris brauchte sie.

»Bist du etwa mit dem Fahrrad gefahren?«, fragte sie ihn und deutete auf den Helm, der neben ihm lag.

»Ja. Gibt da eine Abkürzung über die Felder. Sonst hätte ich dein Taxi nie eingeholt.«

Alice griff nach seiner Hand und drückte sie. »Danke, Ben. Das war echt nett von dir. Jetzt gibt es allerdings ein kleines Problem für dich.«

»Was? Warum?«

»Du musst mich doch noch ein wenig länger ertragen.«

»Keine Sorge, damit komm ich schon klar. Im Notfall werfe ich einfach wieder einen Blumenkasten nach dir«, konterte er und drückte ebenfalls ihre Hand.

Erst als die Schatten länger wurden und der Gesang der Vögel leiser, kam Oliver nach Gut Buchenberg zurück. Er sah mitgenommen aus. Alice führte ihn ins Wohnzimmer und kochte ihm einen Tee. Sie saß stumm neben ihm, hin und her gerissen von dem Bedürfnis, mehr zu erfahren und dem Flüstern der Vernunft, Oliver Zeit zu geben.

Morgen ist ein neuer Tag, entschied Alice, gab ihrem Vater einen Kuss auf die Wange, legte eine Decke über seine Schultern und verzog sich in Amaris' Box, um schlafen zu gehen. Als sie nach draußen lief, strich die Tigerkatze um ihre Beine.

»Was machst du denn hier, Mulan?« Zärtlich strich Alice der Katze über den Kopf, die sofort schnurrte. Liebevoll glitt sie über die straff gespannte Haut am Bauch und spürte, wie sich im Inneren die Katzenbabys bewegten.

Obwohl Alice schrecklich müde war, war ihr der Luxus einer erholsamen Nacht nicht vergönnt, denn der Schrecken des Tages holte sie mit voller Wucht ein. Düstere Träume plagten sie und Vorwürfe hallten in ihrem Kopf wider: *Dein Großvater erholt sich nicht mehr, und du bist schuld!*

Alice wachte schweißgebadet auf. Sie hatte ihren Vater finden wollen, aber auf der Suche nach ihren Wurzeln war irgendwie alles schiefgegangen.

Am nächsten Morgen lief auf dem Hof dieselbe Routine ab wie jeden Tag, aber etwas war anderes. Die Stimmung war trüb, die Unterhaltungen gedämpft. Alice brachte Amaris auf die Koppel und prüfte das Vorhängeschloss, das sie am Gatter befestigt hatte. Sie fröstelte.

»Bitte sieh nachher mal nach ihm, ja?«, bat sie Ben, der ungeduldig auf sie wartete. Er trug einen Overall und war gerade dabei, die Zäune zu streichen, trotz der drohenden Regenwolken über ihnen.

»Ich lass dein Baby nicht aus den Augen, Honey«, witzelte Ben und tippte sich an den Hut.

»Wenn ich zurück bin, helfe ich dir beim Streichen.«

»Klar.«

Sophie wartete bereits mit dem Fahrrad vor der Scheune, als Alice auf den Hof zurückkam.

Wenig später schwang sie sich in Jeans und Kapuzenpulli auf Olivers uraltes und viel zu großes Mountainbike. Im Schneckentempo bewegte sie das schwere Gerät die Einfahrt entlang.

»Wie geht es Erich?«, fragte Sophie keuchend.

Die Frage motivierte Alice, härter in die Pedale zu treten. »Er ist auf der Intensivstation unter Beobachtung, aber bisher ist er stabil. Es wurde eine Herzkatheter-Untersuchung durchgeführt und er hat einen Stent bekommen, damit das Gefäß offen bleibt, das sich verschlossen hat.«

»Hoffentlich braucht er keine Bypass-Operation. In seinem Alter ist das bestimmt nicht ohne.«

»Ja«, allein der Gedanke daran verursachte Alice eine Gänsehaut.

Sophie schien zu spüren, wie sehr sie unter dem Thema litt und beließ es dabei.

In dem kleinen Ort war erstaunlich viel los. Ihre erste Anlaufstelle war der Metzger, und als sie den Laden betraten, strömte ihnen ein Geruch von Fleischwurst und Salami entgegen.

Ein großer dicker Mann mit weißer Schürze antwortete prompt auf ihre Frage mit einer lauten, aber freundlichen Stimme. »Tut mir leid, ich würde euch gerne helfen, aber mir ist weder ein Geländewagen noch ein Motorrad aufgefallen. Kann ich sonst noch etwas für euch tun?«

Sophie lehnte dankend ab. Alice spürte, wie unwohl ihre Freundin sich hier als Vegetarierin fühlte.

Weder beim Automechaniker, beim Schreiner noch beim Friseur hatten sie Erfolg. Schließlich kamen sie zu einem altertümlich anmutenden Buchladen, der gleichzeitig auch Post und Kiosk war. Hier schien die Zeit stehen geblieben zu sein. Während die Gebäude rechts und links renoviert und modernisiert waren, zeugte die ursprüngliche Fassade des Fachwerkhauses von seiner langen Geschichte. Aber das Schaufenster war liebevoll dekoriert und mit bunten Deckchen ausgelegt.

»Lass uns eine kleine Pause machen und hier stöbern, ja?«, bat Alice ihre Freundin, die begeistert zustimmte. Kaum hatte sie ihre Nase jedoch ins erste Buch gesteckt, räusperte sich jemand hinter ihr.

Erschrocken fuhr Alice herum und klappte das Buch zu.

»Erst kaufen, dann lesen.« Die Verkäuferin war eine dürre Frau in ihren Fünfzigern mit einer winzigen Brille auf der Nase. Ihr faltiges, hängendes Gesicht war bar jeden Humors.

»Oh, Entschuldigung. Wenn es mir gefällt, kaufe ich es gerne. Ich wollte nur mal vorher reinschauen.«

»Das sagen alle.« Mit spitzen Fingern klopfte sie auf den Buchdeckel. Feindselig zischte ihr die hagere Frau noch zu: »Du kannst gleich wieder gehen. Ich weiß genau, wer du bist. Wir sind hier eine kleine Gemeinde, das spricht sich herum. Bei mir bist du jedenfalls nicht willkommen.«

Erschrocken schaute Alice die Frau an, die ihre Hände in die Hüften gestemmt hatte und deren Augen bösartig hinter der randlosen Brille hervorschielten. Mit ihren hängenden dunklen Tränensäcken erinnerte sie an einen Basset Hound.

»Wie meinen Sie das, Frau Bersen?«, mischte sich Sophie ein. »Haben Sie nicht mitbekommen, dass Alice Olivers Tochter ist?«

Alice war Sophie dankbar, dass sie ihr zur Seite stand.

Doch die Verkäuferin fuhr unbeirrt fort: »Ach, ich bitte dich, Sophie, sei kein dummes Milchmädchen und denk doch mal nach. Oliver ist ein wohlhabender Mann, und plötzlich taucht seine Tochter auf – aus dem Nichts. Zufall? Ich denke nicht!«

Da explodierte Sophie förmlich, und selbst Alice war überrascht über diesen Ausbruch: »Was Sie da behaupten, ist ein schwerer Vorwurf. Haben Sie eine Vorstellung davon, wie schwierig es sein muss, wenn man plötzlich herausfindet, dass man adoptiert wurde?«

»Ach, Sophie, die ist doch kein Umgang für dich! Ich werde deiner Großmutter …«

Sophie richtete sich auf, die Augen zu Schlitzen verengt und ihre Stimme klang drohend, als sie die Buchhändlerin unterbrach: »Das entscheide ich selbst! Alice ist meine Freundin und ich lasse nicht zu, dass sie so behandelt wird.«

Mit einem Knall stellte Sophie das Buch ins Regal zurück, in ihrem Gesicht stand blanker Zorn.

»Also, da hört sich doch …«

»Komm, Alice, wir gehen.« Wütend stapfte Sophie davon und Alice eilte ihr hinterher.

Die Tür fiel mit einem lauten Rumms ins Schloss. Hinter der nächsten Ecke ließ Sophie sich auf eine moosbewachsene Mauer gleiten, und Alice kletterte neben sie.

»So eine Pute«, schimpfte Sophie, »ich konnte die noch nie leiden. Wehe, wenn sie irgendwelche Gerüchte verbreitet …«

Vorsichtig schob Alice die Zweige eines dornigen Busches beiseite, der über die Mauer wuchs.

»Wow, Sophie. Du kannst echt wütend werden.«

»Ist doch wahr!« Sophie beruhigte sich wieder. »Die schimpft über jeden, der nicht von hier ist, selbst Ben war ihr zu fremd. Der kommt ja aus dem bösen Amerika, wo es ihrer Meinung nach nur waffenverrückte Kulturbanausen gibt, die sich ausschließlich von Hamburgern ernähren.«

Alice legte stumm einen Arm um sie, und Sophie atmete tief aus.

»Jetzt spendiere ich uns einen Kakao«, entschied Alice. »Ich muss dich feiern. Es hat sich noch nie eine Freundin so für mich eingesetzt wie du heute.«

»Und ich hatte noch nie eine Freundin, für die ich mich einsetzen konnte. Allein sind wir klein. Gemeinsam sind wir unschlagbar.« Sophie sagte das lachend, aber Alice spürte, dass es ihr bitterernst war. Arm in Arm schlenderten sie zum Bäcker.

Die Dame hinter dem Tresen war um einiges freundlicher, und bevor sie auch nur eine Frage stellen konnten, hielt sie ihnen zwei noch dampfende Brötchen hin. »Gerade aus dem Ofen gekommen, frischer geht es nicht«, flötete sie fröhlich und deutete auf das Tablett vor sich.

»Vielen Dank.« Alice biss in das Brötchen hinein, es war köstlich. Die Bäckerin strahlte eine natürliche Wärme aus, ein erfrischender Gegensatz zur verbitterten Frau Bersen.

»Na, ihr zwei Hübschen? Was kann ich für euch tun?«

»Zwei Kakao bitte.«

»Gerne. Die gehen aber heute aufs Haus«, antwortete die Bäckerin und zwinkerte den Mädchen zu. »Ich habe dich lange nicht mehr gesehen, Sophie, du kommst viel zu selten raus.« Während sie die Getränke zubereitete, plapperte sie unaufhörlich, bis Alice es schließlich schaffte, eine Frage einzuwerfen.

»Sagen Sie, ist Ihnen zufällig ein schwarzer Geländewagen oder ein Motorradfahrer auf einem Chopper aufgefallen?«

»Hm, lasst mich überlegen. Da war doch was. Ja, einen Motorradfahrer habe ich neulich gesehen.«

»Wirklich?«, riefen beide Mädchen erstaunt.

»Ja. Mit Kölner Kennzeichen. Vorm Laden hängt doch die Straßenkarte, da hat er gehalten. Er ist mir aufgefallen, weil er viel zu schnell angerast kam, und dann abrupt abgebremst hat. Und solch teure Maschinen sieht man ja auch nicht jeden Tag.«

»Oh. Erinnern Sie sich noch an das genaue Kennzeichen?«

»Leider nicht. Aber an den Mann schon. Er kam kurz rein und hat sich ein Brötchen gekauft. Ein Riesenkerl war das, vielleicht so Mitte dreißig, mit kurzen braunen Haaren. Und einen Drachen hatte er hinten auf seinen Hals tätowiert, den konnte ich beim Rausgehen gut sehen. So einen Typen merkt man sich.«

Alice und Sophie schauten sich an, mit so vielen Informationen hätten sie nicht gerechnet.

»Vielen lieben Dank! Das hilft uns bestimmt weiter.«

»Kein Thema, immer gerne. Ihr könnt jederzeit vorbeikommen, wenn ihr Lust auf ein nettes Gespräch habt.«

»Die war aber freundlich«, sagte Alice mit vollem Mund, als sie ein paar Minuten später die Dorfstraße entlanggingen.

»Ja. Sie war schon immer sehr aufgeschlossen und jeder im Dorf kauft gerne bei ihr ein.«

Kurz darauf fing sie an, auf ihrem Handy herumzutippen. »Ich hoffe, dass uns das Drachentattoo weiterhilft.«

Nach einer Minute hielt sie ihr den Bildschirm entgegen. Dort stand:

»*In der keltischen Mythologie sind Drachen bösartige Fabeltiere. Daher symbolisiert das keltische Drachen-Tattoo meist etwas Negatives und spielt oft auf die dunkle Seite des Tattoo-Trägers an.*«

Mit wem hatten sie es da nur zu tun?

Im Kamin des Reiterstübchens prasselte ein Feuer und warf seinen Schein auf Sophie und Ben, die es sich auf dem Teppich gemütlich gemacht hatten. Alice saß in dem Ohrensessel hinter ihnen, ein Knie über die Lehne hängend. Seit ihrem Ausflug in den Ort verspürte Alice eine ungewohnte Kälte tief in sich drin. Selbst die Wärme des Feuers schaffte es nicht, diese zu vertreiben. Sie musste die ganze Zeit darüber nachdenken, was das alles zu bedeuten hatte. Und sie spürte, dass dies erst der Anfang war …

Sophie und Ben hingegen amüsierten sich prächtig. Die beiden schauten sich Videos auf dem Handy an.

»Cool, so ein selbst gebauter Schlitten«, fand Ben.

»Ganz schön kindisch«, kritisierte Sophie hingegen. Doch Ben lachte nur und steckte sich Salzstangen in die Mundwinkel.

Sophie rutschte ein Stück näher zu Ben, um den Bildschirm besser erkennen zu können.

Der Anblick riss Alice in die Wirklichkeit zurück und ein spitzer Stich traf ihr Herz. Ben und Sophies Schultern berührten sich, doch entgegen ihrer sonstigen Art entzog Sophie sich der Nähe nicht.

Als könnte sie Alices Gedanken lesen, drehte ihre Freundin sich um und schlug vor: »Komm, schau doch auch mal mit, ist echt lustig.«

Schnell kletterte Alice aus dem Sessel und legte sich auf Bens andere Seite. Er hielt das Handy so, dass sie mitgucken konnte. Aber sie konnte sich nicht auf das Video konzentrieren. Alices Gedanken drifteten ab, zu Amaris.

Ben hatte die Araber-Expertin Rosemarie Kerzner, mit der Erich gesprochen hatte, heute nicht erreichen können. Hoffentlich würde der nächste Tag doch noch Aufschluss über die Herkunft ihres Hengstes bringen. Die Zeit drängte, das spürte Alice.

Wie aus weiter Ferne drangen das Kichern von Ben und Sophie an ihr Ohr. Gegen neunzehn Uhr verabschiedete sich Sophie.

Plötzlich fühlte es sich merkwürdig an, so nahe neben Ben zu sitzen. Alice wurde sich jeder Bewegung, jedes Atemzugs bewusst. Sein Körper neben ihr war wärmer, als er sein sollte. Wie ein eigenes Feuer, das neben ihr glühte und sie zu verbrennen schien. Sogar ihre innere Kälte verschwand langsam.

Wie zufällig berührte Ben ihre Hand und es prickelte auf ihrer Haut. Wahllos tippte Ben ein weiteres Video an.

Alice hob den Kopf und beobachtete seine entspannten Gesichtszüge, auf denen die Schatten der flackernden Flammen spielten. Nahe seines Ohres entdeckte sie eine kaum sichtbare Narbe, die sein brauner Teint gut verdeckte. Wieder streifte Bens Hand die ihre und dieses Mal war sie sich sicher: Das war kein Zufall! Eine Gänsehaut breitete sich auf ihren Armen aus.

»Alice?«, flüsterte Ben, und Alice blickte in seine Augen, die wie Feuersterne funkelten.

»Ja?«, flüsterte sie heiser.

Ben legte das Handy weg und schob seinen Arm hinter sie. »Darf ich?«, fragte er, doch Alice konnte nicht antworten. Seine Umarmung raubte ihr den Atem. Seufzend legte sie ihren Kopf an seine breite Schulter, schloss die Augen und genoss seine Nähe. Es tat gut, sich fallen zu lassen und die Last zu vergessen, die auf ihr ruhte. Auf einmal fühlte sie sich leicht und geborgen. Das knackende Feuer, das gedämpfte Licht – Ben. Liebevoll fuhr dieser mit einem Finger ihren Hals entlang und die Berührung machte Alice fast verrückt.

»Ist dir eigentlich klar, wie hübsch du bist?«, fragte Ben mit leiser Stimme.

Verlegen rückte Alice ein Stück weg und deutete auf ihr braunes T-Shirt, das zwei Nummern zu groß war.

»Na ja, momentan sehe ich eher aus wie eine Kartoffel«, versuchte sie das Kompliment zu schmälern.

Ben funkelte sie schelmisch an. »Wenn, dann überhaupt wie eine Süßkartoffel. Oder wie heiße Pommes.« Er schaute ihr tief in die Augen und Alice konnte die sandfarbenen Sprenkel in seiner Iris erkennen, die sie an den Strand in Spanien erinnerte, wo sie den letzten Sommer verbracht hatte. Wieder strich er mit einem Finger erst über ihren Hals, dann über ihre Wange.

Es war angenehm, aber zu viel.

Beschämt senkte Alice den Blick, sie wusste nicht, wohin mit ihren Gefühlen. Alles in ihr kribbelte, als krabbelten tausend Ameisen unter ihrer Haut. Noch nie hatte sie sich einem Jungen so nahe gefühlt.

Als Ben merkte, dass sie sich ihm entzog, gab er ihr etwas mehr Raum. Dankbar genoss Alice die Geste – Ben spürte, wo ihre Grenzen lagen. Einträchtig saßen sie nebeneinander, bis das Feuer heruntergebrannt war.

»Das war ein schöner Abend«, raunte Ben ihr zu, stand auf und schürte die Asche. Funken stoben im Kamin, als die verkohlten Scheite zerfielen.

Doch sobald Ben seinen Platz neben Alice verlassen hatte, war die innere Kälte wieder da und sie angelte nach Olivers Parka, der locker über einem Stuhl hing.

Ben begann, die Asche zusammenzukehren, die aus der Öffnung gefallen war. Alice konnte sehen, wie sich seine Muskeln unter dem T-Shirt bewegten. Mit seinem athletischen Körperbau sah er einfach so gut aus. Jemand wie er würde sich sicherlich nicht ernsthaft für sie interessieren – er konnte jede haben.

Als Ben sich umdrehte, lag ein unbestimmter Glanz auf seinem Gesicht. Doch im nächsten Moment brach der Zauber, als ein Donner ohrenbetäubend grollte.

»Amaris ist noch draußen«, sagte Alice schnell. »Ich bringe ihn jetzt besser rein.«

Es hatte zu regnen begonnen und schwere dunkle Sommergewitterwolken hingen über dem Hof.

»Wir sollten uns beeilen«, rief Ben.

Unruhe machte sich in Alice breit, als es wieder und wieder blitzte. Der Schlamm klebte an ihren Schuhen und erschwerte das Laufen auf dem unebenen Pfad. Sie bogen um die Ecke, an der sich der Weidezugang befand, und blieben wie erstarrt stehen. Das Gatter zu Amaris' Weide war sperrangelweit geöffnet, das Vorhängeschloss aufgebrochen. Von Amaris keine Spur. Auch das Halfter, das Alice heute Morgen über einen Ast gehängt hatte, war weg.

»Das glaube ich jetzt nicht ...«, setzte Ben an und beugte sich über die frischen Reifenspuren, die auf dem matschigen Feldweg zu erkennen waren. »Verfluchter Mist!«

Alice erwachte aus ihrer Starre und spurtete über die Wiese. »Amaris!«, schrie sie verzweifelt. »Wo bist du?« Tief drinnen hoffte sie, dass er hinter einem Baum hervortrat. Doch nichts geschah. Die Weide war leer – Amaris war verschwunden.

Ben hatte zu ihr aufgeschlossen und versuchte, sie zu beruhigen. »Alice ...« Seine Augen leuchteten so hell wie die Blitze, die nun im Sekundentakt aufzuckten.

Alice schaute ihn fassungslos an. »Er ist weg, Ben.«

Ben antwortete, doch es ging im Donner unter.

Der Regen lief ihr die Stirn hinunter und vermischte sich mit ihren Tränen. Alles in ihr tobte. Ihre Knie gaben nach und sie sank hilflos auf den Boden.

»Nein!«, schrie sie und trommelte mit den Fäusten auf die feuchte Erde, grub ihre Finger fest in den Lehm. Schließlich krümmte sie sich zusammen und schlang die Arme um die Beine.

»Scheiße. Beruhig dich, Alice!« Ben legte die Hand auf ihre Knie.

In Gedanken sah Alice Amaris vor sich, wie er sich gewehrt hatte, in einen fremden Pferdehänger zu steigen. Wieso hatten sie ihn nicht gehört? Sie konnte spüren, was er nun fühlte. Die Furcht. Das Grauen. Wieder war er auf der Schattenseite des Lebens, umgeben von Menschen, die ihm bestimmt nichts Gutes wollten. Ich habe versagt, schoss es ihr durch den Kopf. Das Schicksal hatte ihr den Hengst geschenkt und sie hatte versäumt, ihn zu beschützen.

»Alice, es wird alles wieder gut. Wir finden Amaris, das verspreche ich dir.«

Doch sie konnte Ben nicht hören, so gewaltig rauschte das Blut in ihren Ohren.

Kapitel 12

Hier würde sie niemand finden. Ausgestreckt lag Alice im feuchten Gras, versteckt zwischen Wiesenschaumkraut, Löwenzahn und den langen Halmen grüner Stauden. In ihr tobte noch immer ein Sturm und ihr Herz schmerzte, jeder Schlag tat weh.

Eine Brise kam auf. »Amaris«, schien ihr der Wind zuzurufen.

Von Weitem hörte sie Bens Stimme. Er suchte sie schon eine Weile, aber sie wollte ihn nicht sehen. Sie war verzweifelt und brauchte Ruhe, um ihrem Schmerz nachzufühlen.

»Wir werden unser Bestes geben, aber die Informationslage ist nicht sehr ergiebig«, hatte die Polizistin gesagt und dabei vermieden, Alice direkt anzusehen.

Bestimmt war Amaris bereits weit weg, vielleicht sogar im Ausland. Ohne seine dringend benötigten Medikamente. Düstere Gedanken überlagerten jedwede Hoffnung.

Erst mittags kehrte Alice auf den Hof zurück. Auf dem Weg zur Küche blieb sie stehen.

»Wir können doch nicht untätig herumsitzen, während irgendein blöder Arsch unser Pferd entführt«, hörte sie Ben sagen, und Oliver antwortete: »Wir haben doch schon alles abgesucht. Ich befürchte, wir müssen abwarten. Die Polizei tut ihr Möglichstes.«

»Tut sie nicht.«

Alice stand ganz still, ließ die Worte auf sich wirken. So dankbar sie Ben war, sich für Amaris einzusetzen, so enttäuscht war sie von ihrem Vater. Wo war seine ansonsten uneingeschränkte Liebe zu Pferden geblieben?

Der Appetit war ihr vergangen, und als Ben ihr einen Teller hinstellte, stocherte sie lustlos in ihrem Essen. Auch Oliver schien es nicht gut zu gehen. Er war blass und unrasiert, die dunklen Ringe unter den Augen tief wie Krater. Er hatte ihnen die ganze Nacht hindurch geholfen, nach Amaris zu suchen.

Ben saß Alice gegenüber und immer wieder spürte sie seine Augen auf sich ruhen.

Als sie aufstand, wandte Oliver sich an Ben: »Bitte sag alle Reitstunden für heute ab. Doktor Hagen hat mich wegen Erich zu einem Gespräch gebeten.«

»Kein Problem. Kann ich sonst noch etwas tun?«

»Nein.« Oliver seufzte tief und schob ein »Danke« hinterher.

Alice verzog sich in ihr Zimmer. »*Wake me up when it's all over, when I'm wiser and I'm older*«, sang Avicii. »*All this time I was finding myself, and I didn't know I was lost.*« Der Liedtext sprach ihr aus der Seele.

Die Tränen schüttelten sie. Ihr Kopfkissen war bereits ein nasser Schwamm, der ihre Verzweiflung aufsaugte. Das Handy klingelte.

»Alice, alles in Ordnung?«, fragte ihre Mutter besorgt, als Alice in den Hörer schluchzte.

Alice schnäuzte sich. »Ach, Mama. Es ist alles so schrecklich«, setzte sie an und wurde von ihrer Mutter unterbrochen: »Ich weiß, meine Kleine. Deshalb rufe ich ja an. Oliver hat mir bereits alles erzählt.«

»Hat er das?«, fragte Alice überrascht.

»Ja, aber ich bin mir sicher, es wird alles gut werden.« Alice horchte auf. Woher wollte ihre Mutter das wissen? Es gab keinerlei Hinweise zu Amaris' Verschwinden.

Ihre Mutter versuchte dennoch Alice zu trösten und bot an, sie abzuholen, aber Alice lehnte ab.

»Das kann ich verstehen, aber wenn du reden möchtest, ruf mich an.«

Alice war ihrer Mutter dankbar, doch wirklich helfen konnte sie ihr nicht. Gerade war das Gespräch beendet, da flog ein Steinchen gegen Alices Fenster. Überrascht öffnete sie die Scheibe und ein weiteres Steinchen flog ihr gegen die Nase. »Autsch!«

»Oh. 'tschuldige.« Unten stand Sophie, die Hand voller Kies. Sie lächelte Alice mitleidig an: »Du siehst schlimm aus.«

Alice warf einen Blick in den Spiegel, der neben dem Fenster hing, und der gab Sophie recht. Sie sah scheiße aus. Verheult, zerzaust, fertig.

»Ich habe heute Morgen mit mehreren Leuten aus Waldbuchenheide geredet. Niemand hat etwas gesehen.« Sophie ließ den Kies auf den Boden rieseln.

»Aha«, antwortete Alice. »Danke.«

»Und ich finde, wir sollten was unternehmen!« Sophie schaute sie entschlossen an, die Hände in die Hüften gestemmt.

»Ach, Sophie. Die Chancen, Amaris zu finden, sind ungefähr so groß, wie eine bestimmte Schneeflocke im Himalaya aufzuspüren.«

Doch Alices Zweifel prallten an Sophie einfach ab. Sie stand da wie ein Fels in der Brandung des Schicksals und das gab Alice Mut.

»Und wie stellst du dir das vor?«

»Warte ab, ich denke mir was aus. Wir werden ihn finden, du wirst sehen!«

Alice atmete tief aus. Sophie hatte recht – es war zu früh, um das Handtuch zu werfen.

♞

Eine Stunde später hupte es auf dem Hof und Alice beeilte sich, ihren Kapuzenpullover überzuziehen. Ab jetzt lag das Schicksal in ihren Händen.

Auf dem Hof stand ein uralter klappriger Citroën, der aussah, als hätte er schon bessere Zeiten gesehen. Nur der Rost hielt ihn zusammen. Am Steuer saß Ben und grinste.

»Das ist nicht dein Ernst«, raunte Alice ihrer Freundin zu, die unschuldig dreinguckte. »Doch. Oma hat uns ihr Auto geliehen.«

»Der Wagen bricht jeden Moment auseinander, der ist uralt.«

»Ja, Oma hat ihn schon seit fast dreißig Jahren. War immer zuverlässig.«

»Soll mich das beruhigen?«

Aufmunternd legte Sophie einen Arm um ihre Schultern und Alice ließ sich von ihrer Freundin zum Auto ziehen. Es war ein Zweitürer und Alice musste erst den Beifahrersitz zurückklappen, um auf die Rückbank zu gelangen. Auf den Sitzen lagen rosafarbene Häkeldeckchen, in der Mitte stand ein Picknickkorb.

»Danke, dass ihr euch für mich freigenommen habt«, murmelte Alice, und Ben zwinkerte ihr durch den Rückspiegel zu.

»Kein Problem. Heute ist auf dem Hof eh nicht viel los.« Sophie reichte Alice einen Straßenatlas, dessen Seiten so vergilbt waren, dass die Namen der kleineren Ortschaften kaum lesbar waren.

»Die Sache ist klar«, fand Sophie. »Wer auch immer von Waldbuchenheide wegfährt, kommt unweigerlich durch Kronstadt. Dort müssen wir ansetzen.«

»Stimmt. Und das heißt, wir sollten an den Tankstellen kurz vor der Auffahrt herumfragen.« Alice legte den Atlas zur Seite und öffnete die Karten-App auf ihrem Handy.

Ben schob eine Kassette in den historischen Kassettenspieler. Zu Alices Überraschung ertönten aber keine seichten Schlager aus den Boxen, sondern 60er-Jahre Rockmusik.

»Dann wollen wir mal! Oma Elsa hat uns übrigens netterweise belegte Brote und Sprudel in den Korb gepackt. Passt bloß auf, dass ihr nicht kleckert, Oma kriegt sonst die Krise. Fettflecken bekommt man so schlecht aus dem Polster.«

»Fettflecken halten sich länger, wenn man sie regelmäßig mit Butter einreibt«, scherzte Ben, während Sophie bereits ein Sandwich aus dem Korb zog.

Die Landschaft zog an ihnen vorbei und in Alice arbeitete es. Wie hoch standen ihre Chancen, dass irgendjemand den Anhänger mit dem gestohlenen Pferd gesehen hatte?

Sophie riss Alice aus ihren Gedanken: »Hast du deinem Vater schon Bescheid gesagt?«

»Oh.« Alice zückte ihr Handy und tippte Oliver eine Nachricht. *Bin mit Sophie und Ben unterwegs und vor 19 Uhr zurück.*

Das sollte reichen. Kurz darauf blinkte eine Nachricht ihres Vaters auf.

Alles klar, ein bisschen Ablenkung tut dir sicher gut. Aber wenn du zurück bist, müssen wir reden. Erich wird in den nächsten Tagen aus dem Krankenhaus entlassen und der Arzt empfiehlt, dass er wieder in sein Zimmer auf Gut Buchenberg einzieht, damit er unter Aufsicht ist.

Alice schluckte. Die Bedeutung des Textes war ihr klar – wenn Erich nach Gut Buchenberg zurückkam, hieß das, dass sie gehen musste. Erich würde es sicherlich nicht akzeptieren, mit ihr unter einem Dach zu leben. Ein bitterer Geschmack breitete sich in ihrem Mund aus und sie musste schlucken.

»Ist was?«, fragte Sophie und musterte sie besorgt.

»Nein, alles gut«, log Alice und steckte das Handy weg. Sie kuschelte sich tiefer in ihren Kapuzenpulli. Sie musste sich jetzt auf Amaris konzentrieren. Nur das zählte!

Bereits am Ortseingang von Kronstadt herrschte reger Verkehr. Ben reagierte stoisch, fuhr langsamer statt schneller, ließ sich nicht aus der Ruhe bringen. Als sie am Kronstädter Klinikum vorbeifuhren, deutete Alice auf das große Gebäude.

»Hier bin ich geboren«, murmelte sie, aber Sophie und Ben diskutierten gerade über die Straßenführung und hörten sie nicht. Endlich kamen sie zur ersten Tankstelle.

»Was kann ich für euch tun?«, fragte der indische Verkäufer in akzentfreiem Deutsch.

Wahllos griff Alice eine Packung Kaugummi. »Die hier bitte.«

Der junge Mann scannte die Ware und nannte den Preis.

»Da wäre noch etwas. Wir sind auf der Suche nach einem Pferdeanhänger, der hier wahrscheinlich gestern Nacht durchgekommen ist. Ist Ihnen da zufällig einer aufgefallen?«

Der Tankwart überlegte kurz. »Ja, doch, mein Bruder hat von einem Idioten erzählt, der mit dem Anhänger fast seine Zapfsäule umgerissen hätte. Nilay arbeitet auch an einer Tankstelle auf der anderen Seite der Stadt. Wartet, ich rufe ihn eben mal an.« Er schnappte sich sein Handy, drehte sich weg und fing an zu telefonieren. »Hi, Nilay, kya haal hai? Ich habe hier ein paar nette Jugendliche, die mehr über den Idioten wissen wollen, der dir fast gegen die Zapfsäule gebrettert ist. Hast du mal einen Moment Zeit? Shukriya.« Der Inder beugte sich nach vorne, um Alice das Handy zu reichen. »Hier. Er erzählt euch gerne mehr.«

»Hallo?«, fragte Alice unsicher.

»Guten Morgen«, antwortete eine tiefe Stimme. »Raj meinte, ihr wollt mehr über den Spinner wissen, der seinen Führerschein im Lotto gewonnen hat?«

»Ähm. Ja. Er wird von der Polizei gesucht, das Pferd im

Hänger ist gestohlen.« Alice schaltete die Lautsprecherfunktion ein, damit Sophie und Ben mithören konnten.

»Oh, ach so … Ja, also, der Typ ist hier aufs Gelände gerast und hat eine Vollbremsung hingelegt. Hat einen ordentlichen Wumms getan, mir tat das Pferd hinten drin ziemlich leid. Der Kerl hat getankt und ein paar Sachen gekauft.«

Sophie mischte sich ein. »Hat der Typ zufällig mit Karte bezahlt?«

»Nein, leider nicht. Das war echt ein Freak, total unfreundlich und prollig, mit seinem Tattoo am Hals …«

Dieses Mal unterbrach Alice ihn: »War das ein Tattoo eines Drachen?«

»Ja, genau. Und auch sonst. Braune gegelte Haare, Goldkettchen, Bodybuilder, fiese Fresse. So jemand, dem man im Dunkeln nicht begegnen möchte. Mann, ich könnte mich in den Hintern treten. Normalerweise zeichnen wir alles auf Video auf, aber ausgerechnet gestern hat unser Videosystem versagt. Was für ein blöder Zufall!«

»Schade«, entfuhr es Alice und Sophie gleichzeitig.

»Aber haben Sie irgendeine Ahnung, wo er hingefahren sein könnte?«

»Ja, die hab ich tatsächlich. Mit seinem Auto stimmte nämlich was nicht. Daher wohl auch die Vollbremsung. Er hat mich noch nach dem alten Industriegebiet gefragt und ist dann dorthin abgebogen.«

»Sie glauben gar nicht, wie dankbar ich Ihnen bin«, platzte es aus Alice heraus. »Das ist eine gute Spur.«

»Der hat da bestimmt seine Karre repariert und in einer der leer stehenden Hallen übernachtet. Aber passt bloß auf, der Typ ist gemeingefährlich. Geht mich ja nichts an, aber wenn ihr den findet, ruft besser gleich die Polizei.«

Auf dem Weg ins Industriegebiet schwiegen sie. Lange Reihen mit fast identischen Betonhallen, die sich nur durch das Graffiti unterschieden, das viele Wände bedeckte. Ben stellte die Musik ab. Ruhe durchflutete den Innenraum des Wagens und verstärkte das ungute Gefühl in Alices Magengegend.

Sie fuhren an Gebäuden mit eingeworfenen Fensterscheiben und aufgebrochenen Türen vorbei. Hier arbeitete definitiv niemand mehr.

Sophie hatte die Hände im Schoß gefaltet und presste sie so fest zusammen, dass ihre Fingerknöchel weiß hervortraten.

»Nicht besonders einladend«, flüsterte Alice ihr zu. Es fühlte sich falsch an, an diesem düsteren Ort laut zu sprechen. Sie war froh, Sophie und Ben an ihrer Seite zu wissen.

Endlich erreichten sie das letzte Gebäude der Reihe und Ben hielt an. »Ich glaube, hier sind wir richtig.«

Alice schnallte sich ab und stieg aus. Sofort sah sie, was Ben meinte. Hier war der Beton stellenweise aufgebrochen und legte feuchte Erde frei. Im Schlamm wurden Reifenspuren sichtbar.

Sophie trat neben sie. »Was meinst du, könnten das die Reifenspuren des Transporters sein?«

»Keine Ahnung«, gab Alice zu. »Aber zumindest sind die Spuren relativ frisch.«

Ben kniete nieder und schaute sich die Spuren fachmännisch an. »Das waren auf jeden Fall große Reifen mit gutem Profil. Und so viele Fahrzeuge kommen hier wohl nicht durch.« Er richtete sich auf und nickte Alice aufmunternd zu. Diese schaute sich um und trat auf das zerbeulte Rolltor zu, das halb hochgezogen war.

Mutig betrat Alice das Gebäude und blickte sich um. Die Halle war fast leer, ein alter Schreibtisch in einer Ecke, ein umgefallener Aktenschrank in einer anderen. Ordner quollen aus seinen Regalen. Licht fiel durch die zersplitterten Scheiben ein und tauchte die Halle in ein Dämmerlicht.

Alice hörte ihren eigenen Atem, das Schlagen des Herzens in ihrer Brust. Plötzlich spürte sie noch etwas anders. Die blanke Angst, die Amaris im Herzen trug, die Sorge, nicht mehr zu ihr zurückzukehren. Als wäre er ganz nahe, nur einen Windhauch entfernt.

Alice griff entschlossen nach der Hand ihrer Freundin. »Amaris war hier. Ich kann es fühlen.« Zielsicher marschierte sie durch die Halle, suchte den Boden ab. Dreck, Müll, einzelne Gräser, die es geschafft hatten, Wurzeln zu schlagen.

An der gegenüberliegenden Wand wurde sie fündig. Ein paar Halme frischen Heus lagen im Staub. Bei genauem Hinsehen konnte sie Hufspuren im Staub erkennen.

»Ich kann es nicht fassen, Alice. Du hast recht.«

Alice griff nach einem Stuhlbein, das vor ihr lag und fing an, in dem Müllberg zu stochern. »Energiedrinks, eine zerknüllte Chipstüte, Zeitschriften, Zigarrenstummel ...«

Ben schüttelte den Kopf. »Wir brauchen etwas, mit dem

wir weiterkommen. Einen Hinweis. Irgendwas Konkretes.«

Alice stocherte weiter, aber es war nur Müll, nichts, was die Identität des Täters verraten könnte.

Resigniert lehnte Alice sich an die Wand, ein einzelner Sonnenstrahl kitzelte ihr das Gesicht. Angestrengt überlegte sie, hatte das Gefühl etwas übersehen zu haben. Da blinkte etwas Goldenes im Staub auf. Es war eine ovale Metalldose.

»Barnaby Bay Deluxe No. 2«, las Alice vor und ihr wurde ganz anders. »Das kann doch nicht sein.«

»Was ist denn damit?«

»Genau so eine Zigarrendose habe ich in Erichs Zimmer gesehen. In seinem Schreibtisch.«

Sophie kniff die Augen zusammen. »Meinst du, Erich könnte mit der Sache etwas zu tun haben?«

»Ich hoffe nicht. Er mag mich nicht, aber zu so etwas ist er bestimmt nicht fähig – zumal er ja gerade im Krankenhaus liegt.« Alice sagte das bestimmt, um keinen Zweifel daran aufkommen zu lassen, aber Sophies skeptischer Blick sprach Bände.

Gemeinsam gingen sie den Müll noch einmal durch. Gerade schob Sophie eine Zeitschrift zur Seite, als Alice danach griff. Hastig blätterte sie durch die Seiten des Rocker-Magazins. In der Mitte war eine Doppelseite mit einem Artikel über eine Hardrock-Band. Am unteren Rand war etwas markiert.

»Sophie, schau! Das ist es!« Alice hielt Sophie die Zeitschrift unter die Nase, die sie fragend anschaute.

Alice erklärte: »Er hat einen Termin im Konzertplan der

Band ›Deathly Adders United‹ eingekreist.« Sie schaute genauer hin. »Das Konzert ist heute Abend in Köln. Da müssen wir hin.«

Anerkennend schaute Sophie sie an, und Alice spürte das warme Gefühl eines kleinen Triumphes im Magen. Im nächsten Moment wurde ihr klar, was das bedeutete: Um Amaris zu finden, mussten sie zum Rockkonzert und dort den Schlägertypen suchen. Und der würde Amaris sicherlich nicht freiwillig herausrücken.

Kapitel 13

Eine halbe Stunde später hatte Alice ein Ticket online ersteigert, das auf Bens Handy geschickt wurde. Sie fuhren sofort nach Gut Buchenberg, um sich vorzubereiten, denn sie mussten dafür sorgen, dass Ben auf dem Konzert nicht auffiel.

Eifrig wühlte Alice in dem schier unendlichen Kleiderfundus auf Olivers Dachboden. Ihrem Vater hatte sie gesagt, dass sie nach Köln fahren würden, und er hatte automatisch angenommen, dass sie zu dritt ins Kino gehen würden. Alice hatte nicht gelogen, aber diese Annahme auch nicht korrigiert. Es tat ihr leid, aber was sollte sie tun? Sie waren Amaris so dicht auf den Fersen ...

Nach dem Umstyling trug Ben eine schwarze Lederhose, ein Stirnband, ein Tanktop mit Jeansweste darüber und schwarze Schuhe mit Stahlkappen. An seinem Handgelenk baumelte ein Bändchen mit Totenkopfanhänger.

Skeptisch schaute er in einen Spiegel. »Wer läuft denn bitte freiwillig so rum?«

Alice hingegen fand, dass er richtig cool aussah, und sagte grinsend: »Ich weiß gar nicht, was du hast. Das steht dir!«

»So«, sagte Sophie und klatschte in die Hände. »Ich denke, das sieht authentisch genug aus. Und wenn wir pünktlich kommen wollen, müssen wir gleich los. Der Zug geht um halb fünf.«

»Wunderbar. Ich fühle mich in dem Outfit auf jeden Fall bereit, mich von angetrunkenen Rockern durch die Gegend schubsen zu lassen.«

»Ben«, Alice legte eine Hand auf seine Schulter, »danke, dass du das für mich tust.«

»Ist doch klar! Mit so ein paar halbstarken Bikern werde ich schon fertig.« Er zwinkerte ihr zu, und Alice musste schmunzeln, als er spaßeshalber seine Muskeln spielen ließ.

Ben war wirklich kräftig für sein Alter, so schnell würde ihm keiner krumm kommen. Als Alice bemerkte, dass ihr Blick an seinen muskulösen Armen hing, senkte sie verlegen den Kopf.

Der Bahnsteig in Köln war voller grölender Männer und Frauen, alle in Leder und Nieten gekleidet.

»Und ich dachte, die reisen alle mit ihren Harleys an«, kommentierte Sophie ernst.

»Ich hatte irgendwie mit einer kleineren Veranstaltung gerechnet. Aber hilft ja nix, hier geht's lang.« Alice deutete auf ein Schild und sie fanden den Weg aus dem Bahnhof und zur Konzerthalle. Menschen strömten zu den Eingängen, drängelten und schubsten.

»Mach's gut.« Ben hielt Alice die Hand zum High-Five hin. Sie schlug ein.

»Mach's besser.« Besorgt sah sie ihm nach, als er in der Schlange der Wartenden verschwand.

Die Mädchen suchten sich ein Café, das gegenüber der

Konzerthalle lag. Von hier aus konnten sie die Eingänge beobachten. Nach einer Weile dröhnten so laute Bässe aus der Halle, dass Alices ganzer Körper zu vibrieren schien.

»Ich hoffe, Ben findet ihn in dem Getümmel«, meinte Alice, der es schwerfiel, bei dem Lärm einen klaren Gedanken zu fassen.

»Mir wäre es fast lieber, er findet ihn nicht«, entgegnete Sophie und fügte erklärend hinzu: »Also ich meine, ich habe Angst, dass ihm etwas passiert.«

Alice nickte zustimmend – aber das hier war ihre einzige Chance, den Typen und somit Amaris zu finden!

Eine Stunde verging und die Anspannung in Alice wuchs. Unruhig trommelte sie auf der Tischplatte herum, Sophie spielte mit einem Salzstreuer. Die Kellnerin kam zum dritten Mal und fragte kaugummikauend, ob sie noch etwas bestellen wollten. Unmotiviert blätterte Sophie in der Karte.

Da klingelte Alices Handy. Als sie abhob, schrie Ben in den Hörer: »Ich seh ihn.« Im Hintergrund schallte das Geschrei der Zuschauer und wummerte die Musik. »Steht ein paar Reihen vor mir. Drachentattoo am Hals, braune Haare. Typ Bodybuilder.«

Alice richtete sich auf und schaute Sophie verschwörerisch an. »Gut. Bleib an ihm dran.«

»Okay.«

»Bitte pass auf dich auf, Ben. Ich, also wir brauchen dich noch.«

Das Konzert neigte sich dem Ende zu und die ersten Zuschauer verließen die Anlage. Alice zahlte die Rechnung und sie wagten sich nach draußen, wo sie sich in den Schatten eines Hauseinganges schmiegten. Die Besucher strömten an ihnen vorbei.

Sophie presste sich eng an Alice und beide zitterten vor Anspannung und Kälte.

Alice wählte Bens Nummer, aber es meldete sich nur seine Mailbox.

»Mist. Sein Handy ist aus«, stellte sie fest.

»Das kann nicht sein!« Sophie riss ihr das Handy aus der Hand und versuchte es selbst noch einmal. Ratlos sahen sich die beiden an.

In dem Moment stürmte Ben aus dem Eingang der Konzerthalle. Er rannte, so schnell er konnte, und wand sich durch die Zuschauermassen, ohne zu verlangsamen. Hinter ihm stürmten drei wütende Männer her, die schreiend mit den Armen fuchtelten.

»Bleib stehen, du Sack!«, brüllte einer.

Ben legte noch einen Zahn zu.

Alice stockte der Atem. »Scheiße, wir müssen ihm helfen.«

Sie wollte nach draußen treten, doch Sophies Fingernägel krallten sich tief in Alices Arm. »Alice, mach keinen Unsinn. Ben wird sie abhängen. Wir haben keine Chance gegen die.«

Tatsächlich war Ben erstaunlich behände. Ohne langsamer zu werden setzte er über einen Betonblock und rannte im Zickzack durch eine Gruppe Raucher. Der Größte der drei Kerle klappte beim Laufen ein Springmesser auf.

Alice hatte genug. »Okay, ich rufe die Polizei.«

Gerade wollte sie die Nummer wählen, da sah sie, wie

Ben sich geschickt unter einer überhängenden Treppe hindurchbückte und unter ihr verschwand. Auf der anderen Seite rannte er weiter. Die Kerle hatten keine Chance und blieben schnaufend und fluchend stehen. Der Große rammte sein Springmesser in die Holzverkleidung neben dem Treppenaufgang und schrie Ben etwas Unverständliches hinterher. Nach einer Weile beruhigten sich die drei Typen und zogen ab.

Erst jetzt schnappte Alice nach Luft. »Puh, das war knapp«, fand auch Sophie.

»Komm, wir müssen Ben hinterher«, raunte Alice und sie quetschten sich durch den Spalt unter der Treppe, der so niedrig war, dass sie sich bücken mussten. Hinter der Treppe lagen eine spärlich beleuchtete Lkw-Zufahrt und ein Verwaltungsgebäude. Im Laufschritt eilten sie um das Gebäude herum.

Ein Pfiff ertönte und Alice fuhr herum. Es war Ben, der auf einem Beton-Vorsprung hockte.

Alice platzte heraus: »Mensch, hast du uns einen Schreck eingejagt! Ich dachte, die verarbeiten dich zu Kartoffelpüree.«

»Ne, um mich zu fangen, müssten die öfters mal frische Landluft atmen und täglich Heuballen schleppen. Euch ist niemand gefolgt?«

Alice schüttelte den Kopf. »Unser Plan ist wohl nach hinten losgegangen«, merkte sie an.

»Habt ihr meine Nachricht etwa nicht bekommen?«

»Nein …« Alice zückte ihr Handy. »Äh doch. Du warst vorhin nicht erreichbar – hat wohl der Empfang gefehlt und die Nachricht kam zeitverzögert an.«

Alice öffnete das Foto einer Straßenkarte, auf der ein Pin steckte, darunter eine Adresse.

»Was ist das?«, fragte sie erstaunt.

»Na, ich nehme an, ein Ort, der uns weiterbringt.« Sie ließen sich auf der Bank an der Bushaltestelle nieder und Ben fing an zu erzählen: »Na ja, das war so. Ich bin etwas näher an den Typ ran, er heißt übrigens Wolf oder Wolfgang. Jedenfalls stand ich direkt hinter ihm und hab ihm das Handy aus der Hosentasche gezogen.«

»Du hast was?!«

»Jep, ich habe es, sagen wir, ausgeliehen. Zum Glück scheint der Kerl nicht der Hellste zu sein. Das ist so jemand, der erst zuschlägt und dann nachdenkt. Jedenfalls hab ich gecheckt, welche Telefonnummern er angerufen hat. Dann hatte ich die Idee, auf Google Maps nachzuschauen, welche Adresse er zuletzt eingegeben hat. Den Bildschirm habe ich abfotografiert und das Foto direkt an euch geschickt. Leider haben Wolf und seine Schlägerfreunde mich dann erwischt. Ich hab zwar so getan, als hätte ich das Handy gerade gefunden, aber das wollten sie mir wohl nicht glauben. Den Rest der Geschichte kennt ihr.«

Gebannt lauschten die Mädels den Ausführungen.

»Du hast echt Glück gehabt! Nicht auszudenken, wenn sie dich erwischt hätten ...« Alice krampfte sich das Herz zusammen bei dieser Vorstellung.

Auf dem Weg zum Bahnhof leuchteten über ihnen die Sterne. Es wurde merklich kühler, und Alice strich sich fröstelnd über den Arm.

»Du zitterst ja schon wieder, du kleine Frostbeule«, bemerkte Ben. »Hier, nimm meine Jeansweste, die hat zwar keine Ärmel, aber vielleicht hilft es ein wenig.« Sanft strich er mit seinem Zeigefinger über ihren Ellenbogen, sodass es kitzelte.

Die Weste stank nach Alkohol und kaltem Rauch, aber Alice war das egal, dankbar mummelte sie sich in den steifen Stoff ein, ohne Ben dabei aus den Augen zu lassen. Mehrere Strähnen hingen ihm wirr ins Gesicht, das Stirnband war halb heruntergerutscht, er sah verwegen aus. In Alices Bauch kribbelte es. Und der Blick, den er ihr zuwarf schien direkt in ihr Herz zu gehen und er weckte diese rätselhafte Sehnsucht in ihr.

Zwischendurch lächelte er sie an und sie musste aufpassen, dass ihr Herzklopfen sie nicht zum Stolpern brachte.

»Morgen früh machen wir weiter. Jetzt sollten wir nach Hause fahren und Kraft tanken. Ich bin hundemüde. Außerdem wird Oliver ansonsten stutzig – und deine Oma auch«, schlug Ben vor, und Sophie nickte zustimmend.

Alice zögerte – Amaris hatte schon einen ganzen Tag lang seine Medikamente nicht bekommen und die Zeit lief ihnen davon. Aber Ben hatte recht. Es war spät und jetzt konnten sie tatsächlich nicht mehr viel ausrichten.

Doch in dieser Nacht bekam sie wenig Schlaf. Unruhig wälzte sie sich in ihrem Bett hin und her, denn Albträume von Amaris verfolgten sie.

Am nächsten Morgen stürmte Ben in ihr Zimmer. Alice setzte sich auf, umklammerte dabei die Decke, damit sie den pinken Pyjama verdeckte.

»Morgen, Alice... oh, ich sehe, du bist schon wach?«
Alice wischte über ihre Augen und verschwieg, wie wenig sie die letzte Nacht geschlafen hatte. Es war 6:20 Uhr.
»Hier.« Ben holte einen Zettel aus der Tasche. »Das ist die Adresse von Uwe Hinrichs in Heidelberg, Amaris' Verkäufer. Ich habe mich heute Morgen vors Internet geklemmt. Der Typ steht nicht im Telefonbuch. Aber ich habe seinen Namen gegoogelt und ihn auf einer Mitgliederliste seines Angelvereins ausfindig gemacht. Von da aus war es nur ein Anruf beim Vorstandsvorsitzenden des Vereins und ich hatte die Adresse.«
»Wow. Gute Arbeit.«
Nachdenklich ging Alice ins Badezimmer, um sich die Zähne zu putzen. Wie sollten sie jetzt weiter vorgehen? Sie konnten Uwe Hinrichs einen Besuch abstatten oder sie fuhren zu der Adresse, die Ben auf Wolfs Handy gefunden hatte. Sie mussten schnell handeln, denn die Zeit drängte!

Kurze Zeit später lief Alice über den Hof, um Oliver zu suchen. An Amaris' Box machte sie kurz halt. Es tat weh, den leeren Raum zu sehen, in dem Amaris' Präsenz noch spürbar war. Als schwebte seine Aura in der Box, unwillig sich aufzulösen. Bedrückt strich sie über die Boxenwand und über das Kreideschild, das seinen Namen zeigte. Würde die Erinnerung an Amaris verschwimmen, wenn die Kreide verblasste? Sie durfte jetzt nicht sentimental werden. Noch war es nicht zu spät! Im Haus wurde sie endlich fündig. Zu Alices Erstaunen hatte Oliver sich schick gemacht, er trug eine dunkelblaue Jeans, dazu ein weißes Hemd.

»Hi«, sagte sie verlegen und machte sich daran, ihm eine Tasse Kaffee einzufüllen.

Dankbar nahm Oliver einen Schluck und setzte sich dann schwerfällig hin. »Alice, wir müssen reden.« Seine Stimme klang rau und kratzig, fast heiser.

Kleine Härchen richteten sich auf Alices Arm auf. »Was gibt es denn?«

Er schob ihr einen vergilbten Briefumschlag hin. »Was ist das?« Zaghaft hob Alice ihn hoch. Vorne stand Olivers Name in geschwungener Schrift.

»Der ist von deiner biologischen Mutter. Ich hätte dir das schon viel früher sagen sollen. Aber ich wusste nicht wie.«

Alices Hand zitterte so stark, dass sie den Brief wieder ablegte. »Wie bitte?«

»Wie du siehst, ist es ein alter Brief. Ich habe dir nicht ganz die Wahrheit gesagt. Ich meine, ich wusste wirklich bis vor Kurzem nicht, dass es dich gibt. Etwa zwei Monate nachdem ich Andrea auf dem Fest getroffen habe, hat sie mir diesen Brief geschrieben. Sie bat mich, sie zu kontaktieren, irgendwie hatte sie meine Adresse herausgefunden.« Er hielt inne, schüttelte den Kopf und rührte in seinem Kaffee. »Ich bin so ein Idiot. Weißt du, ich dachte, Andrea hätte sich einfach in mich verliebt und wollte eine Beziehung. Du kannst dir nicht vorstellen, was für Vorwürfe ich mir mache. Hätte ich mich doch nur bei ihr gemeldet!«

Alice strich sich über ihre Schläfen. Dieses unerwartete Geständnis warf viele Fragen auf. »Hast du sie denn jemals wiedergesehen? Oder weißt du, wo sie wohnt?«

»Leider nein. Danach habe ich nie wieder etwas von ihr gehört.«

Alice zog das Papier aus dem Umschlag. Ein beiger Bogen mit einer Rosenborde am Rand. »Warum erzählst du mir erst jetzt von dem Brief? Es gab bisher genügend Gelegenheiten, das zu erwähnen.«

»Ich wusste einfach nicht wie. Es tut mir wahnsinnig leid, und ich hoffe, dass du mir das verzeihen kannst. Letztendlich habe ich mich damit auch selbst hart bestraft.«

Alice hatte den Brief mittlerweile überflogen, es waren nur ein paar Zeilen, in einer ordentlichen, aber nervösen Handschrift verfasst. Darunter die Unterschrift »Andrea«, kaum leserlich, aber deutlich genug. Alice strich über den Namen, als könne sie dadurch eine Verbindung zu ihrer Mutter schaffen.

»Danke für deine Aufrichtigkeit. Ich bin dir wirklich nicht böse.« Sorgfältig faltete sie das Blatt und steckte es in den Umschlag zurück. Sie würde gut auf ihn achtgeben und einen besonders sicheren Ort für ihn finden.

Alice bemerkte, dass ihr Vater erneut zögerte, als suche er nach Worten. Alice machte sich bereit, sie wusste, was jetzt kam.

»Da ist noch etwas. Ich hole jetzt meinen Vater aus dem Krankenhaus ab. Der Arzt ist zufrieden mit seinem Zustand, er ist wieder stabil.«

Ein Kloß bildete sich in Alices Hals und sie griff nach ihrem Wasserglas.

»Wie du weißt, ist er nicht gut auf dich zu sprechen. Du musst mir glauben, ich habe alles versucht. Aber er ist alt und unbelehrbar.«

Alice stellte ihr Glas ab, denn ihre Hand zitterte. Auch wenn sie darauf vorbereitet war, tat es trotzdem weh.

Nervös spielte ihr Vater mit dem Anhänger am Autoschlüssel.

Alice gab sich einen Ruck.

»Ich freue mich echt, dass es deinem Vater wieder besser geht.« Sie atmete tief aus und fuhr fort: »Wenn du magst, kann ich für ein paar Tage bei Sophie auf dem Apfelhof übernachten ...«

»So habe ich das nicht gemeint, Alice. Du kannst natürlich hierbleiben. Das kriegen wir schon hin.«

»Nein, ist schon okay«, log Alice. »Vielleicht tut mir der räumliche Abstand auch gut, wegen Amaris.« Als Oliver den Kopf schüttelte, schob sie hinterher: »Ich muss auch in Ruhe über das nachdenken, was du mir eben über meine Mutter erzählt hast.« Das schien Oliver zu überzeugen.

Ein Schatten legte sich über sein Gesicht. »Na gut, das respektiere ich. Aber ich möchte nichts verlieren, das ich noch nicht gewonnen habe.«

»Klar, Papa«, antwortete Alice.

Doch als sie die Küche verließ, um ihre Sachen zu packen, fühlte es sich an, als sei es ein Abschied für immer.

Trotz der prekären Situation und dem zeitlichen Druck begrüßte Sophie Alice freudig. Das lenkte diese zumindest kurzfristig von ihren dunklen Gedanken ab.

»Wusstest du eigentlich, dass Pinguine die verwaisten Küken anderer Pinguine aufnehmen und großziehen?«, fragte Sophie. »Da musste ich an dich denken. Das ist doch auch eine Adoption. Fand ich interessant.«

»Ja, das ist es.« Mit dem Unterschied, dass Pinguinküken wohl kaum diese innere Ruhelosigkeit spürten wie sie selbst, dachte Alice.

»Ist doch auch ein schöner Gedanke, dass es bei Pinguinen ganz normal ist, ein fremdes Waisenbaby anzunehmen. Ohne einen Wind drum zu machen und ohne es zu hinterfragen«, fand Sophie.

»Stimmt.« Alice lächelte ihre Freundin dankbar an, wurde dann aber wieder ernst: »Wir haben zwei Möglichkeiten. Entweder fahren wir zu der Adresse, die Ben auf dem Handy von diesem Wolf gefunden hat, oder zu Amaris' Vorbesitzer in Heidelberg.«

Sophie dachte nach. »Lass uns nach Heidelberg fahren. Vielleicht hat der Vorbesitzer eine Idee, wer Interesse an Amaris haben könnte. Da wissen wir wenigstens, dass es uns weiterbringt. Die Adresse auf Wolfs Handy könnte jedem gehören.«

Eine Stunde später saßen sie im Zug. In der Vierergruppe saß ihnen eine Frau im schicken Anzug gegenüber und las eine Tageszeitung. Als sie ausstieg, ließ sie die Zeitung auf dem Tisch liegen. Alice tippte auf eine Nachricht, die ihr sofort ins Auge gefallen war.

**Fünf Pferdediebstähle in einem Monat –
Polizei tappt im Dunkeln**

Am vergangenen Dienstag wurde ein weiteres Pferd aus seinem Reitstall entwendet. Es ist bereits das fünfte Pferd bundesweit, das in den letzten vier Wochen verschwunden ist. Dieses Mal wurde Radianton gestohlen, der preisgekrönte Vorzeigehengst des Gestütes Schorbecker. Zuletzt im Prix St. George erfolgreich von Ute Lucke vorgestellt, war Radianton Hoffnungsträger des Gestütes und hatte erst im letzten Jahr für 160.000 Euro den Besitzer gewechselt. Radiantons Verschwinden reiht sich in vier ähnliche Fälle mit hochdotierten Pferden in Bonn, Koblenz, Göttingen und Siegen ein. Die Polizei ermittelt bisher ergebnislos.

Erstaunt sahen sich die Mädchen an. »Ob die auch hinter Amaris' Verschwinden stecken?«

»Das ist schon ein merkwürdiger Zufall. Aber das waren alles edle Pferde und Amaris hatte einen Wert knapp über dem Schlachtpreis.«

In Heidelberg angekommen suchten sie den Taxistand. Alice musste an Ben denken. Wie gern hätte sie ihn dabeigehabt. Aber nachdem er sich gestern freigenommen hatte, musste er heute einiges auf dem Hof nachholen.

Der Taxifahrer setzte sie vor einer Hochhaussiedlung am Waldrand ab, die mit ihren grauen Betongebäuden aus den 70er-Jahren gar nicht zum idyllischen Rest von Heidelberg passte.

»Sind wir hier richtig?«, wunderte sich Sophie. Abschätzig schaute sie zu den Mülltonnen hinüber, die mit Graffiti besprüht und mit Ketten gesichert waren.

Doch dann deutete Alice zu einem Hauseingang. Tatsächlich stand dort der Name *Hinrichs* auf einem Klingelschild.

Als Alice die Klingel drückte, knackte es und eine raue Männerstimme fragte: »Jo?«

»Guten Tag, Herr Hinrichs. Wir sind hier wegen des Pferdes, das sie auf der Auktion verkauft haben«, antwortete sie in die Lautsprecheranlage, um es möglichst allgemein zu halten.

»Oh, ach so? Kummt amol hoch.« Der Summer erklang und die Tür öffnete sich. Im Treppenhaus roch es nach Kohl und Gebratenem. Im zweiten Stock stand eine Tür einen Spaltbreit offen, dahinter lugte ein Mann hervor.

Als er Alice und Sophie entdeckte, öffnete er die Tür ganz.

»Ihr soid awwer nit vun de Schmier«, stellte er verwirrt fest und strich sich über sein mit Senf bekleckertes Feinripphemd. Er war Mitte vierzig und schlecht rasiert.

»Wie bitte?«, fragte Alice verwirrt, denn sie verstand den starken Mannheimer-Akzent des Mannes nicht. Unauffällig ließ sie den Blick über seine schlabbrige Trainingshose und die Tennissocken gleiten.

»Vun de Polizei«, verbesserte dieser sich augenrollend.

Jetzt wurde Alice hellhörig. »Nein, das sind wir nicht. Wir wollen nur kurz mit Ihnen reden. Dürfen wir reinkommen?« Selbstbewusst schob sie sich an dem perplexen Mann vorbei und zog Sophie mit sich. Sie stand in einem kleinen Flur und kräuselte die Nase, denn die Wohnung war unordentlich und wohl schon lange nicht mehr geputzt worden. Im Wohnzimmer vor ihr rekelte sich eine junge Frau in einem abgenutzten Morgenmantel auf der Couch und guckte eine Talkshow.

»Ey«, rief der Typ Alice zu, aber die hatte sich bereits

die Fernbedienung gegriffen und schaltete den Fernseher aus.

Alice bluffte, denn hinter der selbstbewussten Fassade klopfte ihr Herz im Technobeat.

»Was wollt ihr denn hier?«, mischte sich die Frau ein und schlüpfte in ein Paar pinker Wuschelpantoffeln. Ihre schwarz gefärbten Haare zeigten einen blonden Haaransatz und fielen in die Stirn des verlebten Gesichtes.

Alice improvisierte. »Ihr habt wohl geglaubt, dass euch die Polizei nicht erwischt, wenn ihr einfach so ein gestohlenes Pferd verkauft, wie?«, fragte sie geradeheraus.

»Uwe, wer ist das? Woher wissen die von dem Gaul?«

Alices Herz stockte für einen Moment. Sie war auf der richtigen Fährte und hatte zum Glück hoch gepokert.

»Is' gut, Tanja. Die Bulle wisse nix vun derre Sach. Des sin nur Kinner, wo schniffele un ihr Nose in Ding stegge, wo se nix oogehe.«

Uwes Stimme klang drohend, aber Alice hörte einen Hauch von Unsicherheit in ihr. An den Wänden der Wohnung hingen billige Filmposter von Action-Filmen aus den 90er-Jahren. Die Luft war stickig.

»Wir würden gerne wissen, wie ihr an den Araber gekommen seid. Woher er kommt und warum ihr ihn verkauft habt.«

Die Frau baute sich vor Alice auf, die Hände in die Hüften gestemmt. Als sie redete, wurde eine Zahnlücke sichtbar. »So? Und wer will das wissen? Der lokale Kindergartenverein, oder was?«

Ihr Freund stellte sich mit verschränkten Armen neben sie und überragte Alice um anderthalb Köpfe.

Wie aus einem Gangsterfilm, schoss es Alice durch den Kopf.

Plötzlich stand Sophie neben ihr und eine innere Ruhe durchflutete sie. Trotzig reckte Alice das Kinn vor.

»Wenn ihr nicht antwortet, ist die Polizei schneller hier, als ihr die Schuhe anziehen könnt.«

Uwes flackernde Wimpern verrieten seine Nervosität, aber seine Freundin schien nicht beeindruckt. »Ach ja?«

Sophie räusperte sich. »Ihr haltet uns echt für dumm, oder? Wenn wir nicht gleich wieder unten sind, ruft unser Freund die Polizei. Wir haben ja nur ein paar Fragen. Wenn ihr die beantwortet, gehen wir und die Sache bleibt unter uns.«

Alice war beeindruckt. So viel Coolness hätte sie Sophie nicht zugetraut.

Und ihre Worte zeigten Wirkung. Uwe ließ die Arme sinken, er wirkte überfordert mit der Situation. »Bidde verrot' uns nit on de Schmier. Mir ham genuch Ärjer om Hals.« Unglücklich schaute er Alice an. »Wer saacht, dass mir eisch traue kenne?«

»Niemand. Aber je schneller ihr uns helft, desto schneller seid ihr uns auch wieder los.«

Missmutig deutete der Mann auf den Esstisch und sie setzten sich.

Angewidert versuchte Alice, die schmierige Tischplatte nicht zu berühren.

»Was wollder iwwer de Gaul wissen?«

»Alles. Zuerst, wo ihr ihn geklaut habt.«

»Meine Fresse, wir haben den Scheißgaul nicht geklaut«, platzte es aus der Frau heraus. »Der lief im Wald rum. War halb verhungert. Der konnte froh sein, dass wir ihn gefunden haben.«

Alice und Sophie schauten sich vielsagend an.

»Wir dachten, den vermisst sowieso niemand, so wie der aussieht«, verteidigte sich die Frau.

»Ihr misst des verstehe, mir ham die Kohl gebraucht«, mischte sich Uwe mit hängenden Schultern ein.

»Also habt ihr ihn zur Auktion gebracht, um schnelles Geld zu verdienen?«

»Ja, wir wollten keinen Ärger. Der Klepper brauchte doch eh ein Zuhause.«

»Aber mir ham soi Brandzeesche verännert«, warf Uwe ein und erntete einen bösen Blick seiner Freundin. Kleinlaut fuhr er fort: »Demit kääner weeß, aus welscher Gejend er kummt. Hot e Kumpel vun mir gemacht.«

Alice rieb sich die Schläfe. »Ihr habt also sein Brandzeichen verändern lassen, damit niemand ihn erkennt. Aber ihr habt euren echten Namen auf der Auktion angegeben?«

»Dodroo hammer nit gedacht.«

»Wie, du hast unseren Namen angegeben? Ich dachte, du hast falsche Daten auf dem Formular eingetragen?«

»Na ja, nit ganz ...«, antwortete Uwe kleinlaut und jetzt verstand Alice auch, warum Oliver ihn weder telefonisch noch per E-Mail erreicht hatte.

Sophie schüttelte den Kopf und Alice konnte förmlich ihre Gedanken lesen. Aber sie hatten den beiden ihr Wort gegeben und das mussten sie halten.

»Und wie sah das Brandzeichen vorher aus?«

Uwe zog sich ächzend hoch und holte einen Stift. Unbeholfen kritzelte er Kreise auf eine leere Kekspackung.

Auf dem Papier waren die drei Kreise erkennbar, die Amaris kennzeichneten, nur dass ein paar Striche fehlten. Das Brandzeichen sah aus wie ein Halbmond, der über zwei Bergen thronte.

Auf der Rückfahrt spielten sich in Alices Gedanken immer wieder die Bilder ab, wie das verwahrloste Pärchen am Tisch gesessen und sich bei ihrem Pferdehandel vollkommen im Recht gefühlt hatte.

Wo Amaris wohl gerade war? Hatte sich sein Zustand wieder verschlechtert? Sophies Kopf lehnte an ihrer Schulter, auch sie versuchte, das gerade Erlebte zu verarbeiten.

Jetzt mussten sie schnellstmöglich die wahre Herkunft von Amaris herausfinden – mithilfe von Erichs Quelle. Aber Erich musste außen vor bleiben.

Gerade fuhr der Zug in den Bahnhof von Waldbuchenheide ein, da blinkte eine Nachricht von Lena auf: *Oh mein Gott, ich kann es immer noch nicht fassen. Alice, Colorado ist weg! Er ist einfach aus dem Offenstall verschwunden. Mikael ist außer sich. Ich bin am Boden zerstört.* ☹☹☹☹☹

Alice erinnerte sich sofort an den Zeitungsartikel, den Sophie ihr im Zug gezeigt hatte – Im Gegensatz zu Amaris war Colorado ein wertvolles Pferd mit guter Abstammung.

Ben holte sie vom Bahnhof ab. »Ich habe mir für den Rest des Tages freigenommen«, sagte er und verzog den Mund.

»Oliver hat alle Reit- und Trainingsstunden bis auf Weiteres abgesagt.«

Oma Elsa hatte den gedeckten Tisch für sie stehen lassen, während sie selbst schon eifrig im Garten arbeitete.

»Was nun?«, fragte Ben und biss in eine Scheibe Graubrot mit Butter und Erdbeermarmelade.

Alice erzählte ihm von Colorado.

»Das kann doch alles kein Zufall sein.«

Wieder musste Alice an den Moment denken, als sie Amaris zum ersten Mal gesehen hatte. Er war so zerbrechlich gewesen. Sie richtete sich auf. »Wir sollten zu der Adresse fahren, die auf Wolfs Handy eingespeichert war.«

Sophie verzog das Gesicht. »Wir könnten die Adresse auch einfach an die Polizei weiterleiten.«

»Nein!«, fuhr Alice auf. »Auf gar keinen Fall. Nachher klopfen die bei dem Typen an und fragen höflich nach. Dann ist er gewarnt und verschwindet über alle Berge.«

»Das heißt, falls er unter der Adresse aufzufinden ist. Es könnte ja genauso gut irgendeine Adresse von jemand Unschuldigem sein.«

Eine innere Anspannung breitete sich in Alice aus. Vielleicht hatten sie Glück und sie fanden dort Amaris. Wie gerne würde sie ihm durchs Fell streicheln und sein leises Blubbern hören, weil ihm die Massage gefiel …

Sophie schien ihr die Gedanken anzumerken und legte behutsam den Arm um sie.

Kapitel 14

Die Zugfahrt dauerte eine gefühlte Ewigkeit. Als sie endlich am Zielbahnhof angekommen waren, nahmen sie ein Taxi.

»Fruchtbares Weideland sieht anders aus«, murmelte Ben, der neben Alice auf der Rückbank hockte. Er deutete auf die zahlreichen Brombeerranken, die am Straßenrand wuchsen und alle anderen Pflanzen verdrängt hatten.

Hinter der wenig einladenden Ortschaft gab es einige karge Steinwiesen, auf denen Schafe weideten. Zwischen den Tieren stand vergessenes Gerät und die Spulen alter Kabelrollen. In der Ferne tauchten einzelne alte Häuser auf und Alice musste an Erichs schäbige Pension denken.

»Könnt ihr euch vorstellen, dass Amaris' Stall bereits wieder vergeben ist? Erich hat eine Stute gekauft«, sagte sie.

»Echt jetzt? Vom Krankenhaus aus?«, fragte Sophie.

»Er hat sie wohl vorher auf der Hannoveranershow in Dortmund gekauft.«

Sophie drehte sich um und sah sie ernst an. »Also bevor Amaris geklaut wurde. Merkwürdig. Als hätte er geahnt, dass ein Stall frei wird«, sagte sie.

Mit der Zeit wurde die Gegend hügeliger und schließlich erreichten sie den Gebirgszug.

Die Straße stieg an, wand sich den Berg hinauf und wurde schmaler. Es schien, als ob der düster wirkende Wald die kleine Straße verschlingen wollte. Links und rechts schossen Kiefern in den Himmel, viele mit merkwürdigen Flechten bedeckt. Sie kreuzten eine Brücke, unter der sich ein tosender Fluss entlangschlängelte. Ein paar Minuten später hob Sophie den Kopf.

»Hier können Sie uns rauslassen«, sagte sie nach ein paar Minuten zum Taxifahrer.

Skeptisch schaute der Sophie an und zuckte mit den Schultern. »Wenn du meinst.«

Sofort umfing sie die Atmosphäre des Waldes.

»Wir sind hier echt am Arsch der Welt«, murmelte Ben.

Sie marschierten die Landstraße entlang, bis sie an eine Einfahrt kamen, die mit einem mannshohen Gatter verschlossen war.

»Hausnummer 267. Die Adresse ist schon mal richtig.«

Alice schaute auf ihr Handy. »Es gibt hier keinen Empfang. Wir dürfen uns nicht verlieren.«

»Bloß nicht«, stimmte Sophie ihr zu, »ich habe den Orientierungssinn einer dünnen Scheibe Toastbrot.« Es klang witzig, aber ihre Augen lachten nicht mit.

Sie wanderten den Zaun entlang, der neben dem Gatter weiterführte. Nach ein paar Hundert Metern machte dieser einen Knick und sie folgten ihm in den Wald. Obwohl sie sich bemühten zu schleichen, knackten ständig Äste unter ihren Füßen.

Eine fensterlose Holzscheune kam in Sicht, daneben ein Haus mit zugezogenen Vorhängen. Alte Gerätschaften standen herum, Stacheldrahtrollen, ein schief stehender Anhänger mit gebrochener Achse, auf ihm ein Stapel Reifen.

»Schaut mal, da sind Heuballen«, flüsterte Sophie und deutete in Richtung Scheune.

Alices Herz fing an schneller zu schlagen. Plötzlich spürte sie, dass Amaris hier war, nicht weit von ihr.

Alice, erklang es in ihrem Kopf, so klar und deutlich, als hätte ihr jemand eine eiskalte Hand in den Nacken gelegt.

»Er ist hier«, raunte sie ihren Freunden zu.

Kurz bevor sie die Scheune erreichten, schlugen sie sich ins Gebüsch und beobachteten das Gelände. Sie warteten ein paar Minuten, aber nichts rührte sich.

Einer nach dem anderen kletterte über den Zaun. In Alices Magen rumorte es. Das Gefühl, beobachtet zu werden, wurde immer stärker. Hatten sie etwas übersehen?

Gemeinsam schlichen sie zur Scheune und Ben hob den Riegel hoch. Drinnen rumorte es, etwas raschelte im Stroh.

»Ich stehe hier Schmiere«, flüsterte Ben den Mädchen zu, »und ihr schaut euch drinnen um.«

»Lass dich nicht erwischen.«

»Keine Sorge. Ich hab keine Angst vor dem bösen Wolf.«

»Das hat Rotkäppchen auch gedacht.« Alice schaute Ben besorgt an, bevor sie mit Sophie im Dunkel der Scheune verschwand.

Als sich ihre Augen an das Zwielicht gewöhnt hatten, blickten sie auf einen Korridor, der links und rechts mit Pferdeboxen gesäumt war. Ein starker Geruch nach Ammoniak und Mist lag in der Luft, ganz anders als auf Gut Buchenberg, wo es angenehm nach Stroh, Leder und Holz roch.

Angewidert strich Alice die zähen Fäden eines Spinnennetzes von ihrer Wange. Die bedrückende Atmosphäre hier erinnerte sie an den Tag, an dem sie Amaris zum ersten Mal gesehen hatte.

Sophie leuchtete mit ihrer Handy-Taschenlampe in eine Box. Ein brauner Wallach mit weit aufgerissenen Augen, in denen das Weiße zu sehen war, starrte sie an.

»Ist gut, wir tun dir nichts«, raunte Alice dem Wallach zu, bevor Sophie in die nächsten Boxen leuchtete. Die Einstreu der Pferde war bedeckt mit Pferdeäpfeln und getränkt mit Urin.

»Meine Güte«, hauchte Sophie, »es ist grauenhaft hier drin. Kaum Licht, alles verschmutzt. Wer macht denn so etwas?«

Alice hatte eine Gänsehaut auf den Armen. »Ja, das frage ich mich auch.«

In der nächsten Box stand ein großer Fuchswallach, und Alice erstarrte in der Bewegung. Diese Silhouette würde sie unter Tausenden von Pferden wiedererkennen.

»Colorado?«

Der Wallach trat näher, presste seine Nüstern gegen die Gitterstäbe und schnaubte. Alice hob die Hand an seine Nüstern und er schnupperte gierig. So hatte sie sich ein Wiedersehen nicht vorgestellt.

»Das ist *der* Colorado?«, flüsterte Sophie bewegt. »Der sieht echt beeindruckend aus.«

»Ja, meine Güte, ich kann das nicht fassen. Ich habe so viele Stunden mit ihm geturnt und ihm lange nachgetrauert, als es vorbei war. Und jetzt ist er ausgerechnet hier. Alles gut, Hübscher!« Dann hörte sie ein Schnauben und ihr Herz setzte einen Schlag aus.

Ich bin hier. Komm zu mir.

»Amaris!«, rief sie und stürzte auf die Box zu.

»Pscht! Nicht so laut«, warnte Sophie und kam hinterher. Schnell schob Alice den Riegel weg und schlüpfte in die Box. Und da war er, ihr Amaris. Schmutzig, mitgenommen und dünner, seine Rippen waren wieder sichtbar. Der Araber stupste sie an und pustete warmen Atem in ihr Gesicht.

Du bist wieder da.

»Amaris!«, erleichtert fiel sie dem jungen Hengst um den Hals. Die Zeit schien stillzustehen, als Alice ihn berührte und mit ihm zu verschmelzen schien. Sein dunkles Fell war rau und ungepflegt, aber das war egal. Sie hatte ihn tatsächlich gefunden. Leise wieherte Amaris, rieb sich an ihr und sog tief die Luft in die Nüstern ein, um ihren Geruch aufzunehmen. Alice tastete sein Gesicht ab, seinen Hals, seine Schultern, es kam ihr so surreal vor und sie konnte nicht anders, sie musste vor Freude weinen. »Amaris«, wiederholte sie, »mein süßer kleiner Amaris. Ich hatte schon das Schlimmste befürchtet.«

Durch den Tränenschleier hindurch sah sie in seine Augen, die sie liebevoll und voller Freude beobachteten. Er wirkte müde, aber darin stand der Glanz einer Hoffnung, die sich gerade bestätigt hatte.

Du bringst Licht in die Dunkelheit.

»Ich werde dich hier herausholen und dich nie wieder aus den Augen lassen«, versprach sie. Aus ihrer Tasche holte sie das kleine Fläschchen mit den Medikamenten, das sie die ganze Zeit mit sich herumgetragen hatte, und verabreichte ihm seine Dosis.

»Alice?« Sophies Stimme drang wie aus der Ferne an

sie heran, und erst als ihre Freundin zu ihr in die Box geschlüpft kam, drehte sie sich um. »Ja?«

»Da draußen passiert etwas. Hörst du es nicht?«

Der Wind rauschte durch die Bäume, etwas klapperte und schwere Schritte, wie von großen Pfoten, tapsten an der Scheunenwand entlang. Ein Schauer durchfuhr Alice. Das war es, was sie beim Klettern über den Zaun aus dem Augenwinkel gesehen hatte: eine Wasserschale für ein Tier.

»Verdammt, die haben einen Wachhund.«

»Mist! Wir müssen sofort Ben warnen.«

Doch bereits in der nächsten Sekunde knurrte es laut und sie hörten Ben aufschreien. »Aus! Hau ab!«, rief er. Etwas krachte und der Hund jaulte.

Es zerriss Alice das Herz, als sie Amaris' Box wieder verriegelten und der Hengst resigniert den Hals senkte.

Geh nicht. Bitte.

Ich muss. Ich komme wieder. Ich komme immer wieder.

Sie öffneten das Scheunentor einen Spalt und spähten nach draußen. Ben und der Kampfhund lieferten sich ein wildes Gefecht.

Alice formte einen Trichter mit den Händen und rief: »Hierher, Ben.«

Ben schlug einen Haken und rannte auf die Scheune zu, gefolgt von dem vor Wut schäumenden Tier. Der Pit Bull sprang vor. In diesem Moment stolperte Ben und fiel der Länge nach hin. Der Hund schoss an ihm vorbei, bremste, drehte sich um. Speichel tropfte von seinen Lefzen.

Alice atmete aus, nahm all ihren Mut zusammen und trat hinaus. Sie warf einen Rechen in Richtung des Tieres. Der prallte von seiner Schulter ab, aber es genügte, um den

Pit Bull abzulenken. Langsam drehte er sich um und in seinen blutunterlaufenen Augen spiegelte sich die Kampfeslust. Alice stand da wie versteinert. Knurrend kam der Kampfhund auf sie zu.

Ben hatte sich in der Zwischenzeit aufgerappelt und schlich Richtung Zaun. Aber Alice war es unmöglich, sich zu bewegen, die Angst hatte die Kontrolle übernommen. Der Pit Bull hatte sie fast erreicht. Er setzte zum Sprung an. Wie in Zeitlupe sah sie ihn auf sich zufliegen, das Maul mit den blitzend scharfen Zähnen weit geöffnet.

Heftig wurde sie von Sophie nach hinten gerissen. Gleichzeitig trat diese mit dem Fuß gegen das Tor, das zuflog. Keine Sekunde zu früh: Als Alice im Staub des Scheunenbodens landete, knallte der Hund mit seinem ganzen Körpergewicht gegen das Holztor. Es schepperte so laut, dass sie glaubte, das Tier würde einfach hindurchbrechen.

»Danke«, hauchte Alice atemlos, »das war knapp.«

»Was war nur mit dir los, du Kamikaze-Kriegerin? Das sah fast so aus, als wolltest du dich fressen lassen!« Sophies Stimme überschlug sich. »Aber zumindest sind wir den jetzt erst mal los.«

»Ja, aber raus kommen wir hier trotzdem nicht. Vor allem nicht mit Amaris.«

Kapitel 15

Die Dunkelheit legte sich wie eine schützende Decke über die Mädchen. Eng beieinander saßen sie in Amaris' Box, so nah, dass Alice glaubte, Sophies Puls zu spüren. Staub kitzelte Alice an der Nase und sie wischte ihn mit dem Handrücken weg.

Trotz der angespannten Situation genoss Alice die Zeit mit ihrem kleinen Hengst. Der Rappe lag vor ihr, atmete ruhig ein und aus, als sie ihm immer wieder über die Wange streichelte. So saßen sie eine ganze Weile, bis Sophie leise fragte: »Hast du Angst?«

»Ja. Aber vielleicht braucht man auch etwas Angst. Denn nur wer Angst hat, kann mutig sein. Und immerhin hat Ben fliehen können. Noch ist nicht alles verloren.«

»Wir kommen hier wieder heil raus«, flüsterte Sophie ihr zu und tastete nach Alices Hand. »Wir schaffen das, zusammen sind wir unbesiegbar.«

Es war so dunkel, dass Alice nur die Silhouette ihres Gesichtes erkennen konnte. »Mit dir zusammen ist alles möglich.«

»Du bist einfach meine beste Freundin, wahrscheinlich die beste, die ich je hatte.«

Da ertönte draußen ein Motorengeräusch. Kies knirschte, der Motor ging aus. Schritte hasteten auf die Scheune zu und jemand riss die Tür auf.

Die beiden Mädchen hielten den Atem an. Eine Taschenlampe leuchtete in die Stallgasse. Ein lautes Fluchen, und das Licht und die Schritte entfernten sich. Sie warteten ein paar Minuten.

»Verdammt«, flüsterte Alice. »Der doofe Köter hat uns verraten. Jetzt weiß der Typ, dass jemand auf seinem Grundstück ist. Was sollen wir machen?«

»Ganz einfach. Du holst Amaris hier raus. Und ich kümmere mich um den Rest. Wir sehen uns.« Sophie stand auf und klopfte sich entschlossen die Einstreu von der Kleidung.

»Warte, mach keinen Unsinn!«

Doch es war zu spät. Sophie verschwand in der Stallgasse und schlüpfte durch das Scheunentor.

»Mist, Mist, Mist!« Alice glitt aus der Box und zog sich an einem Balken hoch. Von hier aus kletterte sie ins Gebälk der Scheune und legte sich flach auf einen breiten Querbalken. Ihr Puls raste. Ben war weg, Sophie hatte sich gestellt. Draußen hörte sie den Mann brüllen, und kurz darauf rief Sophie: »Alles gut, ich ergebe mich. Sehen Sie, meine Arme sind oben. Nehmen Sie die Waffe runter. Ich habe mich nur verlaufen.«

Alices Atem stockte. Schon ergriff sie den Balken, um sich hinunterzuschwingen und ihrer Freundin zu Hilfe zu eilen, da hörte sie, wie diese sagte: »Ich schwöre Ihnen, ich bin allein hier.«

Eine aggressive Stimme antwortete: »Du willst mich wohl verarschen! Aber ist auch egal, ich habe deinen Schnüfflerkumpanen bereits in meiner Einfahrt erwischt. Komm mit.«

Verdammt! Panik stieg in Alice auf, denn das bedeutete, dass jetzt alles in ihrer Hand lag.

Draußen erklang Wolfs drohende Stimme: »Du wirst mir jetzt genau erklären, was ihr hier treibt, sonst werde ich die Antwort auf meine spezielle Art aus euch herausbekommen.«

Ein paar Sekunden Stille. Dann schrie Sophie vor Schmerz auf. Alice schloss entsetzt die Augen, zwang sich, nicht hinauszustürmen, um Sophie beizustehen. Diese schleuderte Wolf ein paar kräftige Beleidigungen entgegen, bevor sich ihre Stimmen entfernten.

Nicht weit über Alice war ein verdrecktes Dachfenster, durch das ein einzelner Lichtstrahl hereinfiel. Sie zog sich weiter über den Querbalken und stellte sich hin. Zum Glück konnte sie den Boden unter sich nicht erkennen, denn sie war nicht ganz schwindelfrei. Vorsichtig richtete sie sich auf, und auf Zehenspitzen stehend schaffte sie es, die Luke aufzuschieben. Draußen war es dunkel, aber der Mond stand hell am wolkenlosen Himmel. Unter der Luke war ein dünner Balken, der brüchig wirkte. Aber Alice hatte keine Wahl. Es knackte gefährlich, aber er hielt stand. Die Luke war gerade breit genug, dass sie sich hindurchquetschen konnte.

Mit flachem Atem hockte sie sich auf die durch den Moosbewuchs glitschigen Dachschindeln und lehnte sich nach hinten ans schräge Dach.

Da löste sich eine Schindel. Alice hielt den Atem an.

Doch es krachte nicht, die Schindel musste weich gelandet sein.

Erleichtert atmete sie aus und schaute sich um. Unter ihr lag das Gelände mit dem alten Haus und der Einfahrt, auf dem nun ein Motorrad parkte. Das dunkle Motorrad kannte sie – es war der Chopper, der vor Amaris' Weide gestanden hatte!

Tief sog Alice die klare Nachtluft in ihre Lungen, um den Gestank der Scheune loszuwerden. Direkt neben dem Haus stand eine Hundehütte, vor der der Pit Bull an einer langen metallenen Kette lag, die im Mondlicht glitzerte. Im Haus brannte Licht, aber die Vorhänge waren weiterhin zugezogen.

Alice schaute auf ihr Handy – aber noch immer kein Empfang. Sie biss sich auf die Unterlippe und spürte, wie Angst durch ihre Adern floss. Was sollte sie jetzt tun? Im nächsten Moment kam eine stärkere Böe auf und kostete sie fast das Gleichgewicht. Doch der Wind hatte auch eine beruhigende Wirkung, Alice besann sich. Die Zeiten des Weglaufens waren vorbei! Heute Nacht würde sie kämpfen – um Sophie, Ben und um Amaris, Colorado und all die anderen Pferde, die Wolf ihren Besitzern entrissen hatte. Das Adrenalin pumpte durch ihren Körper.

Weiter hinten am Grundstückszaun zog sich ein Gatter entlang, das nur mittels eines Holzriegels verschlossen war. Dahinter führte ein schmaler Pfad in den Wald hinein. Eine Idee formte sich in Alices Kopf.

Behände glitt sie durch die Luke zurück in den Stall. Sie ging zu Amaris, nahm seinen Kopf in ihre Hände und drückte ihn fest an sich. »Alles wird gut, mein Kleiner. Ich hol dich hier raus. Verlass dich auf mich!« Der junge Hengst schnaubte leise, als würde er verstehen.

Dann schlich Alice zum Scheunentor, atmete tief aus und trat nach draußen. In einem großen Bogen schlich sie am Haus und der Hundehütte vorbei, bis sie das Gatter erreichte. Langsam schob sie den Riegel zurück, Zentimeter für Zentimeter, um bloß kein Geräusch zu verursachen, und öffnete das Gatter weit. Rasch eilte sie zur Scheune zurück und zog das Tor auf, dessen Angeln leise quietschten. Jetzt durfte sie keine Zeit verlieren. Hastig schob sie Amaris' Boxentür auf, umarmte ihn noch einmal und flüsterte ihm zu: »Bitte bring deine Freunde in Sicherheit. Okay, Hübscher?«

Er bekam einen letzten Kuss auf die Nase, bevor sie alle anderen Boxentüren aufschob. Zaghaft trat ein Pferd heraus, es hatte einen Striemen auf der Wange und darüber ein entzündetes Auge. Wut wallte erneut in Alice auf und sie fühlte sich stark, bereit alles zu geben.

Colorado schritt langsam und würdevoll aus seiner Box heraus und gesellte sich zu Amaris, der bereits am Stalltor stand und Alice mit schief gelegtem Kopf anschaute. Die beiden ungleichen Pferde beschnupperten sich zur Begrüßung, und Amaris gluckste freundlich.

Alice griff nach einem Besen, der in der Ecke stand, und fing an, die übrigen Pferde aus den Boxen zu scheuchen. Es dauerte nicht lange, bis alle Pferde in Bewegung waren, doch es kam ihr vor wie eine Ewigkeit. Die Hufe klackerten laut auf dem steinigen Boden, als die Tiere über das Grundstück stürmten. Alice schrie und wedelte mit dem Besen, um die Aufmerksamkeit zum weit geöffneten Gatter zu lenken. Die Pferde irrten ein paar Sekunden ziellos umher, dann entdeckte das erste die Öffnung und galoppierte in den Wald.

Die Haustür wurde aufgerissen und Wolf trat heraus.

»Was zum Teufel ...«, weiter kam er nicht, denn ein Pferd rannte auf ihn zu und er sprang entsetzt zur Seite.

Alice lief den Pferden hinterher, die mittlerweile alle durch das Gatter verschwunden waren. Doch statt ihnen auf dem Pfad ins Ungewisse zu folgen, bog sie nach links ins Gebüsch ab, schlug sich durch das stachelige Dickicht und legte sich nach ein paar Metern flach auf den Boden.

Mit bebendem Herzen hoffte sie, dass ihr Trick funktionieren würde. Tatsächlich dauerte es keine Minute, bis Wolf schreiend und fluchend an ihr vorbeirannte, den Pferden hinterher. Sobald er verschwunden war, kroch Alice aus dem Gebüsch hervor. An ihren Händen und im Gesicht spürte sie unzählige Kratzer von den Ästen der Büsche, und ihr Shirt war an der Schulter eingerissen. Die Angst saß ihr im Nacken und sie war hellwach.

Wolfs Hund versperrte ihr den Weg zur offen stehenden Haustür. Er knurrte und fletschte die Zähne, als sie um das Haus herumrannte, aber seine Kette reichte nicht bis zu ihr hin. Vor einem der Fenster blieb sie stehen, hob einen Stein auf und schlug die Scheibe ein. Das Glas zersprang klirrend. Mit einem Stock entfernte sie die restlichen Splitter und kletterte in das dunkle Zimmer. Vorsichtig tastete Alice sich an einem Bettgestell voran, gelangte in den Flur und von dort aus ins Wohnzimmer, in dem Licht brannte. An den dunkelgrünen Tapeten hingen Samuraischwerter, zwischen ihnen ein ausgestopfter Wildschweinkopf mit langen Hauern. Mitten im Raum saßen ihre beiden Freunde, Rücken an Rücken auf zwei Stühlen gefesselt.

Sofort stürzte Alice auf Sophie zu und zog den Stofflappen aus ihrem Mund heraus, den Wolf als Knebel verwendet hatte. Sophie würgte und spuckte auf den Boden, während Alice auch ihre Fesseln löste.

Erleichtert rieb Sophie sich die schmerzenden Handgelenke. »Danke, Alice.«

Sophie war noch eine Nuance blasser als gewöhnlich. Mit ihrem elfenbeinfarbenen Gesicht hätte sie Schneewittchen Konkurrenz machen können.

Alice wandte sich zu Ben, der zusätzlich mit einem dicken Ledergürtel festgebunden war. Der Knoten war so fest, dass sie ein Messer, das in einer Glasvitrine lag, zu Hilfe nehmen musste. Das Leder hatte tief in die Haut seiner Handgelenke geschnitten. Sein linkes Auge war blau unterlaufen, die Lippe blutig. Vorsichtig zog sie auch seinen Knebel heraus.

»Meine Güte, bist du okay?«

Ben schaute sie erleichtert und dankbar an. »Jepp, auch wenn es vielleicht nicht so aussieht«, sagte er und musste husten.

»Wo der Kerl? Was war da draußen los?«

»Kleines Ablenkungsmanöver. Ich hab die Pferde rausgelassen. Es wird aber wahrscheinlich nicht lange dauern, bis er zurückkommt. Wir müssen uns beeilen.«

»Lasst uns zur Straße zurücklaufen und auf ein vorbeifahrendes Auto hoffen, denn ohne Handyempfang haben wir hier keine Chance.« Ben nahm ein Handy, ein Portemonnaie und einen Motorradschlüssel vom Tisch.

»Du kannst doch ebenso wenig Motorrad fahren wie ich. Und zu dritt passen wir da eh nicht drauf.«

»Müssen wir auch gar nicht. Aber ohne Motorrad kann der hier nicht weg. Und ohne Geld und Handy wird es auch schwierig für ihn. Außerdem haben wir damit was für die Polizei in der Hand«, erklärte er, klappte das Portemonnaie auf und deutete auf Wolfs Kreditkarten.

Gemeinsam kletterten sie durch das kaputte Fenster. Der Hund vor dem Haus fing an zu bellen. So schnell sie konnten, rannten sie zum Gatter, durch das auch die Pferde verschwunden waren.

Sobald sie die ersten Meter hinter sich gebracht hatten, sahen sie in der Ferne das Licht einer Taschenlampe auf und ab schwenken.

Schnell schlugen sie sich in die Büsche, aber dieses Mal kämpften sie sich durch das Dickicht, bis sie auf der anderen Seite wieder herauskamen. In einem großen Bogen liefen sie zum Weg zurück und tatsächlich, Wolf war nun hinter ihnen, auf dem Weg zu seinem Haus. Er hatte sie nicht bemerkt.

»Kommt, wir folgen den Pferden.«

Die Hufabdrücke hatten sich tief in den weichen Boden gegraben.

»Der holt bestimmt seinen verfluchten Hund.«

»Das ist kein Hund, das ist ein Dämon, der direkt aus der Hölle kommt«, fand Ben.

Im Laufschritt folgten sie dem Weg, der sich zwischen den Bäumen hindurchwand. Plötzlich raschelte es neben ihnen im Gebüsch und eine schwarze Gestalt trat aus den Schatten hervor.

»Amaris! Was machst du hier? Warum bist du nicht mit den anderen Pferden geflohen?«

Der Araber schritt auf Alice zu, stupste sie an und schaute ihr in die Augen. Alice las die Botschaft in ihnen. Amaris würde sie ebenso wenig allein lassen wie sie ihn.

»Okay, komm mit, Hübscher.« Ein tiefes Gefühl der Zuneigung durchströmte sie.

Hinter der nächsten Biegung rauschte es. Vor ihnen lag ein Fluss. Kein schmaler freundlicher Bergbach, sondern ein Waldfluss mit Stromschnellen, an denen sich weiße Schaumkronen bildeten. Die Hufspuren führten in den Fluss hinein und auf der anderen Seite wieder hinaus.

»Wenn wir die Pferde finden und uns in Sicherheit bringen wollen, müssen wir da durch«, sprach Ben aus, was sie alle dachten.

Das Wasser war kalt und wurde schnell tief. Nach dem ersten Meter standen sie bis zur Hüfte in der Strömung, die grob an ihnen zerrte. Amaris wich nicht von Alices Seite und sie klammerte sich dankbar an ihm fest, um nicht abzutreiben.

Da hörten sie ein wütendes Bellen hinter sich.

»Scheiße.«

Es waren nur etwa fünfzehn Meter, die sie den Fluss durchqueren mussten, aber die Strömung war so heftig, dass Sophie trotz aller Bemühungen anfing, abzutreiben.

Wolf hatte das Ufer erreicht und blieb stehen. Für den Bruchteil einer Sekunde hatte Alice die leise Hoffnung, dass sie ihnen nicht folgen würden. Da sah sie, wie der Pit

Bull ins Wasser ging. Zeitgleich zog Wolf etwas aus seiner Tasche, Metall blitzte auf, und bevor Alice die anderen warnen konnte, schlug ein Schuss dicht hinter Alice ins Wasser. Panisch mobilisierten die drei all ihre Kräfte und schwammen um ihr Leben, Amaris dicht bei Alice. Ben war fast am anderen Ufer angelangt, da zerriss ein zweiter Schuss die Luft, und Amaris wieherte schrill, als die Kugel ihn traf.

»Nein!«

Fieberhaft trat er um sich und wurde von der Strömung erfasst, die ihn mit sich riss. Alice hing an seinem Hals, verzweifelt darauf bedacht, ihren Kopf über Wasser zu halten. Alles ging so schnell, dass sie keinen klaren Gedanken fassten konnte. Immer wieder schluckte sie Wasser und musste husten. Schaumkronen spritzen um sie herum und es ertönte ein Rauschen, das immer lauter wurde. Kräftig trat Alice mit den Füßen, um nicht unterzugehen. Plötzlich gab es einen Ruck und etwas schlug hart gegen ihr Bein. Ihr Knie brannte. Fast hätte sie Amaris losgelassen, aber sie schaffte es, sich in seiner Mähne festzukrallen. Ihr Arm war rot von seinem Blut.

Die Strömung wurde immer reißender und das Rauschen unerträglich laut. Im Mondlicht erkannte sie, dass der Fluss weiter vorne einfach abzubrechen schien. Eine glatte silberne Linie, hinter der sich Dunkelheit erstreckte. Ein Wasserfall!

Unerbittlich trieben sie auf die scharfe Kante zu, die ins Nichts fiel. In der Flussmitte wurde das Wasser durch einen flachen Felsen geteilt.

Alice strampelte verzweifelt und hoffte auf ein Wunder. Kurz bevor das Wasser in die Tiefe stürzte, wurde die

Strömung noch einmal ruhiger. Das war ihre Chance! Mit letzter Kraft ruderte sie in Richtung Felsen. Sie zog Amaris mit sich, der verstand und gab alles, um den Felsen zu erreichen. Schnaufend hievte sie sich hinauf und versuchte, Amaris zu helfen. Der junge Hengst schob ein Vorderbein hinauf, wuchtete sich hoch und krachte erschöpft mit dem Oberkörper auf den Stein. Dort blieb er liegen. Aus seiner Schulter sickerte Blut.

Alice schluckte. Sie schaute sich die Wunde genauer an und versuchte die Blutung mit einem Stück ihres T-Shirts zu stoppen. »Ich bin bei dir, gib jetzt nicht auf«, flüsterte sie ihm zu und beobachtete, wie sich ihr T-Shirt immer wieder rot färbte. Alice schmiegte sich eng an sein schwarzes Fell. Sie zitterte vor Kälte und Aufregung. Amaris schob seinen Kopf unter ihren Arm. Die Sterne über ihnen funkelten hell und unwirklich. Um sie herum rauschte das Wasser, ein auswegloser Ort, von dem sie allein nicht wegkämen.

Kapitel 16

Die Erschöpfung hatte Alice übermannt, das tosende Wasser um sie herum saugte jede Lebensenergie aus ihr heraus. In ihrem ganzen Leben hatte sie noch nie so erbärmlich gefroren wie jetzt. Ihre Lippen waren bereits taub, langsam verfärbten sich ihre Finger weiß. Amaris schien es ähnlich zu gehen, er zitterte am ganzen Körper und die Haut unter seinem Fell war eiskalt. Es fühlte sich an wie eine Ewigkeit, ohne dass etwas passierte. Würde je jemand kommen, um ihnen zu helfen?

Die Nacht war schon weit fortgeschritten, das erste Zwielicht der Morgendämmerung färbte den Himmel grau. Nicht mehr lange und die ersten Sonnenstrahlen würden über den Horizont lugen.

Amaris schnaubte und drehte den Kopf.

Ein böser Geruch.

Plötzlich spürte auch Alice die Gefahr, die sich näherte. Eine Gestalt bewegte sich weiter oben am Flussufer entlang. Wolf hatte sie entdeckt und hielt zielsicher auf sie zu.

Kurz darauf war er auf gleicher Höhe mit dem Felsen, blieb stehen und zielte auf sie. Ein Schuss knallte und Alice wartete auf den Schmerz. Doch der kam nicht. Als sie verwundert die Augen öffnete, war Wolf verschwunden. Da erblickte sie ihn im Fluss, wild um sich schlagend, und hinter ihm – Ben, der ihn anscheinend ins Wasser gestoßen hatte und dabei selbst hineingefallen war. Beide trieben auf den Wasserfall zu.

Alice formte die Hände zu einem Trichter und schrie Bens Namen. Der wich Wolf aus und stieß sich nach vorne. Alice legte sich flach auf den Felsen und streckte die klammen Arme weit aus.

Bens Gesicht war vor Anstrengung zu einer Grimasse verzerrt. Alice griff nach seinem Arm und packte so fest zu, dass sich ihre Fingernägel tief in seine Haut gruben. Nur nicht loslassen, um keinen Preis. Sie zog mit aller Kraft. Es kam ihr vor, als würde sie auseinandergerissen werden.

»Du schaffst das«, presste Alice hervor und tatsächlich zog sich Ben auf den rettenden Felsen. Er hustete und spuckte Wasser. Amaris beugte sich über ihn und Alice klopfte ihm beruhigend den Hals.

Da tastete sich eine Hand über den Felsen.

»Vorsicht!«, warnte sie Ben, der zur Seite robbte, als sich der massige Körper auf den Stein hochzog. Eine blutige Schramme zog sich über Wolfs Stirn, in seinen Augen tobte Wut. Er legte die Handflächen ineinander und ließ die Knöchel knacken. Langsam trat er auf Ben zu.

Alice hielt den Atem an: Ein Stoß, und Ben würde in die schäumende Gischt des Wasserfalls stürzen. Wolf hob den Arm, trat vor und schlug zu.

Die Zeit dehnte sich – alles ging schnell und gleichzeitig doch so langsam, dass Alice jedes Detail sah. Dort, wo eben noch Ben gestanden hatte, war Luft, denn Ben hatte sich einfach fallen lassen. Wolf schlug ins Leere und verlor das Gleichgewicht. Er ruderte mit den Armen und versuchte sich zu fangen. Sein Schrei zerriss den frühen Morgen und einen Augenblick später hatten ihn die Wassermassen verschlungen.

Auch Amaris wieherte laut und Alice streichelte ihm über die Stirn. »Ruhig«, sagte sie mehr zu sich selbst als zu ihm.

Vorsichtig kroch sie über den Felsen, um nach unten zu schauen. Jetzt, im Licht der aufgehenden Sonne, erkannte sie, dass der Fels direkt unter ihr einen Vorsprung hatte. Dort stand Ben, dicht an den Felsen gepresst und blickte zu ihr auf.

Alice keuchte vor Erleichterung. Sie streckte ihm erneut den Arm entgegen und er ergriff ihre Hand. Vorsichtig kletterte er hinauf zum Felsen und sank erschöpft neben sie. Sie schwiegen ein paar Minuten, bis Alice wieder Worte fand. »Das ist alles so surreal. So etwas passiert doch nicht im richtigen Leben.« Ben drückte sie an sich, und Alice erwiderte die Umarmung. »Das ist schon das dritte Mal, dass du Wolf entwischt bist.«

»So, wie es aussieht, das letzte Mal.« Er deutete in die schäumende Tiefe. »Der hätte uns glatt alle umgebracht.« Kopfschüttelnd und fassungslos drehte er sich zu dem jungen Hengst. »Es ist auch fast ein Wunder, dass du es mit Amaris auf diesen Felsen geschafft hast. Er sieht schlecht aus.«

Der schwarze Araber stand mit gesenktem Kopf vor ihnen, er hatte das Bein mit der verletzten Schulter entlastet.

Alice nickte unglücklich. Dann rückte sie noch etwas näher an Bens Ohr und flüsterte: »Ich bin so froh, dass alles gut gegangen ist und er dich nicht erwischt hat. Ich glaube, ich mag dich ein klitzekleines bisschen mehr als ursprünglich geplant war.« Sie schmiegte sich eng an ihn, vor Kälte und Schreck zitternd, aber gleichzeitig erleichtert.

Ben legte seinen Arm um sie und küsste sie aufs nasse Haar. Seine Kleidung hing in Fetzen herab, tiefe Kratzer zogen sich durch sein Gesicht und Schürfwunden übersäten seine Arme. Trotzdem wirkte er so stark und attraktiv wie noch nie.

»Was soll ich erst sagen?«, antwortete Ben zärtlich. »Da kommst du einfach in mein Leben wie ein Wirbelwind und löst in mir einen Orkan aus. Du kannst dir nicht vorstellen, wie oft und wie viel ich über dich nachdenke. Ich glaube, ich habe mich tatsächlich in dich verliebt.«

Wieder küsste er sie aufs Haar und strich ihr einige wirre Strähnen aus der Stirn. Seine Finger waren klamm und kalt, aber die Berührung war trotzdem schön und hinterließ ein warmes Gefühl. Eng umschlungen betrachteten sie den Sonnenball, der sich über den Horizont schob und alles in ein warmes goldenes Licht tauchte.

»Hoffentlich geht es Sophie gut und sie konnte Hilfe rufen.«

»Ich mag gar nicht drüber nachdenken, dass ihr etwas passiert ist. Oder den anderen Pferden. Das ist alles so unglaublich.«

Gemeinsam betrachteten sie Amaris. Die Blutung hatte aufgehört, er wirkte zwar schwach, aber nicht lebensbedrohlich verletzt.

Alice seufzte. »Heute wird der erste Tag meines neuen Lebens.«

»Wie meinst du das?«

»Nach dem, was heute passiert ist, werde ich nie wieder aufgeben, wenn's schwierig wird. Man hat nur ein Leben, es lohnt sich für das zu kämpfen, was man wirklich will.« Alice drehte ihren Kopf zu Ben, und der sah ihr tief in die Augen.

»Und, was willst du wirklich?« Er kam näher, und bevor sich ihre Nasenspitzen berührten, erfasste sie ein grelles Licht und ein wirbelnder Wind riss an ihnen. Das laute Geräusch von Rotorblättern übertönte das Gebrüll des Wasserfalls.

Unweit von ihnen schwebte ein Polizeihubschrauber, ein Scheinwerferlicht auf sie gerichtet.

Kapitel 17

Alices Kopf schien zu explodieren. Stöhnend presste sie die Handfläche gegen ihren schmerzenden Schädel und öffnete die Augen. Sie blickte direkt in Sophies blasses Gesicht.

»Hi, kannst du mich hören?«

»Wie? Ja, klar«, murmelte Alice und versuchte, ihren Blick zu fokussieren. Alles wirkte schwammig und unscharf.

Sophie beugte sich vor und hielt ihr einen warmen feuchten Lappen hin. »Hier, der hilft bestimmt.«

Dankbar wischte sich Alice damit über ihr Gesicht, der Nebel in ihrem Kopf lichtete sich etwas. »Wie spät ist es?«

»Vierzehn Uhr.«

»So spät schon? Meine Güte! Wo ist Amaris? Wie geht es dir? Und Ben? Und was ist mit Colorado und all den anderen Pferden?« Alice wollte sich aufsetzen, fiel aber sofort in die Kissen zurück. Ihr Körper war vollkommen kraftlos.

»Ganz ruhig. Komm erst mal zu dir. Amaris geht es gut. Er steht im Stall und futtert sein Heu.«

Alice schlug die Decke zurück und krempelte die Schlafanzughose hoch. Ihr Bein leuchtete in allen Farben des Regenbogens, aber das Taubheitsgefühl war weg. Testweise wackelte sie mit den Zehen und beugte das Knie.

»Ben ist auch schon wieder auf den Beinen. Wir haben der Polizei bereits ausführlich Bericht erstattet, aber du wirst sicherlich auch noch befragt werden.« Sie seufzte und fuhr fort: »Ich hatte echt Glück und bin im Wald auf ein Forsthaus gestoßen, in dem gerade der Geburtstag eines Jungförsters gefeiert wurde. Die Typen waren alle sehr hilfsbereit und haben sofort die Polizei alarmiert und mich außerdem mit Kleidung und heißem Tee versorgt.« Dann wurde sie ernst. »Über die Pferde weiß ich leider nichts. Der Hund steckt aber immer noch irgendwo im Wald, die Polizei sucht nach ihm. Meine Güte, Alice, er hat mich fast erwischt!« Bei dem Gedanken daran schüttelte sie fassungslos den Kopf. Wie um sich abzulenken sagte sie: »Und Ben hat heute Morgen schon wieder den Stall gemacht. Er meinte, er bräuchte Routine und Ablenkung und eine gehörige Portion Normalität.«

Alice schmunzelte. Das war einfach typisch Ben. »Puh. Ich kann das nicht glauben, Sophie. Das alles.« Vorsichtig schwang sie die Beine über das Bett und stand auf. Ihr Bein war voll belastbar. Nur ihre Kopfschmerzen erschwerten das Aufstehen. Sie löste sich eine Aspirin auf und trank das Glas in einem Zug.

»Ja. Im Nachhinein denke ich, dass wir sehr unvernünftig waren.«

»Aber es hat funktioniert. Das ist die Hauptsache!«

Sophie schwieg, und Alice bekam ein schlechtes Gewissen. Ihre beiden Freunde hatten viel für sie und ihr Pferd riskiert. Schnell fügte sie hinzu: »Trotzdem würde ich es beim nächsten Mal anders machen. Du hast recht, es hätte auch schiefgehen können. Ich werde dir und Ben ewig dankbar sein, dass ihr das auf euch genommen habt.« Sie stellte sich neben Sophie und schaute aus dem

Fenster. Einige Reitschüler sattelten ihre Pferde, andere kamen von einem Ausritt zurück.

»Wir sind doch Freunde. Und die halten zusammen.« Alice lächelte, griff nach Sophies Hand und drückte sie.

»Ja, das sind wir. Die besten sogar!«

Ben lief unten am Fenster vorbei. Er trug die quietschgelben Gummistiefel, in denen sie ihn kennengelernt hatte. Lässig schob er eine Schubkarre, ein vertrauter Anblick.

Da fiel Alice noch etwas ein. »Was hält Erich denn davon, dass ich hier auf Gut Buchenberg bin?« Sie schielte in Richtung des Kleiderschrankes, auf dem ihr Koffer lag, doch Sophie winkte ab.

»Mach dir nicht zu viele Gedanken. Oliver hat sich darum gekümmert. Er war außer sich vor Sorge, als er von unserem Abenteuer erfahren hat.«

Alice war sich da nicht so sicher, wie Oliver mit der Situation umgehen würde. Erichs Herzinfarkt hatte ihren Vater ziemlich belastet.

»Ist Oliver hier?«

»Ja. Er hat mich gebeten, ihn sofort zu holen, wenn du aufwachst. Aber ich wollte dir ein paar Minuten Ruhe gönnen. Wenn du so weit bist, sage ich ihm Bescheid.«

Es dauerte nicht lange, bis Oliver in ihr Zimmer stürmte. Ohne Umschweife drückte er sie an sich, umarmte sie so fest, dass sie nach Luft schnappte. »Meine Kleine, wie geht es dir? Was macht ihr denn für Sachen?« Er schob Alice ein Stück weg und betrachtete sie kritisch.

»Morgen, Papa.« Unschlüssig schaute sie ihn an.

»Du hast lange geschlafen, Alice, ich hatte schon Angst,

du wachst gar nicht mehr auf.« Wieder presste er sie kräftig an seine breite Brust.

»Ja, aber jetzt bin ich wieder fit.«

»Ben ackert da draußen wie ein Ochse, um die Geschichte zu verarbeiten. Er hat mir alles erzählt.«

Besorgt registrierte sie die dunklen Ringe unter seinen Augen. »Bist du auch in Ordnung?«, fragte sie.

»Ja. Alles gut.« Liebevoll strich er über ihre Wange.

»Was ist aus Wolf geworden?«

»Er hat den Sturz nicht überlebt. Aber er kann froh sein, dass ich ihn nicht selbst erwischt habe ...« Er brach ab und sammelte sich.

»Ich hab noch nie einen so schrecklichen Menschen erlebt. Du hättest den Stall sehen sollen, die Pferde wurden alle im Dunkeln gehalten und hatten furchtbare Angst.«

»Immerhin gibt es auch hier gute Neuigkeiten: Die Pferde wurden alle eingefangen und die meisten bereits ihren rechtmäßigen Besitzern zurückgebracht. Einige von ihnen waren leider gesundheitlich angeschlagen. Remington Sinfonie zum Beispiel, ein teures Rennpferd, wurde vor zwei Wochen geklaut. Er hat ein stark entzündetes Auge, kann aber gerettet werden.«

Alice erinnerte sich an das Pferd neben Amaris mit dem Striemen auf der Wange, der sich durch das Augenlid gezogen hatte.

»Und Colorado?«

»Der ist auch auf dem Heimweg. Der Kerl hat ganze Arbeit geleistet. Unter den gestohlenen Pferden waren große Nummern wie Fliederstern, die legendäre Warmblutstute der olympischen Dressurreiterin Tara Kratt.«

»Gut, dass so schnell alle Besitzer ausfindig gemacht werden konnten.«

»Die Fälle waren der Polizei ja bereits bekannt. Übrigens verdankt die Polizei Ben viele nützliche Informationen. Nämlich alle, die auf Wolfs Handy gespeichert waren. Er hatte es Sophie gegeben, bevor er Wolf nachgegangen ist. Es hat sich herausgestellt, dass hinter Wolf wohl ein Drahtzieher steckte, er selbst war nur ein kleiner Fisch.«

»Oh. Haben sie den auch geschnappt?«

»Bisher leider nicht. Bei meinem letzten Telefonat mit der Polizei hieß es aber, man sei ihm dicht auf den Fersen. Details wurden mir keine verraten.«

Alice fand den Gedanken, dass der eigentliche Verbrecher noch auf freiem Fuß sein könnte, nicht besonders tröstlich.

»Ich hatte solche Angst um Amaris. Und am Ende waren wir alle in Gefahr. Und das ist alles meine Schuld.«

»Nein, Alice. Auch wenn es sehr unvernünftig war, und es mir lieber gewesen wäre, wenn ihr mich mit einbezogen hättet. Ich bin stolz auf dich und darauf, dass du dich für jemanden eingesetzt hast, den du liebst.«

»Ehrlich gesagt dachte ich, du wärst froh darüber, dass ich auf den Apfelhof gezogen bin.« Beschämt schlug sie die Augen nieder und fügte hinzu: »Wegen Erich.«

Oliver hob ihr Kinn und schaute sie direkt an. »Das ist Quatsch. Natürlich bin ich meinem Vater gegenüber verpflichtet. Aber du bist meine Tochter, meine Nummer eins. Ich liebe dich mit jeder Faser meines Herzens.«

Die Worte durchströmten Alice warm und sie lächelte. Auch ihre Mutter sagte ihr ab und zu, wie gern sie sie hatte, vor allem aber zeigte sie ihre Liebe dadurch, dass sie immer für Alice da war. Plötzlich spürte sie, wie sehr sie ihre Mutter vermisste. Die Gespräche, die Spaziergänge, den Alltag.

»Danke, Papa. Ich hab dich auch lieb!« Innig umschlang sie Olivers Hals. »Weißt du, ich habe nie einen Vater vermisst. Aber jetzt kann ich es mir gar nicht mehr vorstellen, ohne dich zu sein. Und die Sache mit dem Brief – ich habe dir deswegen verziehen, du kannst es dir also auch ruhig selbst verzeihen.«

Eine zarte Röte stieg auf Olivers Wangen. »Du bist in Ordnung, Kleines. Du hast vielleicht keinen Vater vermisst, und ich kann das auch nicht nachholen oder wiedergutmachen, was du verpasst hast. Aber ab jetzt kann ich an deiner Seite sein. Ich meine, gehen musst du deinen Lebensweg natürlich selbst. Aber ich kann dich dabei begleiten und unterstützen. Und wenn es holprig wird, bin ich an deiner Seite und halte deine Hand. Oder nehm dich Huckepack!«

Wieder floss dieses warme Gefühl wie Sirup durch ihren Körper, das ihr diese unglaubliche Sicherheit gab, diese innerliche Ruhe und Geborgenheit.

Oliver räusperte sich. »Doktor Becker kommt in einer halben Stunde, um Amaris' Wunde zu untersuchen. Ich habe sie mir angesehen, es ist zum Glück nur ein Streifschuss.«

»Ich muss unbedingt zu Amaris und nach ihm sehen, und auch mit Doktor Becker sprechen.«

Oliver drückte Alice einen Kuss auf die Stirn und verließ das Zimmer. Eilig griff sie nach ein paar Klamotten und zog sich an. Ihr Herz pochte wild bei dem Gedanken, Amaris im Stall stehen zu sehen. Dort, wo er hingehörte.

Sie lief den Flur entlang, und grinste, als sie fast über Bens Arbeitsschuhe stolperte, die mitten auf dem Boden lagen. Ohne zu stoppen riss sie die Tür auf und rannte direkt in Ben hinein. Die beiden knallten zusammen, und Alice landete auf dem Hosenboden.

»Ey, Ben, nicht schon wieder? Ich dachte, das hätten wir hinter uns?« Sie lachte und zog ihn an sich.

Unter seinen Augen lagen tiefe schwarze Ränder, aber die Erleichterung war ihm anzusehen.

»Hallo, Murmeltier. Schön, zu sehen, dass du deinen Winterschlaf beendet hast.« Er küsste sie auf das Haar, und Alice fiel ein Stein vom Herzen. Auch wenn sie nicht ganz sicher war, wie es jetzt mit ihnen weitergehen sollte.

»Pffft. Von wegen Murmeltier. Reiner Schönheitsschlaf. Würde dir auch stehen.« Es tat gut, Ben zu necken. Ein weiteres Stück Normalität war zurückgekehrt.

»Komm mal mit in den Stall, ich muss dir was zeigen.«

»Ich wollte eigentlich erst zu Amaris.«

»Prima, dann kannst du zwei Fliegen mit einer Klappe schlagen.« Ben hakte sich bei ihr ein und zog sie zum Stall.

Der vertraute Geruch von Heu und Stroh schlug ihr entgegen und sofort fühlte Alice wieder dieses Gefühl von Heimat in sich, das Gut Buchenberg ihr gegeben hatte.

Als Amaris sie bemerkte, hob er den Kopf und wieherte fröhlich. Alices Herz hüpfte und sie beschleunigte ihren Gang. Als sie die Box betrat, musste sie lächeln. In der Einstreu lag die Tigerkatze, um sie herum kugelten vier kleine

Kätzchen. Zwei davon getigert, eines grau und ein winziges weißes Wollknäuel.

Amaris stand mit stolzgeschwellter Brust dahinter, als seien es seine Babys. Alice begrüßte ihn zärtlich und strich ihm über die Nase. Die Wunde an seiner Schulter war verkrustet. »Willkommen zurück zu Hause«, flüsterte sie ihm zu. Amaris stupste sie an und senkte den Kopf. Alice kniete sich zur Katze hinunter und betrachtete das Wunder der Natur.

»Sind sie nicht niedlich?«, fragte Ben. »Mulan hat sie anscheinend schon vor einigen Tagen bekommen und sie in Amaris' Box geschleppt. Aus irgendeinem Grund fühlt sie sich hier wohl. Schau mal, wie sanft er mit ihnen umgeht!«

»Die sind wirklich süß.«

Die Kätzchen hatten die Augen noch geschlossen. Als Ben ihnen seine Hand hinhielt, versuchte das kleine Weiße unbeholfen, an seinem Finger zu saugen. Ben streichelte es zärtlich, und Alice lächelte ihn an.

»Das Weiße kam als Letztes auf die Welt«, erklärte er. »Es ist schwächer als die anderen, aber hat am wenigsten Angst.« Vorsichtig hob er das weiße Kätzchen hoch und strich ihm übers Fell. Amaris senkte den Kopf, um das winzige Tierchen zu beschnuppern. Dabei war er ganz vorsichtig, berührte es kaum mit seinen Tasthaaren.

Auf Alices Schoß turnten die zwei getigerten Kätzchen, in ihrem Arm hielt sie das graue. Mulan streckte sich aus und schaute sie entspannt an. »Hast du gut gemacht«, flüsterte Alice ihr zu und rückte ein Stück zur Seite, als Ben sich zu ihr setzte und seinen Arm um sie legte.

»Das war ein Abenteuer, nicht wahr?«

»Ja. Ich hätte nie gedacht, dass solche Dinge im wahren Leben passieren. Und ich bin heilfroh, dass es vorbei ist.« Ben deutete auf sein immer noch blaues Auge. »Eine kleine Erinnerung habe ich allerdings noch. Und das dauert wohl eine Weile, bis es ganz verschwindet.«

Alice lachte. »Stimmt.« Sie schmiegte ihren Kopf an seine Schulter und sog seinen Duft ein.

»Alice? Wie geht es jetzt eigentlich mit uns weiter?«

»Mhm.« Wo sollte sie anfangen? Bei »Lass mich nie wieder los« vielleicht? Gerade öffnete sie den Mund, da knarrte die Stalltür. Sie löste sich von Ben, der ihr zuzwinkerte und sich dann gelassen durch die Haare fuhr, als sei nichts gewesen.

Oliver betrat den Stall, zusammen mit Doktor Becker und dessen Freund Falk Anwander im Schlepptau.

Alice schnappte sich Amaris' Halfter, das direkt neben seiner Tür an einem Haken hing.

»Guten Morgen, ihr tollkühnen Hasardeure!«, rief Doktor Becker ihnen vergnügt entgegen, als Alice Amaris in der Stallgasse anband. »Gut, euch alle wieder auf den Beinen zu sehen. Wie geht es denn meinem Lieblingspatienten?«

Routiniert untersuchte er die Wunde und säuberte sie.

»Nur ein Streifschuss. Es hat eine unbedenkliche Stelle im Muskel getroffen. Wahrscheinlich bleibt nur eine kleine Narbe zurück.«

Alice atmete erleichtert aus. Die Stalltür öffnete sich wieder und Sophie kam herein. Falk Anwander wartete ein paar Meter entfernt von ihnen, er machte keine Anstalten näher zu treten.

Alice fiel auf, dass er angespannt wirkte. Als sie ihn nachdenklich musterte, merkte sie, dass er in seiner Hand eine Flasche Wasser so fest hielt, dass die Knöchel weiß hervortraten.

Entgegen seiner sonst seriösen Art machte er einen aufgewühlten Eindruck, dennoch trat er ein paar Schritte auf die Gruppe zu.

»Ein ungutes Gefühl, dass der eigentliche Bösewicht sich noch da draußen herumtreibt, nicht wahr?«, sagte Doktor Becker gerade zu Oliver, der ihm assistierte und die Instrumente hielt. Oliver nickte bekräftigend und Doktor Becker fuhr fort: »Wissen Sie, was wirklich merkwürdig ist? Mehrere der gestohlenen Pferde habe ich in der letzten Zeit selbst besucht. Remington Sinfonie, Fliederstern und auch Radianton, das waren alle meine Patienten. Dass die Polizei mich nicht verdächtigt hat, grenzt an ein Wunder. Nicht wahr, Falk – du warst ja auch bei diesen Besuchen dabei.«

Die Worte schlugen ein wie ein Auto gegen eine Ziegelsteinwand. Die Atmosphäre schien binnen weniger Sekunden zu vereisen. Auch Amaris schien die Gefahr zu spüren und schnaubte leise. Nur Doktor Becker redete ungerührt weiter: »Weißt du noch, Falk? Tara Kratt hat uns sogar das Pferdesolarium gezeigt, in dem Fliederstern regelmäßig behandelt wurde.«

Falk schaute Sophie an, die direkt neben ihm stand, und die Muskeln an seinen Augen zuckten unmerklich.

Alice öffnete den Mund, um ihre Freundin zu warnen, aber es war zu spät.

In der nächsten Sekunde zerschlug Falk die Wasserflasche auf einem hölzernen Sattelbock. Sophie schrie erschrocken auf, als Falk Anwander sie fest an sich drückte, den spitzen Flaschenhals an ihrer Kehle.

»Allesamt die Hände hoch«, presste er hervor. »Sonst ist das Mädchen dran.«

Alice löste sich als Erste aus der Starre und folgte dem Befehl, Oliver und Ben taten es ihr nach. Nur Doktor Becker brauchte etwas länger, um die Situation zu begreifen. Fassungslos starrte er auf Sophie, die versuchte, flach zu atmen, damit das Glas nicht in ihre Haut ritzte.

»Falk, alter Freund, was ist denn in dich gefahren?«, fragte er entsetzt, die Tube mit der Wundsalbe in der Hand.

Um Falk Anwanders Mund lag ein spöttischer Ausdruck. Seine stahlblauen Augen wirkten so kalt, als seien sie aus Eis geschliffen. »Hände hoch, habe ich gesagt.«

»Nehmen Sie die Flasche runter, Sie können Sophie ernsthaft verletzen«, rief Oliver, seine Stimme bebte vor Wut, »und lassen Sie das Mädchen los.«

»Ihr verdammten Schnüffler. Das werdet ihr bereuen. Ihr alle.«

Doktor Becker wurde blass. »Falk ... du?«

»Ihr habt mir das Geschäft meines Lebens ruiniert. Die Pferde waren bereits nach Russland verkauft. Ich war so kurz davor ... und jetzt ist mir die Polizei auf den Fersen.«

Sein Gesicht war eine verzerrte Fratze, in der sich ein Ausdruck des Wahnsinns manifestierte.

»Hast du es nicht mitbekommen, Ernst? Ich hab verdammt viele Schulden – hab mich an der Börse verspekuliert ...«

Doktor Becker schaute seinen alten Freund bestürzt an. Das war eindeutig zu viel für ihn.

»Aber, Falk, du hättest dich mir doch jederzeit anvertrauen können. So kenne ich dich gar nicht.«

»Ja, da staunst du was? Hättest du mir wohl nicht zugetraut. Leider haben mir diese Scheißkinder in die Suppe gespuckt.« Er schaute zu Alice und Ben. »Wolf habt ihr Rotzlöffel kleingekriegt, aber ich gehe nicht ohne Gewitter unter.«

Ben straffte die Schultern und räusperte sich. »Das ist doch Unsinn. Was haben Sie jetzt vor? Mit Sophie als Geisel zu fliehen? Damit kommen Sie nicht durch.«

»Das werden wir ja sehen. Aber das spielt jetzt ohnehin keine Rolle mehr. Ich habe alles verloren und ihr seid daran schuld.« Falk Anwander presste die Flasche etwas fester an Sophies Hals, und Alice stockte der Atem, als ein einzelner Blutstropfen ihre Kehle hinunterlief.

»Alle rein in die Box.«

Sie folgten seinem Befehl, aber Alice nahm all ihren Mut zusammen und fragte: »Ich muss es einfach wissen. In Wolfs Stall waren nur wertvolle Tiere. Warum haben Sie sich dann für Amaris interessiert?«

Falk Anwander schnaubte verächtlich. »Das sieht doch jedes Kleinkind. Mit etwas mehr Muskelmasse und ohne Rotznase ist euer Araber ein Pferd mit nahezu perfektem Bewegungsapparat. Sagt bloß, euch ist das nicht bewusst gewesen?«

Alice biss sich auf die Lippen – Falk Anwander war ihnen allen ein Schritt voraus gewesen.

»Und ihr schimpft euch Experten«, schnaubte Falk Anwander verächtlich. »Warmblüter hatte ich genug, ich wollte etwas Besonderes für einen speziellen Kunden in Sankt Petersburg. Ein schwarzer Araber wäre da perfekt gewesen.«

Suchend blickte er sich um und entdeckte einen Führstrick. Es nahm ihn und fesselte Sophies Hände auf den Rücken und schob sie in die Nachbarbox. Anschließend schob er Sophie von sich und drohte ihr: »Bleib ruhig stehen, wenn du dich bewegst, sind deine Freunde dran.«

In dem Moment öffnete sich die Stalltür zum Hof und ein Schatten erschien im Eingang.

»Hallo?«, rief Erichs krächzende Stimme. »Ben, bist du hier?«

Ben setzte zu einer Antwort an, aber Falk Anwander kniff die Augen zusammen und brachte ihn somit zum Schweigen.

Schlurfende Schritte näherten sich und Falk Anwander trat wieder aus der Box heraus. »Rein da und keine Zicken«, bellte er Erich an, der vollkommen überrumpelt stehen blieb und sich an die Brust fasste. »In die Box, sofort!« Er stieß den alten Mann so hart in den Rücken, dass dieser vorwärts stolperte und seinem Sohn in die Arme fiel.

»Was ist hier los?«, fragte er leise, während sein Gesicht immer blasser und sein Atem schneller wurde.

Alice flehte Falk Anwander an: »Sehen Sie denn nicht, dass es Erich nicht gut geht? Er hatte gerade erst einen Herzinfarkt. Bitte lassen Sie ihn gehen. Er braucht dringend einen Krankenwagen.« Im Augenwinkel bemerkte Alice, wie Amaris in der Stallgasse den Kopf drehte, um zu verstehen, was in seiner Box vor sich ging.

Erichs Atemzüge beruhigten sich und Alice half ihm, sich in der Box hinzusetzen und an die Wand zu lehnen.

Falk Anwanders Lippen pressten sich zu einer dünnen Linie zusammen, die Augen waren halb zugekniffen. So irre er auch wirkte, er schien zu merken, dass er sich in eine fast ausweglose Situation gebracht hatte. Er musste hier weg, aber sobald er floh, würden seine Gegenüber die Polizei rufen.

»Alle Handys her. Und keine Tricks.«

Nachdem er alle Handys eingesteckt hatte, trat Falk langsam zurück und schloss die Box. Entschlossen griff er nach einem Fahrradschloss, das Ben wohl dort abgelegt hatte, und verriegelte damit die Boxentür. Den Schlüssel steckte er ein.

Testweise rüttelte er am Schloss, es hielt. »Hier kommt ihr erst einmal nicht mehr raus.«

Amaris tänzelte unruhig neben ihm her, Alice konnte seinen Kopf durch die Stäbe der Box erkennen und sah dem Hengst an, dass der die Gefahr verstanden hatte.

Falk Anwander holte eine goldene Metalldose aus seiner Tasche. Alice erkannte sie sofort, auf ihr prangte die Aufschrift »Barnaby Bay Deluxe No. 2«. Natürlich. Falk Anwander zog die Zigarre hervor und roch an ihr. »Aaah«, sagte er genussvoll und fummelte auch ein Feuerzeug hervor. »Die habe ich mir verdient.«

Es klickte und eine kleine Flamme fing an zu tanzen.

Alices Augen weiteten sich. Oliver sprang nach vorne und schrie: »Sind Sie wahnsinnig? Hier drin ist alles aus Holz und Stroh, ein Funke genügt ...«

Falk Anwander sah auf und das Feuer spiegelte sich in

seinen Augen, als er die Zigarre in Brand setzte und an ihr sog. Er blies eine Wolke in Richtung der Box. Dann schaute er seine Zigarre nachdenklich an und blickte sich um, ganz so, als überlege er, ob er sie nicht einfach ins Stroh werfen sollte.

Kapitel 18

Amaris schnaubte und tänzelte auf der Stelle, als Falk die Tür der Nebenbox öffnete, in der sich auch Sophie befand. Mit den Füßen schob er einen Haufen Stroh zusammen. Sophie sprang vor, aber Falk war schneller und schlug ihr mitten ins Gesicht. »Mach das nicht noch mal!«, zischte er und schubste sie in die leere Box, wo Sophie sich mit blutender Nase hinkauerte.

Alice rüttelte wütend an den Gitterstäben und schrie Falk an. Ben legte einen Arm um sie.

»Lassen Sie uns gehen, verdammt noch mal!«, brüllte auch Oliver außer sich und ließ ein paar Beleidigungen folgen.

Falk hielt inne. »Sei still«, fauchte er ihn an. »Ich werde jetzt tatsächlich gehen. Und in irgendeiner Bananenrepublik absteigen, in der ich ein neues Leben beginnen kann.«

Die Hektik hatte sich nun vollends auf Amaris übertragen, der verängstigt an dem angebundenen Führstrick zog.

Falk drehte sich zu ihm um, und Amaris blickte direkt in das rote Glühen der Zigarrenspitze.

Der Hengst erstarrte. Wie eine in der Zeit gefangene Marmorstatue stand er in der Stallgasse, unbeweglich und steif. Nur seine Pupillen wurden kleiner und das Weiße in den Augen wurde sichtbar. Sein Vorderbein zitterte leicht.

Falk Anwander lachte böse und blies ihm eine Rauchfahne direkt ins Gesicht. Das brach den Bann.

In der nächsten Sekunde riss Amaris den Kopf hoch und zerbrach den Sicherheitshaken des Führstrickes. Er stieg auf die Hinterbeine und stand hoch aufgerichtet und mit erhobenen Vorderhufen vor Falk Anwander. Krachend landete er wieder auf dem Boden. Die Ohren waren zurückgelegt, die Lippen zusammengepresst. Ein Abbild der Wut und des Entsetzens.

Vor Schreck ließ Falk Anwander die Zigarre fallen und riss schützend die Arme hoch. Amaris drehte sich blitzschnell um und trat aus. Sein Huf landete in Falk Anwanders Magengrube. Der gab ein dumpfes Stöhnen von sich und kippte steif nach hinten über.

Ohnmächtig lag er in der Stallgasse, er war direkt auf seine Zigarre gefallen, und diese erlosch.

Alice rümpfte die Nase, es roch unangenehm nach verbrannter Haut. Aber ihre Aufmerksamkeit galt Amaris, der nun immer wieder die Stallgasse entlanggaloppierte, um direkt vor Falk Anwander abzubremsen und die Richtung zu wechseln. Sie rief ihn, um ihn zu beruhigen, und tatsächlich stoppte Amaris vor ihr, nachdem der Rauchgeruch sich komplett verzogen hatte.

Doktor Becker saß schwer atmend neben Erich in der Einstreu. »Ausgerechnet Falk?«, murmelte er fassungslos. Dann beugte er sich über Erich und half ihm, sich an die Wand zu lehnen.

»Alles okay«, flüsterte Erich heiser.

Sophie gelang es, sich zu befreien, zog den Schlüssel für das Fahrradschloss aus Falks Tasche und öffnete es.

»Geht es dir gut?«, fragte Alice besorgt und Sophie nickte.

»Sieht schlimmer aus, als es ist.«

Während Oliver die Polizei und einen Krankenwagen rief, kümmerte Alice sich um Erich. Die Feindseligkeit in seinen Augen war verschwunden.

♞

»Können wir denn wirklich sicher sein, dass diese Pferdebande keine weiteren Mitglieder hat?«, fragte Alice die Polizistin, die kurz darauf ihr Protokoll aufnahm.

Diese unterbrach ihr Tippen und lächelte sie aufmunternd an. »Ja, unseren Ermittlungen zufolge hatte Falk Anwander tatsächlich nur einen Handlanger. Und auch an den russischen Käufern sind wir dran. Aber das ist schwierig, denn es gibt kein vernünftiges Auslieferungsabkommen mit der Russischen Föderation.«

»Oh. Das bedeutet, dass die russischen Käufer nur wieder nach neuen Verbindungen in Deutschland suchen müssen.«

»Das ist korrekt. Leider können wir oft nur die unmittelbare Gefahr bannen, aber solche Verbrechen hören wohl nie auf.« Sie lächelte Alice mitfühlend an. »Möchtest du, dass ich dir einen Psychologen herrufe? Die ganze Sache muss sehr traumatisch für dich gewesen sein. Wir haben eine verständige Psychologin im Team, die viel Erfahrung mit Opfern von Schocksituationen hat.«

Alice überlegte. »Nein«, entschied sie. »Das ist sehr nett, danke, aber ich denke, das brauche ich nicht.«

»Wie du meinst. Wenn du deine Meinung änderst, kannst du mich jederzeit unter dieser Nummer erreichen.«

Nachdem die Polizistin alle Details erfasst hatte, verabschiedete sie sich. Alle anderen waren bereits vernommen worden.

Alice verzog sich zum Longierzirkel, in dem Amaris sich sonnte und von dem Schrecken erholte. Sophie hatte sich einen Stuhl geholt und sich zu ihm gesetzt.

Gemeinsam verfütterten sie Möhren an Amaris, der sie gierig wegknabberte. Sophie hielt ihr das Handy hin. Es zeigte die Webseite einer Onlinezeitung. Ein Foto von Amaris, darunter ein Artikel über die Geschehnisse.

»Woher hat die Presse das Foto so schnell bekommen?«

»Ich glaube, Oliver hat es auf Anfrage rausgeschickt, um zu vermeiden, dass sie persönlich vorbeikommen, um Amaris zu fotografieren.« Sie scrollte über den Bildschirm. »Ihr seid heute das Thema Nummer eins in sämtlichen Tageszeitungen.«

Die Sonne wanderte über den Himmel, es war später Nachmittag, die Schatten wurden länger.

Da hörten sie, wie hinter ihnen auf dem Hof ein Auto vorfuhr. »Gibt Oliver jetzt noch Reitstunden?«

»Hm. Nicht dass ich wüsste.«

Alice strich Amaris liebevoll über den Kopf und betrachtete ihren jungen Hengst. Er war wirklich ein wunderschönes Tier. Sein geschwungener Hals mit dem edlen Araberkopf und diese treuen dunklen Augen. Nie würde sie diese bedingungslose Liebe, die Amaris ihr entgegenbrachte, enttäuschen wollen.

Ben kam zum Longierzirkel gelaufen, und Alice erschrak, denn er schien besorgt. Stumm kletterte er durch den Zaun und griff nach ihren Händen. »Alice. Du musst jetzt stark sein ...«

In seinen Augen stand eine Flamme der Resignation, die in ihr wieder diese lähmende Panik auslöste. Eben noch hatte sie sich unbesiegbar gefühlt, jetzt riss ihr das Schicksal die Fäden aus der Hand und spielte mit ihr wie mit einer Marionette.

Alice schaute hinüber zum Hof, auf dem ein SUV mit Pferdeanhänger parkte. »Shambala Arabians« prangte in goldenen Lettern auf seiner Seite.

Vor dem Anhänger stand eine attraktive Frau mit kurzen blonden Haaren und einem schicken Reitkostüm einer teuren Marke. Trotz ihres Lächelns hatte sie etwas Strenges an sich.

Zögerlich trat Alice auf die Frau zu, um Zeit zu schinden und sich innerlich zu wappnen.

Die Frau unterhielt sich mit Oliver, der merkwürdig steif wirkte. Als er Alice sah, flackerte es in seinem Blick.

»Darf ich Ihnen meine Tochter Alice vorstellen, Frau Friedrich? Die Geschichte, wie Alice und ihre beiden Freunde ihr Leben riskiert haben, um Amaris zu retten, haben Sie ja schon von der Polizei erfahren.« Er sagte dies mit freundlichem Nachdruck in der Stimme, die aber bei Frau Friedrich auf Granit stieß.

»Dafür bin ich den dreien natürlich sehr dankbar und werde mich erkenntlich zeigen. Amaris ist ein wertvolles Tier, er stammt direkt von Anwar Tahir ab, der vor fünf Jahren das Distanzrennen in Al'Suhar gewonnen hat. Die Belohnung fällt entsprechend großzügig aus.«

»Alice«, wandte sich Oliver nun an seine Tochter. »Frau Friedrich ist Amaris' Züchterin und seine rechtmäßige Besitzerin.«

»Was soll das bedeuten?«

»Es hat sich herausgestellt, dass sie seine Papiere besitzt.« Alice starrte ihren Vater an und Frau Friedrich mischte sich ein: »Ich hatte Amaris, oder wie ich ihn genannt habe ›Anwar Akil‹ totgeglaubt. Es gab vor einiger Zeit ein Feuer bei uns im Stall, und bis die Feuerwehr vor Ort war, war alles bis auf die Grundmauern niedergebrannt. Anwar hatte als einziges Pferd Stallruhe, weil er eine Beinverletzung hatte.« Tränen standen in ihren Augen, der Schreck des Erlebnisses war ihr deutlich anzusehen. Trotzdem verlor sie nichts von ihrer selbstbewussten Art. Erhobenen Hauptes zog sie ein Taschentuch aus ihrer Tasche. »Es war grauenhaft. Die anderen Pferde standen auf einer Weide unweit des Stalles. Sie haben das alles mitbekommen. Den Rauch, die Flammen, Anwars Wiehern. Ich hätte nie gedacht, dass Anwar es geschafft hat, sich aus dem Stall zu befreien. Aber er stand im alten Teil, da gab es noch keine verstärkten Boxenwände.«

»Das tut mir aufrichtig leid, Frau Friedrich«, sagte Oliver und schlug die Augen nieder.

»Ich konnte es selbst kaum glauben, als ich Anwar auf dem Bild des Zeitungsberichts gesehen habe.«

In Alice arbeitete es und es machte klick. Erinnerungen erschienen vor ihrem inneren Auge und drehten sich. Sie fügten sich zusammen, stoben wieder auseinander, bis sich ein Bild manifestierte. »Daher kommt Amaris' panische Angst vor Feuer. Er rastet bei dem Geruch aus.«

Frau Friedrich nickte verständnisvoll. »Das kann ich mir vorstellen. Anwar war vor dem Brand ein ganz normaler Jährling. Pfiffig, verspielt, aber ohne Verhaltensauffälligkeiten.« Sie richtete ihren Blick auf Alice. »Was ich natürlich gerne wissen würde, ist, wie er nach seiner Flucht auf der Auktion landen konnte – mit neuem Brandzeichen.«

Alice vermied ihren Blick. Auch wenn die beiden es nicht verdient hatten, würde sie ihr Versprechen dem verlebten Pärchen gegenüber halten.

Oliver antwortete stattdessen: »Er war in sehr schlechtem Zustand, als er verkauft wurde. Außer uns hat nur der Metzger auf Amaris geboten.«

Frau Friedrichs Stimme überschlug sich fast, als sie fragte: »Der Metzger? Auf meinen Anwar?«

»Die Hauptsache ist, dass Amaris wohlauf ist und Falk Anwander und sein Handlanger ausgeschaltet sind.«

»Ja. Und dass Anwar jetzt wieder nach Hause kommt.«

Alices Herz gefror zu Eis und sie hörte wie aus weiter Ferne, dass Oliver mit gepresster Stimme sagte: »Es wäre natürlich schön gewesen, Sie hätten vorher angerufen und uns darauf vorbereitet. Wir haben uns sehr an Amaris gewöhnt und würden gerne einen Preis aushandeln, um ihn zu übernehmen. Er fühlt sich sehr wohl hier bei uns.«

Doch Frau Friedrich schüttelte den Kopf. »Anwar ist Teil meines Zuchtprogramms und soll später als Deckhengst dienen. Er steht nicht zum Verkauf.«

Alice wurde schummrig und alles um sie herum fing an, sich zu drehen. Ben merkte es und hielt sie fest.

Nein, so sollte es nicht enden! Alice fing sich wieder, schaute der Frau in die Augen und sagte: »Bitte tun Sie das nicht. Amaris und ich gehören zusammen. Er ist mehr als ein Pferd für mich, er ist mein Freund. Es gibt sicherlich einen Weg, wie wir Amaris übernehmen können, ohne ihr Zuchtprogramm zu gefährden.«

Anstatt zu antworten, schaute die blonde Frau fragend zu Oliver.

Wie durch einen Nebel beobachtete Alice, wie Ben Amaris aus dem Stall führte.

Frau Friedrich, die gerade den Anhänger vorbereitete, hielt in der Bewegung inne und ihre Augen weiteten sich. Ihr Blick fuhr an seinen Kratzern und Narben entlang, der Schusswunde und dem lahmenden Bein.

»Anwar?«, fragte sie leise. »Bist du es wirklich?« Und der Jährling antwortete mit einem Schnauben. Erschüttert strich sie über das veränderte Brandzeichen, glitt über seine ramponierte Mähne.

Amaris drehte suchend den Kopf, als er in den Hänger stieg, aber Alice bewegte sich nicht. Sie hatte sich im Stall von ihm verabschiedet, nur kurz, damit er nicht spürte, wie aufgewühlt sie war. Und sie hatte eine Strähne aus seiner Mähne abgeschnitten, die sie jetzt fest in ihrer Faust hielt.

Dieses Mal gab es keinen Ausweg, keine Hintertür. Denn alles war rechtens, auch wenn es sich so falsch anfühlte.

Frau Friedrich hatte ihr den Boden unter den Füßen weggezogen. Selbst als der Hänger den Hof verließ, rührte sie sich nicht. In ihr war alles tot.

Kapitel 19

Alice lag im Bett und Fieberkrämpfe schüttelten sie. Oliver schaute nach ihr, legte ihr sorgenvoll eine Hand auf die glühende Stirn oder maß ihre Temperatur.

»Amaris?«, murmelte Alice, sie konnte keinen klaren Gedanken fassen und sah nur die Bilder, die in ihrem Kopf herumrasten.

»Mach dir keine Sorgen um Amaris, es geht ihm gut«, versuchte ihr Vater sie zu beruhigen, doch Alice hörte ihn kaum.

Einmal drehte sie sich, als die Tür knarrte, und wie im Traum sah sie Erich vor sich. Ein bleicher Geist, der sie anstarrte und vor sich hin murmelte. War es Wirklichkeit oder ein Traum? Alice wusste es nicht, es war ihr egal. Sie hatte gekämpft, alles gegeben und neue Hoffnung geschöpft. Nun war der Kampf vorbei und zurück blieb nur Leere. *Amaris, Amaris, Amaris,* hallte es in ihrem Kopf wider.

Sophie und Ben brachten ihr abwechselnd Essen und Trinken, aber Alice rührte nichts an. Ihr Magen war zugeschnürt, der Appetit vergangen. Die Fieberschübe taten ihr Übriges.

Tina war gekommen und wich nicht von ihrer Seite. Immer wieder setzte sie das Glas an Alices Lippen, damit sie trank, kühlte ihre Stirn und hielt ihre Hand. Nachts schlief sie auf einer Luftmatratze neben ihrem Bett.

Am nächsten Morgen sank das Fieber endlich und der

Schleier lüftete sich. Alice schaute sich um. Auf dem Nachttisch stand eine Schale mit Gravensteiner Äpfeln. Als sie einen hochhob, stieg ihr der vertraute Duft in die Nase und sie konnte Amaris förmlich Schmatzen hören. Ein Schluchzen steckte in ihrer Kehle, suchte sich den Weg ins Freie und schüttelte sie. Erbarmungslos weinte sie erneut los, vergoss all die Tränen, die sich in ihr angestaut hatten. Jede Träne, die ihre Wange herunterfloss, war wie eine Erlösung. Die Trauer wollte aus ihr heraus, die Tränen geweint werden.

Tina hielt sie fest im Arm, wiegte sie wie ein Baby.

Mit heiserer Stimme fragte Alice: »Kannst du mir das Wolfslied vorsingen? Wie früher?«

Und Tina fing an zu singen:

»*Wenn die Wölfe heulen im Mondenschein, schlafe ein, mein Kind, schlafe ein. Wenn die Wölfe dann verschwunden sind, wache auf mein Kind, wache auf.*

Die Zeit eilt geschwind, es stürmt und pfeift der Wind – bald wirst du größer sein, doch nun, mein Kind, schlaf ein.«

Mit jeder Liedzeile beruhigte sich Alice mehr und es durchfuhr sie eine tiefe Dankbarkeit. Sie war dankbar, eine Mutter zu haben, die sie liebte und die immer für sie da war. Dankbar, einen Vater gefunden zu haben, der ihr Halt gab, ein Vorbild war und auf den sie bauen konnte. Und dankbar, mit Gut Buchenberg eine Welt kennengelernt zu haben, die sie für immer verändert hatte. Hier hatte sie mehr gefunden, als sie jemals gesucht hatte.

»Meinst du, Andrea war ein guter Mensch?«, fragte sie und Tina strich ihr zärtlich über den Kopf, bevor sie antwortete.

»Ganz bestimmt. Sie hat damals dafür gesorgt, dass du gut untergebracht wirst. Und du hast wundervolle Eigenschaften, die weder von Oliver noch von mir zu kommen scheinen. Da denke ich mir, das könnte das Erbe deiner Mutter sein.«

»Hm«, machte Alice und schloss die Augen wieder.

Zwei Tage später war Alice früh wach. Ihre Mutter schlief eingerollt auf der Matratze neben ihrem Bett und Alice bemühte sich, sich möglichst lautlos anzuziehen. Ihre Schmerzen waren weitestgehend verschwunden und auch von der drückenden Müdigkeit war nichts mehr übrig. Sie kritzelte eine Notiz auf einen Zettel, bevor sie hinausschlüpfte, und legte sie auf die Pantoffeln ihrer Mutter.

Der Hof lag im Stillen, die Pferde schliefen noch, selbst der Hahn war zu müde für sein Kikeriki.

Alice schaute auf ihr Handy. Drei verpasste Anrufe von Mikael, ihrem ehemaligen Voltigiertrainer. Dazu eine SMS: *Hallo, Alice, ich würde mich gerne bei dir persönlich dafür bedanken, dass du unseren Superstar Colorado gerettet hast. Vielleicht kannst du ja wieder in unserem Team mittrainieren? Mikael.*

Entschieden steckte sie das Handy wieder ein. Es war gut, dass Colorado wieder zu Hause war. Aber das mit dem Voltigieren war vorbei. Und Mikaels Motivation sie einzuladen, wieder dabei zu sein, war die falsche.

Als sie die Einfahrt erreichte, joggte sie los. Mit großen Schritten rannte sie in Richtung Wald, ohne Rücksicht auf ihr Bein. Es hatte über Nacht geregnet, der Wald duftete frisch und rein.

Mit jedem Schritt wurde sie die quälenden Gedanken

los, die sie piesackten. Es war wie eine innere Säuberung. Wenn sie weiterleben wollte, musste sie loslassen. Auch wenn es nichts auf der Welt gab, was so schwierig war wie loszulassen.

Die Luft brannte in ihren Lungen, als sie den Bach erreichte. Sie lief, bis ihre Muskeln sie zwangen zu gehen. Und dann ging sie weiter. Gerade als sie die letzten Bäume des Waldes hinter sich gelassen hatte, bildete sich ein Regenbogen über den Feldern und Wiesen. Alices Blick wanderte an ihm entlang und das eine Ende zeigte auf Gut Buchenberg. Die Erinnerung an jenen schicksalhaften Tag im Frühling kam hoch, als sie zwischen den Kirschblüten gesessen hatte, damals hatte ein Regenbogen über Mühlstadt gestanden. Sie hatte geglaubt, ihr bisheriges Leben wäre zerstört, aber das war falsch gewesen, es hatte nur ein neuer Abschnitt begonnen.

Gerade als Alice die Einfahrt entlanglief, kam ihr ein Sportwagen mit offenem Verdeck entgegen. Am Steuer saß ein Mann in Olivers Alter, der ihr freundlich zuwinkte.

Auf dem Hof standen ihre Mutter und Oliver, neben ihnen Sophie und Ben. Erwartungsvoll schauten sie in ihre Richtung. Keiner von ihnen sprach, als Alice zu ihnen trat. Diese schritt sofort auf ihre Mutter zu und umarmte sie, zog dabei Oliver mit sich und sie umarmten sich zu dritt.

»Bevor ihr jetzt etwas sagt: Mir geht es wieder gut. Es ist alles in Ordnung, denke ich. Das mit Amaris tut weh, aber ich werde lernen, damit umzugehen.« Der Sturm in ihr war erloschen, sie war ganz ruhig.

»Das freut mich zu hören«, sagte Oliver und ihre Mutter

lächelte. Dann legte Oliver Alice eine Hand auf die Schulter und hielt ihr ein vergilbtes Foto hin.

»Alice, das gerade war mein Kumpel Tammo. Er hat das hier gefunden«, setzte Oliver an. »Seine Frau Annet hat es damals auf dem Sommerfest gemacht. Von uns – und von Andrea.«

Ungläubig starrte Alice auf das Foto, das einen Bierstand zeigte, um den sich eine Gruppe junger Menschen versammelt hatte. An der Theke ein junger Oliver, neben ihm eine junge Frau. Ihre langen blonde Haare reichten bis zur Hüfte und ihre grünen Augen waren dunkel geschminkt. Glücklich lächelte sie in Olivers Richtung. Mit dem Finger strich Alice über das Gesicht der Frau. »Sie ist hübsch.«

»Ja, genau wie du.«

Andrea hatte dieselben Sommersprossen auf der Nase wie Alice. Verlegen räusperte sie sich. »Danke, Papa. Das bedeutet mir viel.« Oliver legte den Arm um sie.

Nun trat ihre Mutter an Alice heran und wurde ernst: »Dein Vater und ich haben uns in den letzten Tagen viele Gedanken gemacht, wie es weitergehen soll.« Sie schaute Alice prüfend an. »Oliver hat mir Doktor Becker vorgestellt, und wie sich herausgestellt hat, sucht er jemanden, mit dem er seine Praxis teilen kann. Er ist zwar Großtierarzt, aber ich denke, wir könnten uns arrangieren, da sich unsere Kompetenzen ergänzen. Eine geteilte Praxis spart viele Kosten und er hat mehrere Räume, die ich für meine Zwecke umfunktionieren könnte. Das würde bedeuten, dass wir nach den Sommerferien nach Waldbuchenheide umziehen. Hier ist es ruhiger, ich hätte mehr Zeit für dich und du könntest deinen Vater so oft sehen, wie du willst.

Aber bevor wir irgendwas entscheiden, musst du dir überlegen, ob du dir diese Zukunft vorstellen kannst.«

»Ist das dein Ernst?« Alice wurde schummrig bei dem Gedanken. »Natürlich bin ich dabei.« Sie konnte sich nichts Schöneres vorstellen als hierzubleiben – Gut Buchenberg und all seine Bewohner waren ihr ans Herz gewachsen. Neben ihrem Vater, Sophie und Ben natürlich auch all die Tiere.

»Und Erich?«

Oliver drückte sie an sich. »Vater wird sich daran gewöhnen müssen. Wir hatten ein paar lange Gespräche.« Alice atmete langsam aus, als Oliver noch etwas leiser hinzufügte: »Er weiß, dass der Herzinfarkt so oder so gekommen wäre, die Arterie war komplett zu. Vertrau mir, alles ist gut.«

»Ist es denn auch wirklich das, was du möchtest, Mama?«, fragte Alice nun an ihre Mutter gewandt.

In Tinas Augen stand ehrliche Freude. »Ja. Ich freue mich über einen Tapetenwechsel. Die Praxis hat mich an den Rand eines Burn-outs gebracht und ich hätte über kurz oder lang eh was ändern müssen. Die Gegend ist wunderschön und ich denke, wir könnten uns hier sehr wohlfühlen. Und Bobby wird die Spaziergänge im Wald lieben.«

Kapitel 20

Die Ereignisse hatten sich überschlagen. Alices Mutter hatte Doktor Beckers Angebot angenommen und renovierte gerade den Gebäudeteil der Praxis, in dem sie sich einrichten wollte. Mittlerweile waren sie nach Waldbuchenheide gezogen und hatten es sich in einer hübschen Drei-Zimmer-Wohnung im Erdgeschoss eines Fachwerkhauses gemütlich gemacht. Diese hatte einen großen Garten, den Bobby eifrig erkundete. Bereits nach einem Tag hatte er mehrere Löcher gegraben und dabei Schätze der Vormieter freigelegt: alte Töpfe, Löffel und eine Harke.

Von hier aus konnte Alice zu Fuß ins Heisenberg-Gymnasium laufen. Es war der erste Tag, an dem sie nicht im Minutentakt an Amaris gedacht hatte. Der Schmerz würde nie ganz verschwinden, aber sie konnte ihn beiseiteschieben.

Gerade betrat sie das Wohnzimmer, wo Bobby sie schwanzwedelnd begrüßte. »Komm, wir gehen eine Runde spazieren.«

Bobby sprang fröhlich durch die hochwirbelnden Blätter, der Sommer neigte sich dem Ende zu. Lena würde sie in den Herbstferien besuchen kommen und Alice freute sich darauf, ihr Gut Buchenberg vorzustellen. Auch wenn der Reiterhof ohne Amaris nie wieder derselbe sein würde.

Als sie mit Bobby spazieren lief, kam sie im Ortskern zu Doktor Beckers Praxis, vor der ein neues Schild hing: *Tierärztliche Gemeinschaftspraxis Dr. Becker & Dr. Winkler – Nutztiere, Heim- und Haustiere, Vögel.*

»Wie war es in der Schule?«, begrüßte ihre Mutter Alice freudig, während sie sich die Hände an ihrer Latzhose abwischte, die über und über mit gelber Farbe beschmiert war.

»Alles gut, danke!«

Erstaunt sah Alice sich um, denn die alte Praxis erstrahlte in neuem Glanz. Die hohen Wände des Wartezimmers waren in einem frischen Sonnengelb bemalt, das dem Raum einen warmen Ton verlieh. »Du hast ganze Arbeit geleistet, Mum.«

»Lob nicht mich, sondern Ben. Der streicht schon seit heute Morgen um sechs Uhr.«

Ben stand auf einer Leiter und winkte ihr mit einem Pinsel zu.

»Gute Arbeit, Ben«, wiederholte Tina.

»Man tut, was man kann«, antwortete dieser und lachte Alice aufgekratzt zu.

Ihre Mutter verschwand, um sich umzuziehen und die beiden waren allein. Es war das erste Mal seit Langem, dass sie mit Ben allein war.

Endlich kletterte der von der Leiter und stellte den Farbeimer ab. »Du hast da was.« Er deutete auf ihre Nase.

»Wo?«

»Da!« Feixend kleckste er einen Farbtupfer auf ihre Nase »Du solltest besser aufpassen.«

Alice hob eine Augenbraue und wollte gerade kontern,

da fasste er sie an beiden Händen und zog sie zu sich heran. Die Luft zwischen ihnen knisterte. Alice stellte sich auf die Zehenspitzen, um mit ihm auf einer Höhe zu sein. Erwartungsvoll schaute sie ihn an, versank in dem Grün seiner Augen, in denen eine leidenschaftliche Zuneigung lag. Eine kühle Brise wehte durch das offene Fenster und wirbelte Alice eine Strähne ins Gesicht. Im Nebenzimmer klapperte ihre Mutter mit Kleiderbügeln, aber Alice bekam es kaum mit. Ben strich ihr über die Wange und sie seufzte.

»Oh Ben. Ich bin so froh, dass es dich gibt. Und mein größter Wunsch ist es, dein größter Wunsch zu sein«, hauchte sie.

»Und du hast mich einfach verzaubert«, flüsterte er und seine Lippen kamen den ihren immer näher. Sie öffnete den Mund, schloss die Augen, bereit, mit ihm zu verschmelzen. Doch anstelle eines Kusses ließ Ben urplötzlich ihre Hände los und trat einen Schritt nach hinten.

»Wie ich schon sagte, hier ist alles fertig, aber morgen machen wir noch einen zweiten Anstrich im Mitarbeiterraum.«

Verwirrt öffnete Alice die Augen. Ben werkelte hektisch an der Klappleiter herum und vermied ihren Blick. Ihre Mutter räusperte sich: »So, von mir aus können wir. Kommst du mit, Ben?«

»Ich ziehe mich auch noch eben um«, murmelte Ben mit knallrotem Kopf und deutete auf sein Maleroutfit.

Mit rasendem Puls wandte Alice sich ihrer Mutter zu, die sie vielsagend anlächelte, aber zu ihrer Erleichterung das Offensichtliche verschwieg. Ihr Lächeln wirkte anders als noch vor ein paar Monaten – befreit und echt. Alice wartete, bis Ben verschwunden war, dann fasste sie sich ein Herz.

»Mama, warum hast du mich eigentlich damals adoptiert?«

Tina zögerte keine Sekunde.

»Es fühlte sich einfach richtig an. Ich wollte immer Kinder haben und auch etwas Gutes tun: Einem Kind das Geschenk eines Zuhauses und einer Familie zu geben, war da ein logischer Schritt. Und mich habe ich gleichzeitig selbst mit einem Kind beschenkt.«

Die Erklärung war schön und mehr, als Alice sich erhofft hatte.

»Und als ich dich damals gesehen habe, war es sowieso um mich geschehen. Du hattest so intelligente Augen, als würdest du die Welt bereits verstehen. Aber gleichzeitig wirktest du auch traurig, als hättest du verstanden, wie einsam du warst. Du warst so süß und unschuldig, ich wollte dich nie wieder loslassen.«

Ihre Mutter erzählte von dem Heim, dem dringende Mittel zum Innenausbau fehlten. Alice schluckte, vor ihrem geistigen Auge sah sie, wie ihre Mutter ein kleines Bündel in die Hand gedrückt bekommen hatte. Der Gedanke daran tat merkwürdig weh und berührte die verletzliche Seite in ihr, die sie gerne verdrängte. Mit brüchiger Stimme fragte sie: »Und warum hast du mir nie gesagt, dass ich adoptiert bin? Wenn ich mit dem Wissen aufgewachsen wäre, wäre es doch normal gewesen für mich. Du hättest mir das nicht verheimlichen müssen.«

»Vielleicht. Aber ehrlich gesagt, damals habe ich gar nicht an dich gedacht, sondern an deine Umwelt.« Ihre

Stimme klang weich und liebevoll. »Es gibt so viele dumme Menschen. Ein unüberlegter Spruch hier oder ein gemeiner Kommentar dort – und das kann wehtun. Davor wollte ich dich bewahren.«

Ben erschien wieder im Zimmer und gemeinsam folgten sie Tina nach draußen und stiegen in das weiße Beetle Cabrio.

Der Fahrtwind zerzauste Alices offene Haare.

Oliver erwartete sie bereits. In jeder Hand hielt er einen Strauß Blumen. »Sonnenblumen für dich, Tina, als offizielles Willkommensgeschenk in Waldbuchenheide. Etwas spät, aber besser als nie. Und Wildblumen für dich, Alice, zu deinem ersten Schultag. Ich dachte, die passen am besten zu dir.«

Der Strauß war wunderschön und duftete herrlich nach Sommerwiese. Ben stand etwas abseits, ließ sie aber nicht aus den Augen. Verlegen schmunzelte er, als sich ihre Blicke trafen, und Alices Knie wurden weich wie Erdnussbutter. Es war schön, wenn Ben sie so anlächelte und sie wusste, dass sie der Grund für das Lächeln war.

Plötzlich hörte sie hinter ihnen klappernde Hufe.

Olivers Augen weiteten sich. In dem Moment verstummte das Hufgetrappel, und eine Stimme räusperte sich.

Alice drehte sich um und begegnete Erichs durchdringendem Blick. Sein Gesicht hatte wieder Farbe gewonnen und er hatte sich schick gemacht, ein Zeichen von Respekt für den alten Mann, dem ein gepflegtes Äußeres so wichtig war. Zu seinem marineblauen Anzug trug er eine Fliege, seine grauen Haare waren unter einer passenden Baskenmütze versteckt. All das registrierte Alice im Bruchteil einer Sekunde, denn das Pferd, das Erich am Zügel hielt – das war Amaris.

Alice wagte es nicht zu atmen. Das konnte nicht sein! Erich führte Amaris zu ihr, der würdevoll an seiner Seite schritt. Die Sonnenstrahlen ließen das Fell des schwarzen Hengstes glänzen. Nur am Zucken seiner Schultern konnte sie erkennen, wie aufgeregt der junge Hengst wirklich war. Vorsichtshalber kniff sie sich in den Arm, aber das hier war kein Traum. Zögernd trat Alice einen Schritt vor, nur darauf wartend, dass sich der Rappe vor ihr in Luft auflöste.

Amaris tänzelte unruhig auf der Stelle, Hals und Schweif weit erhoben, aufgeregt wie ein Fohlen beim ersten Weidegang. Erst als Alice ihn an der Mähne berührte und spürte, wie kleine Luftwirbel zwischen den Haaren tanzten, löste sich der Zauber und sie wusste, dass es Wirklichkeit war.

Amaris stupste sie übermütig an und stapfte mit den Hufen auf der Stelle. Er rieb seine weiche Nase an ihrer Wange, blies warme Luft aus den Nüstern und schnaubte freudig.

Das ist mein Zuhause.

Fragend schaute Alice zu ihrem Großvater, der geduldig den Führstrick des freudig erregten Tieres hielt.

»Er gehört dir«, sagte er mit fester Stimme. »Dieses Mal für immer. Ich habe ihn heute gekauft. Mit Papieren und allem Drum und Dran.«

Alice schüttelte ungläubig den Kopf und strich Amaris über die Nase. »Ist das wahr?«

Der junge Hengst schnaubte leise und schubberte seinen Kopf an ihrer Seite. Alice küsste ihn auf die Stirn, dann auf den Hals. Erichs Worte sickerten erst nach und nach in ihr Bewusstsein. Sie spürte, wie ihr Herz den Rhythmus von Amaris' Puls suchte und sich ihm anpasste, wie das Band, das sie beide zusammenhielt, stärker wurde, und sie empfand, was er empfand.

Dieses wundervolle schwarze Pferd hatte ihr Leben auf den Kopf gestellt und sie liebte es mehr als alles andere. Amaris hatte sie gelehrt, dass Liebe nicht nur einer Person gilt oder einem Lebewesen, sondern auch das ist, was man bereit war zu geben.

Alice drehte sich zu Oliver, der seinen Vater erstaunt anschaute, den Mund geöffnet, aber ihm fehlten die Worte.

»Nun guck mich nicht so an, Sohn«, blaffte Erich. »Familie ist nicht nur wichtig. Familie ist alles.«

»Das sehe ich genauso. Aber woher kommt der plötzliche Sinneswandel?«, fragte Oliver baff.

»Nur weil ich alt bin, heißt es nicht, dass ich mich nicht mehr verändern kann. Leben ist Veränderung. Man muss sich verändern, sonst verliert man auch das, was man bewahren möchte. Es bringt nichts, an der Vergangenheit zu hängen. Die kommt nie wieder. Es ist besser, Mut aufzubringen und nach vorne zu schauen. Und dass die Kleine Mut hat, das hat sie eindrücklich bewiesen. Jetzt war es an mir ...«

»Aber wie hast du es geschafft, Frau Friedrich umzustimmen?«

Erich zwinkerte seinem Sohn zu. »Ein bisschen Verhandlungsgeschick gehörte schon dazu. Aber sie hat wohl auch gemerkt, dass ihr potenzieller Zuchthengst sich nicht mehr ganz für ihre Zwecke eignet. Das veränderte Brandzeichen, seine Narben, die Panikattacken, das macht sich nicht so gut auf Shows und in Zuchtkatalogen.«

Alice straffte die Schultern und trat vor ihren Großvater. »Vielen Dank, Erich, das ist wirklich unglaublich. Ich hatte Amaris endgültig verloren geglaubt. Das ist das schönste Geschenk, das ich je bekommen habe. Es ist ... damit habe ich nicht gerechnet.«

»Das hat wohl keiner von euch.« Lachfalten bildeten sich in seinen Augenwinkeln. »Aber wie heißt es so schön: Manchmal muss man selbst die Veränderung sein, die man sich im Leben wünscht.« Er klopfte sich an die Schläfe. »Da drin mag es nur alte Pfade geben, aber die kann man mit neuen Brücken verbinden. Es tut mir leid, dass ich es dir hier anfangs so schwer gemacht habe, Alice. Du bist ein patentes Mädel und ein Ebenbild meines Olivers.« Verschmitzt funkelte er sie an und reichte ihr den Führstrick. »Pass gut auf Amaris auf, er ist ein wertvolles Tier.«

»Das werde ich! Für immer ...«

Erichs Augen lächelten, er wirkte gelöst und glücklich. Jetzt, wo die eiserne Härte aus seinem Gesicht verschwunden war, stach die optische Ähnlichkeit zu Oliver besonders hervor.

»Ich schlage vor: Wir fangen von vorne an. Irgendwann muss man sich entscheiden, ob man die nächste Seite im Buch seines Lebens beginnt, oder ob man es schließt und ein neues Buch anfängt. Ich für meinen Teil bin bereit, ein neues Buch aufzuschlagen. Bist du dabei?«

»Ja!« Alice strahlte ihren Großvater an und spürte, wie in diesem Moment die letzten Reste des Eises endgültig zwischen ihnen schmolzen.

»Mein Leben lang habe ich gespart und mein Geld versteckt, hatte Angst, dass man es mir nimmt, obwohl genug da war. Ich habe was gutzumachen. Dafür ist Familie da. Dass man sich gegenseitig auffängt, wenn man fällt.«
»Familie« – das Wort hallte in Alice nach. Kleine Glücksblasen blubberten in ihrem Bauch, stiegen auf und zerplatzten fröhlich.
Zaghaft trat Alice auf Erich zu und hob fragend die Arme. Ihr Großvater nickte und ließ die Umarmung geschehen. Spontan drückte sie ihm einen Kuss auf die Wange und löste sich von ihm.
Oliver beobachtete die Szene schweigend, Tränen standen in seinen Augenwinkeln.

An diesem Nachmittag lag eine ganz besondere Stimmung über dem Hof. Die Sonne schien wärmer, das Blau des Himmels strahlte intensiver und die einzelnen Wölkchen drehten sich wie im stillen Freudentanz. Ein goldener Herbst hatte Einzug gehalten und seine Winde ließen bunte Blätter auf Amaris' Wiese hochwirbeln. Sie tanzten um Amaris herum, der sich davon nicht stören ließ, sondern den Boden systematisch abgraste und das Gras schneller abzupfte, als er kauen konnte. Ab und an knirschte die papierne Blättermatratze unter seinen Hufen, wenn er vorwärts trat. Amaris' schwarze Mähne floss wie ein Gebirgsbach über seinen Hals und einzelne Strähnen flogen bei jeder Brise hoch.
Ein paar Meter entfernt von ihm standen sich Alice und Ben gegenüber. Seine Hände lagen auf ihren Hüften, ihre Arme um seine Schultern. Auf Alices Wangen leuchtete es

zartrosa und ihre Augen strahlten mit dem blauen Himmel um die Wette. Ihr Körper war Ben zugewandt, aber ihr Blick galt Amaris.

»Er ist so unfassbar schön«, hauchte sie und betrachtete begeistert ein einzelnes rotes Blatt, das sich in seinem Mähnenschopf verfing, bevor er es elegant abschüttelte.

»Kaum zu glauben, dass dies dasselbe Pferd ist, das du auf der Auktion in den Hänger geführt hast. Meine Güte, es ist so viel passiert seither. Wie ein anderes Leben in einer anderen Welt.«

»Ja.« Jetzt wandte sich Alice Ben zu. An seinem karierten Kragen hing ein loser Faden, der sanft auf und ab wehte. Sie spielte mit dem Faden und kicherte, als Ben sie streng anschaute.

»Wie soll ich mich nur auf meine Arbeit konzentrieren, wenn du jetzt immer hier herumhüpfst?«, beschwerte er sich.

»Du meinst, ständig andere Leute umzurennen, das ist Arbeit?«, stichelte Alice.

»Falsch, ich laufe nur Leute um, die so süß sind wie du.« Der Wind zauberte ihm ein Lachen ins Gesicht. Eine einzelne Strähne wehte in seine Stirn, aber er ließ Alice nicht los, um sie wegzuwischen.

Sein Gesicht kam näher. »Ich bin froh, dass ich dich gefunden habe. Mit dir kann man Pferde stehlen – wortwörtlich!«

Alice wurde ganz anders, als sie Bens Atem spürte. Verliebt schaute sie ihm in die Augen und versank in ihnen. Das bunte Blättergewirbel um sie herum verschwamm, als sie sich ganz auf ihn konzentrierte.

»Ich hätte nie davon zu träumen gewagt, einmal an so einem schönen Ort zu leben. Und dabei auch noch jemanden wie dich kennenzulernen«, hauchte sie.

Bens Augen sahen sie zärtlich an. »Die Realität mit dir ist schöner als jeder Traum«, flüsterte er zurück.

Fragend öffnete Ben den Mund und Alice schloss die Augen. Seine Lippen berührten die ihren, warm und behutsam.

Die Welt wurde still, als die beiden sich küssten, so sanft, als könne der andere zerbrechen, und zugleich so leidenschaftlich, dass es nach mehr rief. Es war ein kleines Stück Ewigkeit, gefangen in einem Moment der Nähe und Zuneigung.

In Alice flogen tausend kleine Schmetterlinge auf, tanzten einen frohen Herbstreigen und vermischten sich mit den umherwirbelnden Blättern.

Mit ihnen löste sich ihr innerer Ballast, die Schwere schmolz von ihrer Seele und verschwand im farbenfrohen Spiel des Windes. Glücksgefühle durchströmten sie, und endlich spürte sie, dass alles gut war. Wieder kühlte eine frische Windböe ihr Gesicht, streichelte ihre Wangen. Sie strich über Amaris' Rücken und der junge Hengst, der eines Tages ebenso schnell wie der Wind sein würde, machte einen übermütigen Bocksprung. Natürlich würde es nicht immer einfach sein, aber Alice wusste: Sie war dort angekommen, wo sie sein wollte.

Dammann, Maren:
Amaris
Mit dem Wind um die Wette
ISBN 978 3 522 50687 8

Umschlaggestaltung: Marie Graßhoff
Satz und Innentypografie: Kadja Gericke
Druck und Bindung: CPI Books GmbH, Leck
Reproduktion: DIGIZWO Kessler + Kienzle GbR, Stuttgart

© 2020 Planet!
in der Thienemann-Esslinger Verlag GmbH, Stuttgart
Alle Rechte vorbehalten.

Dieses Werk wurde vermittelt von der litmedia.agency, Germany